世界文學
經典名作

紅　字

THE SCARLET LETTER
NATHANIEL HAWTHORNE

霍桑 著
胡允桓 譯

人生包括兩部分——
過去是一場夢，
未來是一場希望。

目錄

1 獄門

一群身穿暗色長袍、頭戴灰色尖頂高帽、蓄著鬍鬚的男人，混雜著一些蒙著兜頭帽或光著腦袋的女人，聚在一所木製大屋前面。大門是用厚實橡木做成，上面密密麻麻地釘滿了大鐵釘。

新殖民地的開拓者們，不管他們的頭腦中起初有什麼關於人類品德和幸福的美妙理想，總要在各種實際需要的草創之中，忘不了劃出一片未開墾的處女地充當墓地，再劃出另一片土地來修建監獄。根據這一慣例，我們可以有把握地推斷：波士頓的先民們，在谷山一帶的某處地方修建第一座監獄，與在艾薩克．約翰遜❶地段標出頭一塊塋地幾乎是在同一時期。後來便以他的墳塋爲核心，擴展成王家教堂的那一片累累墓群的古老墓地。可以確定無疑地說，早在這城鎮建立十五年或二十年之際，那座木造監獄，就已經因風吹日曬雨淋和歲月的流逝，而爲它那猙獰和陰森的門面，增加了幾分晦暗淒楚的景象，使它那橡木大門上沈重鐵環的斑斑誘痕，顯得比新大陸的任何陳跡都還要古老。像一切與罪惡二字息息相關的事物一樣，這座監獄似乎從來不曾經歷過自

❶艾薩克．約翰遜，北美麻薩諸塞英國殖民地的創始人。

己的青春韶華。從這座醜陋的大屋子門前，一直到軋著車轍的街道，有一片草地，上面過於繁茂地簇生著牛蒡、蒺藜、毒莠等等這類不堪入目的雜草。這些雜草顯然在這塊土地上找到了共通的東西，因爲正是在這塊土地上，早早便誕生了文明社會的那株黑花——監獄。然而，在大門的一側，幾乎就在門限處，有一叢野玫瑰挺然而立，在這六月的時分，盛開著精緻的寶石般的花朵，這會使人想像，它們是在向步入牢門的囚犯或跨出陰暗的刑徒，奉獻著自己的芬芳和嫵媚，藉以表示在大自然深深的心扉中，對他們仍存著一絲憐憫和仁慈。

由於某種奇異的機緣，這一叢野玫瑰得以歷劫而永生；至於這叢野玫瑰，是否僅僅因爲原先嚴嚴實實地遮蔽著它的巨松和橡樹早已倒落，才得以在古老而苛刻的原野中僥倖存活；抑或如爲人深信不疑的確鑿證據所說，當年聖徒安妮·哈欽遜❷踏進獄門時，它便從她腳下破土而出，我們不必費神去確定。既然我們要講述的故事，要從這一不祥的門口開篇，而恰恰在門限處，一眼便可望見這叢野玫瑰，我們怎能不摘下一朵玫瑰花，將其呈獻給讀者呢！但願這株玫瑰花，在敘述這篇人性脆弱和人生悲哀的故事的進程中，能夠象徵道德之花的馥郁，而在讀完故事陰霾淒慘的結局時，仍可以得到一些慰藉。

---

❷安妮·哈欽遜（一五九一～一六四三），出生於英國的美國教士，她認爲靈魂的拯救，只有透過個人對上帝感化的直覺。而不是依靠善行。此主張觸怒麻薩諸塞宗教界，並引起論戰和分裂。一六三七年時遭審訊並被逐出，她和家人遷居羅德島，後在紐約州被印第安人殺死。

2 市場

二百多年前一個夏日的上午，獄前街牢房門前的草地上，滿滿地站著好大一群波士頓的居民，他們一個個都緊盯著布滿鐵釘的橡木牢門。假若換成其他百姓，或是推遲到新英格蘭後來的歷史階段，這些蓄著鬍鬚的好心腸的居民們板著冷冰冰的面孔，可能是面臨凶險的徵兆，至少也預示著某個臭名昭著的罪犯，即將受到人們期待已久的制裁，因爲在那時，法庭的判決，無非是認可公衆輿論的裁判處。但是，由於早年清教徒性格嚴峻，這種推測未免過於武斷。也許，是一個慵懶的奴隸，或是被家長送交給當局的一名逆子，要在這笞刑柱上受到管教。也許，是一位唯信仰論者❶、一位教友派❷的教友或信仰其它異端的教徒被鞭撻出城，或是一個閑散的印第安遊民，因爲喝了白人的烈酒，滿街胡鬧，要挨著鞭子給趕進樹林。也許，那是地方官的遺孀西賓斯老夫人那樣生性惡毒的巫婆，將要給吊死在絞架上。無論屬於哪種情況，圍觀者總是擺出分毫不

---

❶ 一種主張基督徒可以按照福音書中所闡明的受到感化的美德，而擺脫道德法律約束的教派。

❷ 或稱「貴格派」或「公誼會」，是一個沒有明確教義、也沒有常任牧師，而是靠內心靈光指引的教派。

爽的莊嚴姿態；這倒十分符合早期移民的身分，因爲他們將宗教和法律視爲同一體，二者在他們的品性中融合爲一，凡涉及公共紀律的條款，不管是最輕微的還是最嚴重的，都同樣令他們肅然起敬和望而生畏。確實，一個站在刑台上的罪人，能夠從這樣一些旁觀者身上謀得的同情，是少之又少、冷而又冷的。另外，如今只意味著某種令人冷嘲熱諷的懲罰，在當時卻可能被賦予和死刑一樣嚴厲的色彩。

就在我們的故事發生的那個夏天的早晨，有個情況頗值一書：擠在人群中的好幾位婦女，看來對可能出現的任何刑罰，都抱有特殊的興趣。那年月沒有那麼多的文明講究，身著襯裙和撐裙的女人們，公然出入於大庭廣眾之中，只要有可能，便要扭動她們那並不嬌弱的軀體，擠進最靠近刑台的人群中去，也不會給人什麼不成體統的感覺。那些在英倫故土上出生和成長的媳婦和姑娘們，比起她們六、七代之後漂亮的後裔來，身體要粗壯些，精神也要粗獷些；因爲透過家系承襲的鏈條，每代母親遺傳給她女兒的，即使不是較她爲少的堅實有力的性格，總會是比較柔弱的體質、更加嬌小和短暫的美貌以及更加纖細的身材。當時，在牢門附近站著的婦女們，和那位堪稱代表女性的男子氣概的伊麗莎白❸相距不足半個世紀。她們是那位女王的鄉親；她們家鄉的牛

---

❸即伊麗莎白一世（一五三三～一六〇三），一五五八、一六〇三年在位的英國都鐸王朝女王，在她統治期間，英國空前強大，戲劇也極度繁榮，莎士比亞的創作即在此時。

肉和麥酒，佐以未經提煉的精神食糧，大量充實跑進了她們的軀體。因此，明亮的晨曦所照射著的，是寬闊的肩膀、發育豐滿的胸脯和又圓又紅的雙頰——她們都是在遙遠的祖國本島上長大成人的，遠還沒有在新英格蘭的氣氛中變得白皙與瘦削些。尤其令人矚目的是，這些主婦們大多數一開口便是粗喉嚨、大嗓門，要是在今天，她們的言談無論是含義還是音量，都足以使我們瞠目結舌。

「各位太太們，」一個滿臉橫肉的五十歲的老婆子說，「我跟你們說說我的想法。要是我們這些上了年紀、名聲又好的教會會友，能夠處置海絲特．白蘭那種壞女人，倒是給大夥辦了件好事。你們覺得怎麼樣，各位？要是那個賤貨站在眼前咱們這五個姊兒跟前聽候判決，她能夠帶著那些可敬的官老爺們賞給她的判決溜過去嗎？老天爺，我才不信呢！」

「聽人說，」另一個女人說，「虔敬的丁梅斯代爾教長，也就是她的牧師，爲了在他的教眾中出了這樁醜事，簡直傷心透頂啦。」

「那幫官老爺都是敬神的先生，可惜慈悲心太重嘍　這可是眞事，」第三個人老珠黃的婦人補充說。「最起碼，他們應該在海絲特．白蘭的腦門上烙個記號。那總能讓海絲特太太有點怕，我敢這麼說。可她——那個破爛貨——她才不在乎他們在她前襟上貼個什麼呢！哼，你們等著瞧吧，她準會別上個胸針，或者是異教徒的什麼首飾，來擋住胸口，照樣招搖過市！」「啊，不過，」一個手裡領著孩子的年輕媳婦輕聲插嘴說，「她要是想擋著那記號就隨她去吧，反正她心裡總會受折磨的。」

「我們扯什麼記號不記號的，管它是在她前襟上還是腦門上呢？」另一個女人叫嚷著。她在這幾個自命的法官中長相最醜，也最不留情。「這女人給我們大夥都丟了臉，她就該死。難道說沒有管這種事的法律嗎？明明有嘛，聖經裡和法典上全都寫著呢。那就請這些不照章辦事的官老爺們的太太小姐們去走邪路吧，那才叫自作自受呢！」

「天哪，太太們，」人群中一個男人驚呼道，「女人看到絞刑架就害怕，除去這種廉恥之心，她們身上難道就沒有德性了嗎？別把話說得太重了！輕點，喂，太太們！牢門的鎖在轉呢，海絲特太太就要出來了。」

牢門從裡面給一下子打開了，最先露面的是獄吏，他腰側挎著劍，手中握著權杖，那副陰森可怖的模樣，像個暗影似的出現在日光之中。這個角色的尊容，便是清教徒法典全部冷酷無情的象徵和代表，對觸犯法律的人最終和最直接的執法，則是他的差事。此時，他伸出左手舉著權杖，右手抓著一個年輕婦女的肩頭，拽著她向前走；到了牢門口，她用了一個頗能說明她個性的力量和天生的尊嚴的動作，推開獄吏，像出於她自主的意志般走到門外。她懷裡抱著一個三個月左右的嬰兒，那孩子眨著眼睛、轉動她的小臉，躲避著過分耀眼的陽光——自從她降生以來，還只習慣於監獄中的土牢，或其它暗室那種昏晦的光線呢。

當那年輕的婦女——就是嬰兒的母親——全身佇立在人群面前時，她的第一個衝動，似乎就是把孩子抱在胸前；她這麼做，與其說是出於母愛的激情，不如說可以藉此掩蓋釘在她衣裙上的標記。然而，她很快就醒悟過來了，用她恥辱的一個標記來掩蓋另一個標記，是無濟於事的，於是，索性用一條胳膊架著孩子。她雖然面孔紅得發燙，卻露出高傲的微笑，用毫無愧色的目光，環視著她的同鎭居民和街坊鄰里。她裙袍的前胸上，露出了一個用紅色細布做成、周圍用金絲線精心繡成奇巧花邊的一個字母A。這個字母製作別致，體現了豐富而華美的匠心，佩在衣服上構成盡善盡美的裝飾，而她的衣服把她那年月的情趣，襯托得恰到好處，只是其艷麗程度，大大超出了殖民地儉樸標準的規定。

那年輕婦女身材頎長，體態優美至極。她烏黑的濃髮光彩奪目，在陽光下熠熠生輝。她的臉孔不僅皮膚滋潤、五官端正、容貌秀麗，而且還有一對鮮明的眉毛和一雙漆黑的深眸，十分楚楚動人。就那個時代女性舉止優雅的風範而論，她也屬貴婦之列；她自有一種端莊的風韻，並不同於如今人們心目中的那種纖巧、輕盈和不可言喻的優雅。即使以當年的概念而言，海絲特．白蘭也從來沒有像步出監獄的此時此刻這樣更像貴婦。那些本來就認識她的人，原先滿以爲她經歷過這一磨難，會黯然失色，結果卻驚得都發呆了；因爲他們所看到的，是她煥發的美麗，竟把籠罩著她的不幸和恥辱，凝成一輪光環。不過，目光敏銳的旁觀者，無疑能從中覺察出一種微妙的痛楚。她在獄中按照自己的想像，專門爲這場合製作的服飾，以其特有的任性和別致，似乎表達了她的精神境界和由絕望而無所顧忌的心情。但是，吸引了所有的人的目光、而且事實上使海絲特．白蘭煥然一新的，則是在她胸前炯炯發光、繡得妙不可言的那個紅字，以致那些與她熟識的男男女女，簡直感到像是第一次與她謀面。這個紅字具有一種震懾的力量，竟然把她從普通的人間關係中超脫出來，緊裹在自身的氛圍裡。

「她倒做得一手好針線，這是不用說的，」一個旁觀的女人說，「這個厚臉皮的淫婦，居然想到用這一手來漂白自己，可眞是從來沒見過！我說，太太們，這純粹是當面笑話我們那些規規矩矩的官老爺，這不是借大人先生們判的刑罰來大出風頭嗎？」

「我看啊，」一個面孔板得最緊的老太婆咕噥著，「要是我們能把海絲特太太那件講究的衣袍，從她秀氣的肩膀上扒下來，倒挺不錯；至於她繡得稀奇古怪的那個紅字嘛，我倒願意賞給她一塊我害風濕病用過的法蘭絨破布片，做出來才更合適呢！」

「噢，安靜點，街坊們，安靜點！」她們當中最年輕的同伴悄聲說；「別讓她聽見你們的話！她繡的那個字，針針線線全都扎到她心口上呢。」

獄吏此時用權杖做了個姿勢。

「讓開路，好心的人們，讓開路，看在國王的份上！」他叫嚷著。「讓開一條路；我向諸位保證，白蘭太太要站的地方，無論男女老少，都可以看清她漂亮的衣服，從現在起到午後一點，包你們看個夠。祝福光明正大的麻薩諸塞殖民地，一切罪惡都得拉出來見見太陽！過來，海絲特太太，在這市場上亮亮你那鮮紅的字母吧！」

圍觀的人群中擠開了一條通路。海絲特．白蘭跟著在前面開路的獄吏、身後尾隨著擰眉鑽目的男人和心狠面惡的女人的不成形的隊伍，走向指定讓她示衆的地方。一大群懷著好奇心來湊熱鬧的小男孩，對眼前的事態不明所以，只曉得學校放了他們半天假，他們一邊在前面跑著，一邊不時回過頭來盯著她的臉、她懷中抱著的眨著眼的嬰兒、還有她胸前那個丟人現眼的紅字。當年，從牢門到市場沒有幾步路。然而，要是以囚犯的體驗來測量，恐怕是一個路途迢迢的旅程；因爲她雖說是昂首闊步，但在人們逼視的目光下，每邁出一步，都要經歷一番痛苦，似乎她的心已經給拋到街心，任憑所有的人碾踩踐踏。然而，在我們人類的本性中，原有一條既絕妙又慈悲的先天準備，遭受苦難的人在承受痛楚的當時，並不能覺察到其劇烈的程度，反倒是過後綿延的折磨，最能使其撕心裂肺。因此，海絲特．白蘭簡直是以一種安詳的舉止，度過了此時的磨難，來到市場西端的刑台跟前。這座刑台幾乎就豎在波士頓最早的教堂的簷下，看上去像是教堂的附屬建築。

事實上，這座刑台是構成整個懲罰機器的一個組成部分，時隔二、三代人的今天，它在我們的心目中，只不過是個歷史和傳統的紀念，但在當年，卻如同法國大革命時期恐怖黨人的斷頭台一樣，被視爲教化勸善的有效動力。簡言之，這座刑台是一座伽號示衆的台子，上面豎著那個懲罰用的套伽，做得剛好把人頭緊緊卡住，以便引頸翹首供人觀瞻。設計這樣一個以鐵和木製成的傢伙，顯然極盡羞辱之能事。依我看來，無論犯有何等過失，再沒有比這種暴行更違背我們的人性了，其不准罪人隱藏他那羞慚的面容的險惡用心，實在無以復加；而這恰恰是這一刑罰的本意所在。不過，就海絲特．白蘭的例子而論，倒和多數其它案子相仿，她所受到的懲處，是要在刑台上罰站示衆一段時間，而無需受扼頸囚首之苦，從而幸免於這一醜陋機器最爲凶殘的手段。她深知自己此時的角色意義，舉步登上一段木梯，站到齊肩高的台上，展示在圍觀人群的衆目睽睽之前。

假若在這一群清教徒之中有一個羅馬天主教徒的話，他就會從這個服飾和神采如畫、懷中緊抱嬰兒的美婦身上，聯想起衆多傑出畫家所競先描繪的聖母的形象；誠然，他的這種聯想，只在對比中才能產生，因爲聖像中那聖潔清白的母性懷中的嬰兒，是獻給世人來贖罪的。然而在她身上，世俗生活中最神聖的品德，卻被最深重的罪孽所玷污了，其結果，只能使世界由於這婦人的美麗而更加晦黯，由於她生下的嬰兒而益發沉淪。

在人類社會尚未腐敗到極點之前，目睹這種罪惡與羞辱的場面，人們還不致以淡然一笑來代替不寒而慄，總會給留下一種敬畏心理。親眼看到海絲特．白蘭示衆的人們，尚未失去他們的純眞。如果她被判死刑，他們會冷冷地看著她死去，而不會咕噥一句什麼過於嚴苛的話；但他們誰也不會像另一種社會形態中的人那樣，把眼前的這種示衆只當作笑柄。即使有人心裡覺得這事有點可笑，也會因爲幾位至尊至貴的大人物的鄭重出席，而嚇得不敢放肆。總督、他的幾位參議、一位法官、一名將軍和鎭上的牧師們，就在議事廳的陽台上或坐或立，俯視著刑台。能有這樣一些人物到場，而不失他們地位的顯赫和職務的威嚴，我們可以有把握地推斷，所做的法律判決，肯定具有眞摯而有效的含義。因之，人群也顯出相應的陰鬱和莊重。這個不幸的罪人，在數百雙無情的目光緊盯著她、集中在她前胸的重壓之下，盡一個婦人的最大可能支撐著自己。這實在是難以忍受的。她本是一個充滿熱情、容易衝動的人，此時她已使自己堅強起來，以面對用形形色色的侮辱來發洩的公憤的毒刺和利刃；但是，人們那種莊重的情緒，反倒隱含著一種可怕得多的氣氛，使她寧可看到那一張張僵硬的面孔，露出輕蔑的嬉笑來嘲弄她。如果從構成這一群人中的每一個男人、每一個女人和每一個尖嗓門的孩子的口中爆發出轟笑，海絲特·白蘭或許可以對他們所有的人報以倨傲的冷笑。可是，在她注定要忍受的這種沉悶的打擊之下，她時時感到要鼓足胸腔中的全部力量，來尖聲呼號，並從刑台上翻到地面，否則，她會立刻發瘋的。

然而，在她充當衆目所矚的目標的全部期間，她不時感到眼前茫茫一片，至少，人群像一大堆支離破碎、光怪陸離的幻象般地朦朧模糊。她的思緒，尤其是她的記憶，卻不可思議地活躍，越出這蠻荒的大洋西岸邊緣上小鎭草創的街道，不斷帶回來別的景色與場面；她想到的，不是那些尖頂高帽帽沿下藐視她的面孔。她回憶起那些最瑣碎零散、最無關緊要的事情；孩提時期和學校生活，兒時的遊戲和爭吵，以及婚前在娘家的種種瑣事蜂擁回到她的腦海，其中還混雜著她後來生活中最重大事件的種種片斷，一切全都歷歷如在目前；似乎全都同等重要，或者全都像一齣戲。可能，這是她心理上的一種本能反應：透過展現這些各色各樣、變幻莫測的畫面，把自己的精神，從眼前這殘酷現實的無情重壓下解脫出來。

無論如何，這座示眾刑台成了一個瞭望點，在海絲特．白蘭面前展現出自從她幸福的童年以來的全部軌跡。她痛苦地高高站在那裡，再次看見了她在老英格蘭故鄉的村落和她父母的家園：那是一座破敗的灰色石屋，雖說外表是一派衰微的景象，但在門廊上方，還殘存著半明半暗的盾形家族紋章，標誌著遠祖的世系。她看到了她父親的面容：光禿禿的額頭和飄灑在伊麗莎白時代老式環狀縐領上的威風凜凜的白鬚；她也看到了她母親的面容，那種無微不至和牽腸掛肚的愛的表情，時時在她腦海中縈繞，即使在母親去世之後，仍在女兒的人生道路上，經常留下溫馨憶念的告誡。她看到了自己少女時代光彩動人的美貌，把她慣於映照的那面昏暗的鏡子的整個鏡心都照亮了。她還看到了另一副面孔，那是一個年老力衰的男人的面孔，蒼白而瘦削，看上去一副學者模樣，由於在燈光下研讀一冊冊長篇巨著而老眼昏花。然而，正是這同一雙昏花的眼睛，在一心要窺測他人的靈魂時，又具有那麼奇特的洞察力。儘管海絲特．白蘭那女性的想像力竭力想擺脫他的形象，但那學者和隱士的身影還是出現了：他略帶畸形，左肩比右肩稍高。在她回憶的畫廊中接下來升到她眼前的，是歐洲大陸一座城市裡縱橫交錯且又顯得狹窄的街道，以及年深日久、古色古香的公共建築物，宏偉的天主教堂和高大的灰色住宅❹；一種嶄新的生活在那裡等待著她，不過仍和那個畸形的學者密切相關；那種生活，像是附在頹垣上的一簇青苔，只能靠腐敗的營養滋補自己。

最終，這些接踵而至的場景煙消雲散，海絲特．白蘭又回到這片清教徒殖民地的簡陋的市場上，全鎮的人都聚集在這裡，一雙雙嚴厲的眼睛緊緊盯著她——是的，盯著她本人——她站在示眾刑台上，懷中抱著嬰兒，胸前釘著那個用金絲線絕妙地繡著花邊的鮮紅字母A！

這一切會是眞的嗎？她把孩子往胸前猛地用力一抱，孩子哇地一聲哭了；她垂下眼睛注視著那鮮紅的字母，甚至還用指頭觸摸了一下，以便使自己確信嬰兒和恥辱都是實實在在的。是啊！——這些便是她的現實，其餘的一切全都消失了！

---

❹指荷蘭的阿姆斯特丹，可參見下章。據歷史記載，當年在英國受迫害的清教徒，先逃亡到荷蘭，隨後才移居新大陸。

3 相識

這個身佩紅字的人，終於從充當眾目嚴厲注視的對象的強烈意識中解脫出來，因爲她此時，注意到人群的外圈站著一個身影，那個人立刻不可遏止地占據了她的頭腦。一個身著土著裝束的印第安人正站在那裡，但在這塊英國殖民地中，紅種人並非鮮見，此時有這麼一個人站在那兒，不會引起海絲特．白蘭的任何注意，更不會把一切其它形象和思緒，一概從她的腦海中排擠出去。而在那個印第安人的身邊，站著一個身上混穿著文明與野蠻服裝的白種人，無疑是那印第安人的同伴。

他身材矮小、滿臉皺紋，不過還很難說是年事已高。但一望可知他是個智慧出眾的人，似乎智力上的高度發展，不可能不引起形體上的變化，從而在外表上具備了顯著的特徵。儘管他似乎是漫不經心地隨便穿了件土人的衣服，其實是要遮掩或減少身體的怪異之處，但海絲特．白蘭仍一眼便看出那個人的兩肩並不一般高。她一看到那人瘦削、多皺的面孔和稍稍變形的軀體，便不由自主地再一次把嬰兒緊摟在胸前，直弄得那可憐的孩子又疼得哭出了聲。但作母親的好像對此聽而不聞。

在那個不速之客來到市場、海絲特．白蘭還沒看到他之前，他的目光早已直勾勾地盯上了她。起初，他的目光只是隨隨便便的，像是一個習慣於洞察他人內心的人，除非外表上的什麼東西與內心有關，否則外觀便既無價值又不重要。然而，他的目光，很快就變得犀利而明察秋毫了。他的面孔上掠過一陣痛苦的恐怖，像是一條蛇在上面迅速蜿蜒，因稍停片刻，而使那盤踞的形體清晰可見。他的臉色由於某種強有力的內心衝動，而變得陰暗，不過，他立刻用一種意志力控制住，使這種臉色稍縱即逝，換上了一副可以說是平靜的表情。僅僅過了瞬間，那種痙攣就幾乎消逝得無影無蹤，終於沉積在他天性的深淵。當他發現海絲特．白蘭的目光與他的目光相遇，並且看來已經認出了他時，他便緩慢而平靜地舉起一個手指，在空中做了個姿勢，然後把手指放在自己的嘴唇上。

隨後，他碰了碰旁邊站著的一個本鎮居民的肩膀，禮貌周到地開了腔。

「我請問您，好心的先生，」他說，「這位婦女是誰？——爲什麼要站在這裡示衆受辱？」

「你大概在這兒人生地不熟，朋友，」那個鎭上人一邊回答，一邊好奇地打量這個發問的人和他那不開化的同伴，「不然的話，你一定會聽到過海絲特．白蘭太太，還有她幹的醜事了。我可以向你保證，她在虔誠的丁梅斯代爾牧師的教堂裡，已經引起了公憤。」

「您算是說對了，」那人接口說。「我是個外地人，一直迫不得已地到處流浪。我在海上和陸上屢遭險釁，在南方不信教的人當中給囚禁了很久；如今又給這個印第安人帶到這裡來找人贖身。因此，請問您肯不肯告訴我，海絲特．白蘭——我把她的名字說對了嗎？——這個女人到底犯了什麼過錯，給帶到那座刑台上呢？」

「真的，朋友，我想，你在人跡罕至的地方歷經劫難之後，」那個鎮上的人說，「終於來到我們這塊敬仰上帝的新英格蘭，心裡一定挺高興的；在這裡，一切的罪惡都要當衆揭發出來，在長官和百姓面前加以懲罰呢。那上邊站著的女人嘛，先生，你應該知道，是一個有學問的人的妻子，男人生在英國，但已經長期在阿姆斯特丹定居，不知爲了什麼，他好久以前想起要飄洋過海，搬到我們麻薩諸塞這地方來。爲此，他先把他妻子送來，自己留在那邊處理那些免不了的瑣事。天啊，好心的先生，在差不多兩年的時間裡，也許還沒那麼久呢，這女人一直是我們波士頓這兒的居民，那位學者，白蘭先生，卻始終沒有一點音訊；而他這位年輕的老婆，你看，就自個兒走上了邪道——」

「啊！——啊哈！——我明白了，」那陌生人苦笑著說。「照您說的，這位飽學之士本應在他的書本中也學到這一點的。那麼，您能不能開個恩告訴我，先生，誰可能是那嬰兒的父親呢？我看，那孩子——就是白蘭太太懷裡抱著的，也有三、四個月大了吧。」

「說實在的，朋友，那件事還是個謎呢；像但以理❶那樣聰明的解謎人，我們這兒還沒有

---

❶據傳爲《舊約》〈但以理書〉的作者，被視爲最賢明的裁判者。

哪，」那鎮上人回答說。「可海絲特太太守口如瓶，地方官挖空心思也白費勁。說不定那個犯下罪的人，正站在這兒看這個令人傷心的場面呢，而別人卻還不知道正是他幹的，他可忘了上帝正盯著他哪。」

「那個學者，」那陌生人又笑著評論說，「應該親自來調查調查這樁奇案。」

「要是他還活著，是該由他來辦的，」那鎮上人附和著說。「唉，好心的先生，我們麻薩諸塞的當局認爲，這個女人年輕漂亮，準是受了極大的誘惑才墮落的——何況，很可能，她的丈夫已經葬身海底　那些當官的不敢大膽地用我們正義的法律強制判她極刑。論罪，她是該處死的。但是，由於他們心腸軟，大慈大悲，只判了白蘭太太在刑台上站三個小時，以後，在她的有生之年，胸前要永遠佩戴一個恥辱的標記。」

「好聰明的判決！」那陌生人沉重地垂下了頭說。「這樣她就成了告誡人們抵制罪惡的活訓條了，直到那個恥辱的字母，刻到她的墓碑上爲止。不過，讓我不痛快的是，那個和她通姦一同犯罪的人，居然沒有在刑台上陪她站著，這本來是最起碼的嘛。反正他會讓人知道的——會讓人知道的——他一定會讓人知道的！」

他向和他談話的那鎮上人恭恭敬敬地鞠了一躬，又跟他的印第安隨從耳語了幾句，便雙雙穿過人群擠到前邊去了。

在這段時間裡，海絲特．白蘭一直站在高台上，牢牢盯視著那陌生人；她的注意力完全集中到他身上，那一陣子，她視界內的一切目標，全都從她眼前消失了，只剩下他和她兩個人。或許，在另外一種場合與他邂逅還要可怕。如今呢，她那本來只該在壁爐旁恬靜的柔光中、在家中幸福的暗處或在教堂的莊嚴氣氛籠罩下才能看到的姿容，卻在聚攏來的全鎮人面前，被大家像看熱鬧似的死盯著：炎炎的午日燒灼著她的面孔，照亮了臉上的恥辱，她胸前佩著醜陋的鮮紅標記，懷中抱著因罪孽而生下的嬰兒。此情此景雖然可怕，但她卻感到這數以千計的旁觀者的存在，倒是一種庇護。她這樣站著，在她和他之間隔著這麼多人，總比只有他們倆面面相覷要好受一些。她確實向這種示衆場面尋求著避難之所，唯恐這頂保護傘會從她身邊撤掉。她的腦際充滿了這種種念頭，對於她身後傳來的話語竟然充耳不聞，直到後來那嚴肅的話音，越來越高地一再重複她的名字，使得在場的所有的人都聽得一清二楚了。

「聽我說，海絲特．白蘭！」那聲音喊道。

前面已經提及，就在海絲特．白蘭站立的高台的正上方，有一處陽台，或者說是露天走廊，是從議事廳延伸出來的。當年，在地方長官開會中間，如果要發布什麼公告，需要鎭民都來出席聆聽時，就在這裡舉行種種儀式。今天，爲了目睹我們上面所描寫的場面，貝林漢總督親自坐陣，椅子後面站著四個持長戟的警衛充當儀仗。他帽子上插著一支黑羽毛，大氅上繡著花邊，裡面襯著的是黑絲絨緊身衣；他是一位年長的紳士，皺紋中印下了他艱苦的經歷。他出任這一地區的首腦和代表很適當，因爲這一殖民地的起源、發展及其現狀，並非取決於青春的衝動，而有賴於成年的嚴厲和老練，以及老年的權謀和手腕；他們所以能成就頗多，恰恰因爲他們的幻想和希望有限。環繞著這位總督的其他顯要，一個個都威風凜凜，因爲他們所屬的時代，官方機構被公認爲具有神權制度的神聖性。不消說，他們都是爲人聖潔、主持正義的好人。然而，要從整個人類大家庭中，遴選出同等數量的英明賢德之士絕非易舉，假如讓這種人坐下來審判一個犯了罪的女人的心靈，並分清善與惡的交錯盤結，比起海絲特・白蘭此時轉過身來面對著的這伙表情僵硬的聖人們，不一定高明多少。確實，她似乎深知這一點，不管她期待著什麼樣的同情，只能到人群中的博大及溫暖的胸懷中去尋求，因此，當她抬眼朝陽台上望去時，這個不幸的女人，立時面色蒼白、渾身戰慄了。

剛才呼喊她注意的聲音，發自德高望重的約翰・威爾遜牧師，他是波士頓神職人員中年事最高的一位，如同當年從事這一職業的他的同輩人一樣，他也是一位大學者，此外，他還是個親切和藹的人。不過，他的這種待人親切和藹的心腸，並沒有像他那聰明才智的頭腦一樣，得到仔細認眞的栽培，老實講，對他來說，這種好心腸與其值得自我慶幸，不如視作一種恥辱。他站在那裡，便帽下面露出一綹灰白的假髮；他那雙習慣於他書齋中朦朧光線的灰色眼睛，在這纖塵不染的陽光中，也像海絲特的嬰兒的眼睛一樣眨著。他那副樣子，就像我們在古舊的經書扉頁上看到的黑色木刻肖像；而當他此時邁步向前，干預人類的罪孽、情欲和苦惱時，他的權力也並不比那些肖像多。

「海絲特．白蘭，」那牧師說道，「我已經同這裡這位年輕的兄弟爭論過，而你正是有幸坐聽他佈道的，」——此時威爾遜先生把手放在身邊一個臉色蒼白的年輕人的肩上——「我說，我曾經試圖說服這位虔誠的青年，要由他面對蒼天，在這些英明而正直的長官面前，在全體人民的旁聽之下，來處理你的問題，觸及你罪孽中邪惡而陰暗的一面。由於他比我更了解你的秉性，他應該是個更合格的法官，他更清楚應該選用什麼樣的剛柔並濟的辭令，來克服你的桀驁不馴；以使你不再隱瞞那個誘惑你如此墮落的人的姓名。然而，儘管他的才華超出了他的年齡，卻仍有年輕人的優柔。他同我爭辯說，強制一個婦女，在光天化日之下和大庭廣眾之中，敞開自己內心的隱私，是和婦女的本性格格不入的。確實，我試圖說服他，恥辱在於苟且罪孽的當時，而不在於袒露罪孽的事後。你再說一遍吧，丁梅斯代爾兄弟，你對此看法如何？到底該由你呢還是由我，來探究這可憐的罪人的靈魂呢？」

陽台上那些道貌岸然、可尊可敬的先生們，彼此一陣交頭接耳，貝林漢總督表達了這陣竊竊私語的主旨，他說話時語氣莊重威嚴，不過仍含有對他招呼著的那年輕牧師的尊敬。

「善心的丁梅斯代爾牧師先生，」他說，「你對這女人的靈魂，負有極大的責任。因此，應該由你來規勸她悔過和招供，以證明你盡職盡責並非枉然。」

這番直截了當的要求，把整個人群的目光，都吸引到了丁梅斯代爾牧師的身上；他是畢業於英國一所著名大學的年輕牧師，把當時的全部學識，都帶到我們這片荒野密林的地帶來了。他那雄辯的口才和宗教的熱情，早已預示了他在自己的職業中將要飛黃騰達。他的外貌頗具魅力，有著高聳、白皙的額頭，和一雙憂鬱的褐色大眼，至於他的嘴唇，如果不是緊緊閉著，就會易於顫抖，表明了他既有神經質的敏感，又有極大的自制力。儘管他有極高的天賦和學者般的造詣，這位年輕的牧師身上，卻流露出一股憂心忡忡的驚慌失措的神色，恰似一個人在人生道路上偏離了方向，頗有迷惘之感，只有把自己封閉起來才覺得安然。因此，只要他的職責允許，他就在濃蔭密布的小徑上漫步，藉以保持他自己的純眞和稚氣；必要時，便會帶著清新馥郁和露水般晶瑩純潔的思想，邁步走出來，正如許多人所說，使他們感受到有如天使般的言辭。

威爾遜牧師先生和總督大人作了公開介紹並引起大家注意的，正是這樣一個年輕人。他們要他在衆人當場聆聽的情況下，來盤詰那個女人靈魂中的秘密——而她的靈魂雖然受到玷污，依然神聖不可侵犯。他被置於尷尬的境地，直逼得他面頰上失去血色，雙唇不停地顫抖。

「跟這個女人談談吧，我的兄弟，」威爾遜先生說。「這是她靈魂的關鍵時刻，而正如令人崇敬的總督大人所說，由於你對她的靈魂負有職責，因此，這對你自己的靈魂，也同樣是關鍵時刻。勸誡她招認實情吧！」

丁梅斯代爾牧師先生低下頭去，像是在默默祈禱，然後便邁步向前。

「海絲特．白蘭，」他俯身探出陽台，堅定地朝下凝視著她的眼睛說著，「你已經聽到了這位好心的先生所講的話，也已經看到了我所肩負的重任。如果你感到這樣做可以使你的靈魂得以平靜，使你現世所受的懲罰，可以更有效地拯救你的靈魂，那麼我就責令你說出同你一起犯罪的同夥，和同你一起遭罪的難友！不要由於對他抱有錯誤的憐憫和溫情而保持沉默吧；因為，請你相信我的話，海絲特，雖然那樣一來，他要就從高位上走下來，站到你的身邊，和你同受示眾之辱，但總比終生埋藏著一顆罪惡的心靈要好得多。你的沉默對他能有何用？無非是誘引他——啊，事實上是迫使他——在罪孽上再蒙以虛偽！上天已經賜給你一個當眾受辱的機會，你就該藉以光明磊落地戰勝你內心的邪惡和外表的悲傷。現在呈獻到你唇邊的那杯辛辣而有益的苦酒，那人或許缺乏勇氣去接過來端給自己，但我要提請你注意，不要阻止他去接受吧！」

青年牧師的話音時斷時續，聽起來甜美、豐潤而深沉，實在撼人心肺。那明顯表達出來的感情，要比言詞的直接涵義，更能撥動每個人的心弦，因此博得了聽眾一致的同情。甚至海絲特懷中那可憐的嬰兒，都受到了同樣的感染：因為她此時正轉動著始終還是空泛的視線，盯向丁梅斯代爾先生，還舉起兩條小胳膊，發出一陣似憂似喜的聲音。牧師的規勸，實在具有說服力，以致在場的所有的人都相信，海絲特．白蘭就要說出那罪人的姓名了；否則，那個犯罪的男人自己，不管此時站在高處或低位，也會在內心必然的推動之下，走上前來，被迫登上刑台。

海絲特搖了搖頭。

「女人，你違背上天的仁慈，可不要超過限度！」威爾遜牧師先生更加嚴厲地嚷道。「你那小小的嬰兒都用她那天賜的聲音，來附和並肯定你所聽到的規勸了。把那人的姓名說出來吧！那樣，再加上你的悔改，將有助於從你胸前取下那紅字。」

「我永遠都不會說的！」海絲特．白蘭回答說。她的眼睛沒有去看威爾遜先生，而是凝視著那年輕牧師深沉而憂鬱的眼睛。「這紅字烙得太深了，你是取不下來的。但願我能在忍受我的痛苦的同時，也忍受住他的痛苦！」

「說吧，女人！」從刑台附近的人群中發出的另一個冷酷的男人聲音說。「說出來吧；讓你的孩子有個父親！」

「我不說！」海絲特回答著，她的臉色雖然變得像死人一樣慘白，但還是對那個她確認無疑的聲音，作出了答覆。「我的孩子應該尋求一個上天的父親；她將永遠不會知道有一個世俗的父親的！」

「她不肯說！」丁梅斯代爾先生囁嚅著。他一直俯身探出陽台，一隻手捂住心口，等候著聽他呼籲的結果。這時他長長吐了一口氣，縮回了身體：「一個女人的心胸是多麼堅強和寬闊啊！她不肯說！」

那年長的牧師，看出這可憐的罪人一意孤行，他對此早已成竹在胸，便對人群發表了一通論述罪惡的演講，他列舉了形形色色的罪過，並且時時涉及那不光彩的字母。他在長達一個多小時的演講中，詳盡地敘述著這個標記，他那強有力的言辭，在人們的耳際反覆轟鳴，在他們的心頭引起了新的恐懼，似乎把這個標記，用煉獄之火染得通紅。

與此同時，海絲特．白蘭，始終帶著一種疲憊的淡然神情，在她的恥辱台上凝眸端立。那天早晨，她忍受了人性所能承擔的一切；由於她的氣質決定了她不會以昏厥來逃避過於強烈的苦難，她的精神只能躲藏在麻木的石質硬殼下，而令動物生命的機能依然無損。

因此，那位佈道者的聲音，雖在她耳畔殘酷無情地響如雷鳴，但卻無濟於事。在她備受折磨的這後一段時間，那嬰兒的尖聲哭號直貫雲霄；她雖下意識地想哄著孩子安靜下來，但似乎對嬰兒的不安無動於衷。她就這樣木雕泥塑般地又給帶回監獄，從眾人眼前消失在釘滿鐵釘的牢門後面。那些目光隨著她身影窺視的人耳語著說，她胸前的紅字在牢內黑漆漆的通路上，投下了一道血紅的閃光。

4 會面

海絲特·白蘭返回監獄之後，便陷入一陣神經質的激動之中，必須有人片刻不離地看守著她，以防止她作出自戕之舉；或在一時狂亂之中，對可憐的嬰兒有所傷害。夜幕將臨，人們發現，無論是大聲喝斥抑或以懲罰作威脅，對於她的不順從都無濟於事，看守人布萊基特先生，便主張請來一個醫生給她看看。按照他的介紹，那醫生不但精通基督教的各種醫術，而且熟諳從野蠻人那裡學來的生長在林間的一切草藥。老實講，需要醫生診治的，不僅是海絲特本人，倒是那孩子更爲急迫。由於她要從母親的乳汁中汲取營養，似乎同時吸進了滲透在母親肌體中的一切騷動、痛楚和絕望。此時，她正在痛苦的痙攣中扭動著，那小小的身軀，成了海絲特·白蘭一天中所忍受的精神上之極度痛苦的有力的具體表現。

那個外表奇特的陌生人，緊跟在看守人身後走進了淒涼的牢房，他上午在人群中露臉時，曾經引起了紅字佩戴者的深切注意。長官們後來安排他暫時棲身獄中，倒不是擔心他會作出什麼有害之舉，而是在和印第安酋長協商他的贖身問題之前，只有如此才最爲方便妥善。據稱他名叫羅傑·齊靈渥斯。看守人把他領進牢房之後，剛過了片刻，室內居然隨那人的到來而安靜下來，使看守人頗爲詫異；此時嬰兒雖然依舊呻喚不止，海絲特．白蘭卻立刻像死去一般地呆滯了。

「朋友，請讓我和我的病人單獨待一會兒，」那醫生說道。「請相信我吧，好看守，你管的這間牢房，很快就會安靜下來的；而且我還向你保證，白蘭太太將從此遵從執法長官，不會再像原先那樣了。」

「嘿，要是你老先生能夠做到這一點，」看守布萊基特回答說，「我可要承認你眞是手到病除了！眞的，這女人一直都像是魔鬼纏身似的；我簡直使盡了招數，只差沒用鞭子把撒旦從她身上趕走啦。」

陌生人心平氣和地走進牢房，那態度倒和他自稱的醫生職業相稱。看守退出以後，只剩他和那女人面面相對時，他依然平靜如初，儘管她在人群中曾經那麼專注地望著他，已經說明他倆之間的關係密切異常。他先診視那孩子，是啊，那嬰兒躺在輪床上輾轉哭泣，使他不能不撇下其它，把平息她作爲當務之急。他仔細地診視了孩子，然後從懷裡掏出一個皮匣。裡面像是裝著藥物，他取出一粒，攪進一杯水裡。

「我過去對煉金術的研究，」他述說著，「再加上過去一年裡生活在一個精通草藥品性的民族中間，使我比許多科班出身的醫生更高明。聽我說，婦人！這孩子是你的——和我毫無血緣——她也不會把我的音容認作是她父親的。所以，還是由你親手給她餵藥吧。」

海絲特推開了他舉著的那劑藥，兩眼疑慮重重地緊盯著他的面孔。

「你打算在這無辜的嬰兒身上發洩你的仇恨嗎？」她悄聲說。

「愚蠢的女人！」那醫生不冷不熱地應道。「加害於這樣一個不幸的私生嬰兒，難道我發瘋了？給她喝下去會藥到病除的；即使她是我的孩子——對，既是我的，當然也就是你的！——我也沒有更好的藥了。」

她仍然遲疑不決，事實上，她的頭腦此時已經不清醒了。他便藉機抱過嬰兒，親自給她餵了藥。藥力很快便見了效，看來醫生說話算話。患病的小傢伙的呻喚平息了，痙攣般的扭動也逐漸停止了，過了一會兒，她就像病兒解除痛苦之後慣見的那樣，香甜地進入了夢鄉。那醫生如今可以當之無愧了，這才探視作母親的。他仔細認眞、專心致志地為她把脈，還觀察她的眼睛！他的盯視本是如此熟悉，此時卻陌生而冷酷，只看得她的心都抽搐了，收緊了！最後，他滿意地結束了診斷，開始調和另一劑藥。

「我不懂什麼迷魂湯或忘憂草之類的東西，」他說道，「但我在那些野蠻人中間學到了許多新訣竅，這裡的就是其中一——這是一個印第安人教給我的一種偏方，以報答我傳授給他的像巴拉塞爾蘇斯❶那樣一些老掉牙的知識。喝下去吧！這藥也許不如一顆無罪的良心那樣一議人舒服，那種良心我可沒辦法給你。不過，這劑藥像是把油倒在暴風雨掀起的海浪上，總可以平息你

---

❶巴拉塞爾蘇斯（一四九三～一五四一）：瑞士的煉金術士和醫生。

那澎湃翻騰的情欲。」

他把杯子端給海絲特，而她在接過杯子的時候，眼睛緩緩地打量著他的面孔，她的目光中說不上來有什麼恐懼，倒是充滿了懷疑和探究，想弄清他的眞正目的是什麼。她接著又看了看她那熟睡的孩子。

「我想到過死，」她說，「我巴不得去死——甚至還祈禱過上帝要我去死，如果我還能夠有所祈求的話。不過，要是這杯藥可以致我於死地，在你眼看著我一口呑下去之前，我請求你再想一想。看！杯子已經沾到我嘴唇了。」

「那就喝吧，」他回答著，依然冷酷如前、不動聲色。「難道你這麼不了解我嗎，海絲特．白蘭？我的目標會如此淺薄嗎？即使我心裡想著復仇的念頭，爲了達到我的目標，比起讓你活著——比起給你藥吃，讓你解除身體的危害——以便讓這灼熱的恥辱，可以繼續燒燙你的胸膛，難道我還有什麼更高明的作法嗎？」他一邊說著，一邊把長長的食指放到那紅字上，那字立刻火燒火燎地像是烙進了海絲特的胸膛。他注意到她那不由自主的姿勢，微微一笑。「所以說，還是活下去吧，在男男女女的眼前，在你確曾稱作丈夫的人眼前，在這個孩子的眼前，承受你注定的命運吧！那麼，爲了你可以活下去，把這藥吃下去。」

海絲特．白蘭無需再聽勸告，也沒有再加拖延，便舉杯將藥一飲而盡，然後，按照這個手段高明的男人的示意，坐到了孩子睡著的床上；而他則拉過牢房中唯一的一把椅子，坐在她的旁邊。她面對這種種安排，不由得全身顫抖起來；因爲她感覺到——在完成這一切由人道或原則，或者，果眞如此的話，由一種優雅的殘忍，迫使他做出這些解脫她肉體上痛苦的事情之後——下一步，他就要作爲被她無可挽回地深深傷害了的人，來對待她了。

「海絲特，」他說，「我不對你盤詰：出於什麼原因或以何種方式，你墮入了深淵，或者寧可說，你登上了恥辱的刑台——我正是在那兒見到你的。原因想也知道，那就是我的愚蠢和你的軟弱。我——一個有頭腦的人，一個博覽群書的蛀書蟲，一個已經老朽的人，已經把我的大好年華都用來充實我對知識的飢渴之夢了。我與你這樣的青春與美貌已經無關了！我生來畸形，我怎能自欺，竟以爲知識和智能，可以在年輕姑娘的心目中掩蓋肉體的缺陷！人們都認爲我聰明，如果智者有自知之明，我早就該預見到這一切了。我原先就應料到，當我走出那浩渺的莽林，步入這基督徒的居住區時，首先映入我眼簾的就是你本人，海絲特．白蘭，作爲不光彩的形象，高高地站在衆人面前。唉！從我們新婚燕爾、一起走下那古老教堂的門階的那一刻起，我就應該看到：在我們道路的盡頭正燃著紅字的熊熊烈火！」

「你知道，」海絲特說，（儘管她十分沮喪，但依舊無法忍受剛才在她恥辱的標記上那平和的一戳）「你知道我一向對你很坦率。我沒有感受到愛情，我也不想假裝。」

「的確，」他回答說。「那是我的愚蠢！我剛才已經說過了。不過，直到我生命的那一刻爲止，我都白活了。整個世界都是那麼鬱鬱寡歡！我的心寬敞得可以容下好多客人，但孤寂而凄涼，沒有一處家居的壁爐。我多盼望能點燃一爐火啊！看來這並非非分之想——儘管我年老，我陰沉，我畸形——但這種天南地北人人都可用來溫暖自己的最樸素的福份，我也能夠享有才是。於是，海絲特，我就把你裝進了心窩，放進最深的地方，想用你給我的溫暖來溫暖你！」

「我讓你太受委屈了。」海絲特訥訥地說。

「我們彼此都讓對方受了委屈，」他回答說。「是我先委屈了你。我把你含苞的青春，同我這朽木錯誤地、不自然地稼接在一起，從而斷送了你。因此，作為一個沒有白白具有思想而且懂得哲理的人，我對你既不謀求報復，也不懷有邪念。在你我之間，天平保持了相當的平衡。不過，那個坑害了你我二人的人還活著，海絲特！他是誰？」

「不要問我！」海絲特．白蘭定睛望著他的面孔回答說。「這一點你永遠不會知道的！」

「永遠不，你是這麼說的嗎？」他接口說，臉上露出陰沉和自信的笑意。「永遠不會知道他！相信我吧，海絲特，還沒有什麼事情——無論是在外部世界上的，還是在不可見的某種思想深處之中的！——都沒有什麼事能夠逃過一個對解決神秘問題孜孜以求的人的眼睛。你可以對那些刨根問底的群眾隱藏你的秘密，你也可以對那些牧師和大人們掩飾你的秘密，即使在他們像今天所作的那樣，竭力想把那人的名字從你心中擠軋出來，讓你們結伴示眾的時候，也是枉然。至於我呢，我要用他們所不具備的其它感覺來尋求答案，我要像我在書本中探索真理、用煉金術提煉黃金那樣，去找出這個男人。我可以靠一種共同感應來覺察出他來。我要看著他渾身顫抖，我會突然而不由自主地感到自己在戰慄。或遲或早，他必將落入我的掌握之中！」

那個滿臉皺紋的學者的眼睛，亮閃閃地死盯住海絲特．白蘭，直逼得她用雙手緊緊捂住胸口，唯恐他馬上從那兒讀到她的秘密。

「你不想說出他的名字嗎？反正他也逃不出我的掌心。」他接著說，露出得意的神情，似乎是他在主宰命運。「他的衣服上沒有像你一樣縫著恥辱的字母；但我仍可以洞察他的內心。不過不必爲他擔心！不要以爲我會擾亂上天的懲治方法，或者，把他揭露出來，訴諸人間的法律去制裁，那樣我會得不償失。你也不要猜想我會設法勾消他的生命；不，我也不會詆毀他的名譽，要是我判斷得對，他是個頗有名望的人。讓他活著吧！反正他逃不出我的掌心！」

「你的行動像是在發慈悲，」海絲特困惑而驚恐地說。「但你的言辭只能讓人感到害怕！」

「既然你曾經是我的妻子，我要求你必須做到一點，」那學者繼續說。「你始終不肯洩露你的姦夫，那就也爲我保密吧！這地方沒人認識我。絕對不要對任何人露一點口風，說我曾經是你的丈夫！這裡，在地球的這塊蠻荒野地裡，我要紮下我的帳篷；因爲在別的地方，我也是個飄泊者，與世人的興趣隔絕，但在這裡，我發現了一個女人、一個男人、一個孩子，我和他們之間，存在著最緊密的聯繫。不管是愛還是恨，也不管是對還是錯，你和你的人，海絲特．白蘭，都屬於我。你在哪兒，他在哪兒，我的家就安在哪兒。但你別把我洩露出去！」

「你爲什麼要這樣呢？」海絲特怯生生地問，她也說不清她怎麼會由於這一秘密的約束而畏縮了。「你爲什麼不公開站出來，立刻把我拋棄呢？」

「可能是，」他答道，「因爲我不願蒙受一個不忠實的女人，給丈夫帶來的玷辱，也許是別的什麼原因。總之，我的目標是生生死死不爲人所知。因此，讓這裡的人都以爲你丈夫已經死了吧，關於他，不應再有任何消息了。無論從言談間，從表情上，還是從動作上，都要裝作不認識我！別露一點口風，尤其對你戀著的那個男人。要是你在這點上壞了我的事，你就小心點吧！他的名譽，他的地位，他的生命，全都握在我的手掌心裡。當心吧！」

「我將像爲他保密一樣來爲你保密。」海絲特說。

「發個誓吧！」他接著說。

她於是起了誓。

「現在，白蘭太太，」老羅傑．齊靈渥斯說——從今以後我們就這麼稱呼他了，「我丟下你不管了；讓你和你的嬰兒，還有那紅字，一起過日子吧！怎麼樣，海絲特？判決是不是規定你睡覺時也要佩著那標記？你難道不怕睡魔和凶夢嗎？」

「你幹嘛要這樣子衝著我笑？」海絲特對著他的目光十分費解地問。「你打算像那個在森林裡作祟的黑男人一樣，糾纏著我們嗎？你是不是已經把我引進了一個圈套，證明我的靈魂給毀掉了呢？」

「不是你的靈魂，」他說著，又露齒一笑。「不，不是你的！」

5 海絲特做針線

海絲特．白蘭的監禁期滿了。牢門打開，她邁步走到陽光下。普照衆生的日光，在她那病態的心靈看來，似乎只是爲了暴露她胸前的紅字。這是她第一次獨自步出牢門，比起前面所描寫的在衆目睽睽之下前呼後擁，走上千夫所指的示衆受辱台，這才是一次眞正的折磨。那天，她爲一種反常的神經緊張和個性中全部好鬥的精神所支撐，使她能夠將那種場面變成一種慘淡的勝利。更主要的，那是在她一生中獨一無二的一次個別的孤立事件，因此，她可以不惜調動在平靜的歲月中足夠多年消耗的生命力，去應付一時之需。就懲辦她示衆的法律而論，那是一個外貌猙獰的巨人，其鐵腕既可以消滅她，也可以支撐她，正是法律本身扶持著她挺過了那示衆的可怕煎熬。

然而，此時此刻，從孑然一身步出獄門起，她就要開始過一天又一天的正常生活了；她必須以自身的普通體力支撐自己活下去，否則只有倒在生活下面。她再也不能靠預支生命力，來幫助自己度過目前的悲痛。明天還會有明天的考驗與之俱來，後天也會如此，再下一天仍會如此；每天都有每天的考驗。可是，在忍受難以言喻的痛苦這一點上，又都是一樣的。遙遠的未來的時日，仍有其要由她承載的重荷，需要她一步步挨下去，終生背負著，永遠不得拋棄；日復一日，年復一年，都將在恥辱的堆積上再疊上層層苦難。她將在長年累月之中，放棄她的個性，而成爲佈道師和道學家指指點點的一般象徵，藉以形象具體地說明，女性的脆弱與罪孽的情欲。他們將教育純潔的年輕人望著她——這個胸前佩戴著灼熱鮮明的紅字的女人；望著她——這個有著可敬的父母的孩子；望著她——這個有著今後會長成女人的嬰兒的母親；望著她——這個原本是純潔無辜的女人：把她當作罪惡的形象、罪惡的肉體和罪惡的存在。而她必將帶到墳墓中去的那個恥辱，將是矗立在她墳上的唯一墓碑。

這件事說來令人不可思議：既然她的判決詞中，沒有限制她不得超越清教徒居民區的條款，那麼，在這片邊遠偏僻的土地之外，她面對著整個世界，原可以自由地回到她的出生地或任何其它歐洲國家，改頭換面、隱姓埋名，一切重新開始；她還面對著通向陰森莫測的莽林的道路，也可以在那裡逃脫制裁她的法律，使自己不馴的本性，在生活習俗完全兩樣的民族中相得益彰。看來實在不可思議的是，她竟然仍把這地方視作自己的家園；而恰恰在這裡，況且也只有在這裡，她才會成爲恥辱的典型。但確實有一種天數，一種具有冥冥之力的不可抗拒和難以避免的感情，迫使人們像幽靈般出沒並滯留在發生過爲他們終生增色添輝、引人矚目的重大事件的地方，而且那事件的悲傷色調愈濃，人們也就愈難以背離那塊地方。她的罪孽、她的恥辱，便是她深紮於此地的根。她在這塊土地上，好像獲得了比她降生人世更具融熔力量的新生，海絲特·白蘭的這一新生，把所有其他移民和飄泊者仍感到格格不入的森林地帶，變成了她自己荒涼陰鬱但卻是終生安身立命的家。世界上別的景色，甚至包括她度過幸福童年和無瑕少女時期的英格蘭鄉村——像是早已換下的衣服，交給她母親去保管了！相形之下，那些地方在她眼裡，都是他鄉異地了。將她束縛在這裡的，是深深嵌進她心靈深處的鐵打的鎖鏈，永遠不可能斷裂了。

雖然她對自己隱藏著那個秘密，但只要那個秘密像蟒蛇出洞似的從她心中一鑽出來，她就會臉色蒼白，這或許是——應該說無疑是，將她滯留在如此息息攸關的場地和小路上的另一種感情。在這場地上居住著一個人，在這裡的小路上踏著他的腳步，雖說不為世人所認可，但她卻自信他倆已結成一體，並將共同來到末日審判的席位前憑欄而立，在那裡舉行神聖的婚禮，以共同承擔未來那永無止期的報應。人類靈魂的誘惑者，一再把這個念頭塞進海絲特的腦海裡，還嘲笑著攫住她的情欲和狂喜，然後又竭力讓她拋掉這一念頭。她只能對這個念頭匆匆一瞥，便又急忙將其閉鎖在它的地窖裡。

終於，她分析出自己在新英格蘭繼續居留下來的動機，並且迫使自己去相信的，其實只有一半是實情，另一半則是自欺。她對自己說，這裡曾是她犯下罪孽的地方，這裡也應是她接受人間懲罰的地方；這樣，或許她逐日受到的恥辱的折磨，最終會蕩滌她的靈魂，並產生出比她失去的那個還要神聖的另一個純潔來，因為這是她殉道的結果。

因此，海絲特．白蘭並沒有出走。在鎮郊半島的邊緣上，有一間小茅屋遠離居民區。這是原先的一名移民建起後又放棄了的，因為那一帶土地過於貧瘠，不宜耕種，況且離群索居，而社會活動當時已成爲移民的一個顯著的習慣。茅屋位於岸邊，隔著一汪海水，與西邊一片濃蔭覆蓋的小山相望。半島上只長著一叢孤零零的矮樹，非但沒有遮住茅屋，反倒像是在指示出這裡有一個目標，而那個目標，原本不情願或至少是應該被擋得看不見的。就在這間孤陋的小屋裡，海絲特從仍在嚴密監視她的當局處獲准，用她那菲薄的手段，來養活她自己和她的孩子。一個疑慮重重的神秘陰影，立刻就纏住了這塊地方。年紀尚幼、不理解這個女人爲什麼會被人類的仁慈拒之門外的孩子們，會躡手躡腳地走近前來，窺視她在茅屋窗邊飛針走線，窺視她佇立門前，窺視她在小花園中耕作，窺視她踏上通往鎮上的小徑；待到看清她胸前的紅字，便懷著一種害怕受到傳染的奇異的恐懼，迅速逃開了。

儘管海絲特處境孤立，世上沒有一個朋友敢於露面，然而她倒不致缺衣少穿。她掌握了一門手藝，即使在那片沒有太大施展餘地的地方，也還足以養活她自己和日見長大的嬰兒。這門手藝，無論在當時抑或在現在，幾乎都是女性唯一可以一學便會的，那就是做針線活。

她胸前佩戴的那個繡得十分絕妙的字母，就是她精緻和富於想像力的技藝的一個樣品；那些宮廷貴婦們，爲了在自己的夾金絲織物上增加手工藝裝飾品的絢麗和靈性，恐怕也巴不得對此加以利用。誠然，在這裡，清教徒們的服飾，一般以深黑和簡樸爲特色，她那些精美的針線活兒可能很少有人問津。不過，時尚總在日益增加，對這類精美製品的需求，也不會影響不到我們嚴肅的祖先們，他們也確曾拋棄過許許多多看來是難以廢除的風氣。像授任聖職、官吏就任，以及一個新政府可以對人民顯示威儀的種種形式的這樣一些公衆典禮，作爲一種成規，執行得莊嚴有序，顯示出一種陰沉而又做作的壯麗。高高的環狀縐領、精心編織的飾帶和刺繡華麗的手套，都被認定是居官的人誇耀權勢的必需品；而且，儘管禁止奢侈的法律，不准平民等級效法這一類鋪張，但是地位高或財富多的人，隨時都可得到豁免。在喪葬活動中也是一樣，諸如死者的裝殮，或是遺屬致哀用的黑喪服和白麻布上種種象徵性的圖案，都對海絲特·白蘭這樣的人能夠提供的勞動，有經常和具體的需求。而嬰兒的服裝——當時的嬰兒是穿袍服的——也爲她提供了依靠勞動獲得收入的機會。

沒過多久，她的針線活，就逐漸成爲如今稱作時髦的款式了。或許是出於對這位如此命苦的女人的憐憫；或許是出於對平淡無奇的事情也要故弄玄虛的少見多怪；或許是出於某種難以解釋的原因——這在當時和今天都是有的——某些人苦求不得的，別人卻可予取予求；或許是因爲海絲特確實塡補了原先的一項空白；不管是什麼原因吧，反正求她做針線的活路源源不斷，只要她樂意幹多少鐘點，總有很不錯的收入。

一些人可能是爲了抑制自己的虛榮心，才在一些堂皇莊重的場合，專門穿戴由她那雙有罪的手縫製的服裝。於是，她的針線活便出現在總督的縐領上、軍人的綬帶上、牧師的領結上，裝飾在嬰兒的小帽上，還給封閉在死人的棺木中霉爛掉。但是，從來沒人求她爲新娘刺繡遮蓋她們純潔的赧顏的白色面紗，這是記載中絕對沒有的。這一絕無僅有的例外說明，社會對她的罪孽始終是深惡痛絕的。

海絲特除去維持生計之外，則一無所求：她自己過著極其艱苦樸素的生活，對孩子的衣食則稍有寬容。她自己的衣裙用的是最粗糙的料子和最晦暗的顏色，上面只有一件飾物，就是那個紅字——那是她注定非戴不可的。反之，那孩子的服飾，卻顯得別出心裁，給人一種充滿幻想、無寧說是奇思異想的印象，確實增加了那小姑娘早早就開始顯露出來的活潑動人之美，不過，做母親的給她這樣打扮，似乎還有更深的含義。這一點我們以後再說。海絲特除去在打扮孩子上稍有花費外，她把全部積蓄都用在了救濟他人上面，儘管那些人並不比她更爲不幸，而且，還時常忘恩負義地對她橫加侮辱。她時常替窮人製作粗布衣服，而如果她把這些時間用來發揮她的手藝，收入原可以更多的。她做這種活計，可能有懺悔的念頭，不過，她花這麼多時間幹粗活，確實犧牲了樂趣。她天生就有一種追求富足和奢華的東方人的秉性——一種喜歡窮奢極欲的情調，但這一點在她的全部生活中，除去在她那精美的針線手工中尙可施展之外，已經別無表現的可能了。女人從一針一線的操勞中所能獲得的樂趣，是男人無法理解的。對海絲特．白蘭來說，可能只有靠這樣一種抒發的形式，才能慰藉自己對生活的激情。但即使對這絕無僅有的一點樂趣，她也不例外地像看待其它樂趣一樣地視爲罪過。把良心和一件無關緊要的事情，病態地聯繫在一起，恐怕並不能說明眞心實意的懺悔，其背後可能有些頗値懷疑和極其荒謬的東西。

就這樣，海絲特．白蘭在人世上有了自己的一席之地。由於她生性倔強而且才能出衆，雖說人們讓她佩戴了一個對女性的心靈來說，比烙在該隱❶額上的印記還要難堪的標誌，卻無法徹底摒棄她。然而，她在與社會的一切交往中，卻只能有格格不入之感。和她有所接觸的那些人的一舉一動、一言一行、甚至他們的沉默不語，都在暗示，往往還表明：她是被排除在外的；而她孤淒的處境似乎證明；她是生活在另一個世界中的，只有靠與眾不同的感官，來和其餘的人類交流。對於人們感興趣的道德問題，她避之猶恐不及，卻又不能不關心，恰似一個幽靈重返故宅，但又無法讓家人看見或感覺到，不能和家中的親人們共笑同悲；即使得以表現出爲人禁止的同情，也只能喚起別人的恐懼與厭惡。事實上，她的這種心情，以及隨之而來的最辛辣的嘲諷，似乎成了她在世人心目中所保留的唯一份額了。在那感情還不夠細膩的時代，雖然她深知自己的處境，時刻不敢忘懷，但由於人們不時粗暴地觸痛她最嫩弱的地方，使她清晰地自我感覺到一次次新的劇痛。如前所述，她一心一意接濟窮苦人，但她伸出的救援之手所得到的回報，卻是譏罵。同樣，她由於職業關係而邁入富室時，上流社會的夫人們，卻慣於向她心中滴入苦汁；有時她們不動聲色地對她施展陰謀，因爲，女人們最善於利用日常瑣事調製微妙的毒劑；有時，她們則明目張膽地攻訐她那毫無防禦的心靈，猶如在潰爛的創口上，再重重地一擊。海絲特長期以來對此泰然處之；她毫無還手之力，只是在蒼白的面頰上，不禁泛起紅潮，然後便潛入內心深處。她事

❶《舊約》〈創世記〉中說，該隱是亞當及夏娃之長子，因嫉妒而殺死弟弟亞伯。

事忍讓，確實是一位殉道者，但她不准自己爲敵人祈禱——她儘管寬宏大量，卻唯恐自己用來祝福的語言，會頑強地扭曲成對他們的詛咒。

清教徒的法庭對她極其狡膾地安排下的懲罰，時刻不停地以種種方式，使她感到永無休止的悸痛。牧師會在街心停住腳步，對她規勸一番，還會招來一群人，圍住這可憐的有罪的女人，對她又是嬉笑、又是蹙額。當她走進教堂，一心以爲自己會分享衆生之父在安息日的微笑時，往往不幸地發現，她正是講道的內容。她對孩子們漸生畏懼之心，因爲他們從父母那裡，攝取到一種模模糊糊的概念：這個除去一個小孩之外從無伴侶、在鎭上踽踽獨行的可怕女人，身上有著某種駭人之處。於是，他們先放她過去，再遠遠尾隨著她尖聲喊叫，那些出於無心脫口而出的語言，對他們本無明確的含義，但她聽來卻同樣可畏。她的恥辱似乎已廣爲傳播，連整個自然界都無有不曉了；即使樹葉在竊竊私語這一隱私，夏日的微風在悄然四散，冬天的寒風在高聲疾呼，她的痛楚也不過如此！此外，一雙陌生眼睛的凝視，也會讓她感到特別難過。當不速之客毫無例外地好奇地盯著她那紅字時，就把那標記又一次烙進海絲特的靈魂一畏；以致她常常禁不住，但終舊還是控制住自己，不去用手捂住那象徵。其實，熟人的目光，又何嘗不給她帶來苦惱！那種習以爲常的冷冷一瞥，眞叫她受不了。簡而言之，海絲特．白蘭始終感到被人們注視那標記的可怕的痛苦；那地方不但永遠不會結痂，相反，看來還會隨著逐日的折磨，而變得益發敏感。

但也有時候　好多天有這麼一次，或者要好幾個月才有這麼一次，她會感到一雙眼睛——一雙人類的眼睛，望著她那恥辱的印記，似乎能給她片刻的寬慰，像是分擔了她的一半痛苦。但那瞬間一過，更深的刺痛便疾速返回；因爲在這短暫的邂逅中，她又重新犯了罪。難道海絲特是獨自犯下這罪過的嗎？

奇特而孤獨的生活的折磨，已涇在一定程度上影響了她的思緒，假若她精神上怯懦些、心理上脆弱些，這種影響就會更強烈。當她在這個與她表面上保持著聯繫的小小天地中，邁著孤獨的步伐走來走去時，海絲特似乎時時覺得——如果全然出於幻覺，其潛在的力量，也是不可抗拒的——她感到或者說想像著，那紅字賦予了她一種新的體驗。她戰戰兢兢又不由得不去相信，那字母讓她感應到別人內心中隱藏著的罪孽。她對這些啓示誠惶誠恐。這些啓示意味著什麼呢？如果不是那個邪惡天使陰險的挑動，難道還能是別的嗎？他一心想說服這個目前還只是他半個犧牲品的、苦苦掙扎著的女人：表面上的貞潔，不過是騙人的僞裝，如果把一處處眞情全都暴露在光天化日之下的話，除去海絲特．白蘭之外，好多人的胸前都會有紅字閃爍的。或許，她應該把那些如此含糊又如此明晰的暗示，當作眞理來接受吧？在她所有不幸遭遇中，再沒有比這種感受，更使她難堪和厭惡的了。這種感受，總是不合時宜地湧上心頭，令她既困惑又震驚。有時候，當她走過一位德高望重的長官或牧師身邊時，她胸前的紅色恥辱，就會感應出一種悸動——這些人可都是虔誠的楷模和正義的化身，在那個崇尚古風的年代，他們都是人間天使，令人肅然起敬的。每逢這種時刻，海絲特總會自忖：「我又遇到什麼魔障了嗎？」可是，在她勉強抬起的眼睛前面，除去那位活聖人的身形之外，卻看不到別人！也有時候，當她遇到某位太太時，望著她們那神聖凜然的面孔，心中便會油然生出一種神秘的姊妹之感，而那位太太，卻是被眾口一詞地公認為從來都是冷若冰霜的。那位太太胸中那未見陽光的冰雪，和海絲特．白蘭胸前的灼熱逼人的恥辱，這二者之間有何共同之處呢？還有時候，她周身通電似的戰慄會警告說：「看啊，海絲特，這位可是你的伙伴！」而她抬頭一看，就會發現一雙少女的眼睛，羞怯地對紅字一瞥，便連忙溜開，臉上迅速泛起一片隱隱可見的冰冷的赧顏，似乎她的女貞，因這剎那的一瞥，就此受到某種玷辱。啊！用那致命的象徵為護符的惡魔，你無論在青年還是老年人身上，難道不肯給這可憐的罪人，留下一點值得崇敬的東西嗎？——像這樣的喪失信仰，一直都是罪惡的一種最悲慘的結果啊。所幸，海絲特．白蘭仍在竭力使自己相信，世人還沒有像她那樣罪孽深重；如果承認這一點，就足以證明：這個自身脆弱，和男人的嚴酷法律的可憐犧牲品，還沒有徹底墮落。

在那個壓抑人性的古老年月裡，凡夫俗子們對他們感興趣的事情，總要塗上一層荒誕恐怖的色彩，他們就此杜撰了一篇關於紅字的故事，我們完全可以隨手寫成一個駭人的傳說。他們曾經斷言，那個象徵，不僅是人間染缸中染出來的紅布，而且還由煉獄之火燒得通紅，每逢海絲特．白蘭夜間外出，那紅字便閃閃發光。而我們應該說，那紅字深深烙進海絲特的胸膛，因此，在那個傳說中，包含著比我們如今將信將疑的更多的眞理。

6 珠兒

我們迄今尚未談及那個嬰兒；那個小傢伙是秉承著高深莫測的天意而誕生的一個清白無辜的生命，是在一次罪惡的情欲氾濫中開放的一株可愛而不謝的花朵。當那個淒慘的女人，眼睜睜地看著她長大，看著她日益增輝添色的嬌美，看著她那如顫抖的陽光般，籠罩在她小小臉蛋上的智慧的時候，做母親的感到多麼驚訝啊！這是她的珠兒！海絲特這麼叫她，並非出於她的外表，因爲她絕無珍珠的涵義所包含的那種柔和、潔白與平靜的光澤。她給她的嬰兒取名「珠兒」，是因爲這孩子極其昂貴，是花費了她全部所有才得到的，是她這做母親的唯一財富！眞是太奇妙了！人們用一個紅字來標明這女人的罪孽，其潛在的災難性的功效之深遠，使她得不到任何人間的同情，除非那同情和她本人一樣罪孽深重。作爲她因之受懲的罪孽的直接後果，上帝卻賜予了她一個可愛的孩子，令其在同一個不光彩的懷抱中成長，成爲母親和人類世代繁衍的永恆聯繫，最後居然要讓這孩子的靈魂，在天國中受到祝福！然而，這種種想法給海絲特．白蘭帶來的影響，主要還是憂慮而不是希望。她知道她有過罪孽的行爲，因此她不相信會有好的結果。她日復一日地心懷恐懼地觀察著孩子逐漸成長的天性，唯恐發現什麼陰鬱狂野的特徵，會給孩子生命帶來的罪孽相應。

誠然，孩子身上沒有生理缺陷。這嬰兒體形完美、精力旺盛，在她稚嫩的四肢的動作中，具有天生的靈活，稱得起是出生在伊甸園中的；可說是在世上第一對父母被逐出之後，留在園中當作天使們的玩物的。這孩子有一種天然的優雅，這可不是無瑕的麗質所一定具備的；她的衣服無論怎樣簡樸，見到的人總會認為，只有這樣穿著才能極盡其美。當然，小珠兒穿的並不是破衣爛衫。她的母親懷著一種病態的動機　這一點我們以後會看得更加清楚，盡其所能購買最昂貴的衣料，並殫精竭慮來裝點孩子的衣裙，供人們去觀賞。這個小傢伙經這麼一打扮，實在漂亮動人，在那晦暗茅屋的地面上，簡直像有一輪聖潔的光環圍繞著她——當然，這也是珠兒自身有恰到好處的美麗光彩，若是把這身燦爛的袍子，穿到一個不那麼可愛的孩子身上，反倒會黯然失色的。而且，珠兒即使身穿土布袍子，滿地打滾地玩，弄得衣服破爛、硬梆，她的姿質仍是照樣完美。珠兒的外貌中蘊含著萬千變化之美：在她這孩子身上，綜合著從農家嬰兒野花似的美，到小公主的典雅高貴氣質無所不包的獨到之處。不過，透過這一切，有一種熱情的特性和濃厚的色調，是她永遠不會失去的；而這種特性和色調，如果在她的任何變化中變得黯淡或蒼白，她也就不再是她自己，不再是珠兒了。

外表上的千變萬化說明——其實是恰到好處地表現出：她內在生命多方面的特性。看來，除去多方面的特性之外，她也具備深沉之處，只是對她所降臨的這個世界，還缺乏了解和適應的能力——也許只是由於海絲特憂心忡忡才誤以爲如此。這孩子根本不懂得循規蹈矩。隨著她的誕生，就破壞了一條重大法律；其結果便是：構成這小傢伙的素質，或許可以說是美艷照人的，但都錯了位，或許是本有其獨特的次序，只是其安排和變化的要點，實在難以或不可能發現。海絲特只能靠回憶自己當時的情況，來分析這孩子的性格：在珠兒從精神世界汲取自己的靈魂、從世人的物質中形成自己的軀體的關鍵時期，她本人如何如何；但這樣推斷出來的孩子的性格，仍然是十分模糊不全的。做母親的激動心態，始終是將道德生活的光束，傳送給孕育著的胎兒的媒介；不管這些光束原先是多麼潔白，總要深深地染上中間體的緋紅和金黃、火焰般的光輝、漆黑的陰影和飄忽不定的光彩。而最主要的是，當時海絲特的好鬥精神，也永遠注入了珠兒的身心。她能夠看到當時籠罩著自己心靈的那種狂野、絕望和挑戰的情緒、任性的脾氣，甚至還有某種陰鬱和沮喪的愁雲。如今，這一切都在這小孩子的氣質中略見端倪，眼前猶如晨曦照射，在今後的人生歲月中，將會充滿雨驟風狂。

當年的家規，可要比現在嚴厲得多。怒目瞪視、厲聲喝斥和舉手就打，全都有《聖經》可依，這些手段不僅是對錯誤言行的處罰，而且是作爲培養兒童品德的有益措施。然而，海絲特·白蘭和珠兒是寡母孤兒，她絕不會對孩子失之苛責。她多少出於自己的失足和不幸，早早便想對她受權負責的嬰兒，施以慈愛而嚴格的管教。但這一職責非她所能勝任。海絲特對珠兒試過用笑臉相勸或厲聲訓斥，但兩種辦法都不能奏效，最後只好被迫站在一旁，聽憑孩子隨心所欲了。當然，體罰和管束在施行的當時還是有效的，至於對孩子思想或感情的任何其它教育開導，小珠兒也可能聽，也可能不聽，全看她當時是否高興了。還在珠兒是嬰兒的時候，她母親就漸漸熟悉了她的一種特別的神情，那是在告訴母親，此時對她的一切強制、勸說或請求，都將無濟於事。那種神情極其聰慧，又極其費解，極其剛愎，有時又極其凶狠，但總是伴隨著一種奔放的情緒，令海絲特在此時無法評估：珠兒到底是不是一個凡人的子嗣。她更像是個飄忽的精靈，在茅屋的地面上作過一陣奇思異想的遊戲之後，便要面帶嘲笑地飛走了。每逢她那狂野、明亮、漆黑的眼睛中出現那種神情時，她便蒙上一層遠不可及的神秘色彩，彷彿正在空中翱翔，隨時都可能消失，就像不知來自何處、去往何方的閃光似的。海絲特一看到這情景，就要像追逐逃跑的小精靈那樣向孩子撲去，而珠兒也一定要開始逃跑；母親抓住孩子，把她緊緊貼在胸前，熱切地親吻著，這樣做倒不是出自愛的洋溢，而是使自己確信，珠兒是個血肉之軀，並非虛幻之物。但珠兒被抓住的時候，她咯咯的笑聲中，雖然充滿歡樂和鳴，卻使母親較之前更爲感到困惑。

海絲特把她花了極其高昂的代價才得到的珠兒，看作是她唯一的財富和全部的天地，但她看到在自己和孩子之間，經常地插入這令她困惑的魔障，則痛心不已，有時還流下熱淚。此時，珠兒或許就會——因爲無法預見那魔障可能對她有何影響——撐起小手，緊皺眉頭，板起面孔，在小臉上露出不滿的冷冷表情。也有不少時候，她會再次咯咯大笑，比前一次笑得還響，就像是個對人類的哀傷無從知曉的東西。還有更罕見的，她會因一陣悲慟而全身抽搐，還會抽抽噎噎地說出幾個不連貫的詞語，來表達她對母親的愛，似乎要用心碎證明她確實有一顆心。不過，海絲特毫無把握使自己相信這種來得快、去得疾的旋風般的柔情。這位母親將這一切情況前思後想之後，覺得自己像是個呼喚精靈的人，但由於沒有按照魔法的步驟行事，尚把握不住制伏這個還弄不清底細的新精靈的咒語。只有在孩子躺下安然入睡時，她才感到真正的寬心；這時她才能確定她的存在，感受到幾小時沁人肺腑的恬靜和幸福，直到小珠兒一覺醒來——也許就在孩子剛剛睜眼的時候，那種倔勁又表現出來了！

好快啊，真是迅速得出奇呢！珠兒已經長到不滿足於母親臉上常掛著的微笑，和嘴裡嘮叨著的閑言碎語，能夠與社會交往的年紀了！若是海絲特．白蘭能夠在別的孩子高聲叫嚷的童聲中，聽到珠兒那鶯啼燕囀般的清脆嗓音，能夠從一群嬉戲兒童的喧嘩之中，辨明她自己的寶貝兒的腔調，她該有多麼幸福啊！但這是絕不可能的。珠兒那嬰孩生來便是天地的棄兒。她是個邪惡的小妖精，是罪孽的標誌和產物，無權躋身於受洗的嬰孩之列。最值得注意的是，這孩子彷彿有一種理解自己孤獨處境的本能，懂得自己周圍有一條命中注定不可逾越的鴻溝；簡言之，她知道自己與其他孩子迥然不同的特殊地位。自從海絲特出獄以來，她一直都帶著珠兒出現在人們面前。她在鎮上四處走動，珠兒也始終都在她身邊；起初是她懷中的嬰兒，後來又成了她的小伙伴，整隻手握著她的一根食指，得蹦蹦跳跳地用三、四步才趕上她的一步。珠兒看到過這塊殖民地上的小孩子們，在路邊的草地上或自家門前，做著清教徒童規所允許的種種怪里怪氣的遊戲：有時裝作一起去教堂，或是拷問教友派的教徒、或是玩和印第安人打仗和剝頭皮的把戲，或是模仿巫術的怪樣互相嚇唬。珠兒在一旁啾著、注視著，但從來沒打算和他們結識。如果這時和她說話，她也不會出聲。如果孩子們圍起她來，她就發起小脾氣，變得非常凶狠，她會抄起石子向他們扔去，同時發出連續的尖聲怪叫，和巫婆以沒人能懂的咒語喊叫極其相似，嚇得她母親渾身直抖。

事實上，這些小清教徒們是世上最不容人的，他們早就在這對母女身上，模模糊糊地看出點名堂，覺得她們不像是人世間的人，古里古怪地與眾不同；於是便打從心裡蔑視她們，嘴裡時常不乾淨地詛咒她們。珠兒覺察出這種情緒，便以一個孩子心胸中所能激起的最刻毒的仇恨反唇相譏，這種大發脾氣對她母親頗有價值，甚至是一種慰藉，因爲在這種氣氛中，她至少表現出一種顯而易見的眞誠，替代了那種刺痛母親的一陣陣的任性發作。然而，海絲特又吃驚地從中辨出了，曾存在她自己身上的那種邪惡陰影的反射。這一切的仇恨和熱情，都是珠兒理所當然地從海絲特心中承襲下來的。母女二人一起被摒棄在人間社會之外，在珠兒降生之前折磨著海絲特、在孩子出生後隨母性的溫柔而漸漸平息下去的那些不安定成分，似乎都植根於珠兒的天性之中了。

珠兒在家中，並不想在母親茅屋的裡裡外外結識很多各種各樣的伙伴。她那永不停歇的創造精神，會迸發出生命的魔力，並與千萬種物體交流，猶如一個火炬可以點燃一切。那些最不值一玩的東西——一根棍子、一塊破布、一朵小花——都是珠兒巫術的玩偶，而且無需經過任何外部變化，便可以在她內心世界舞台上的任何戲劇中，派上想像中的用場。她用自己一人的童音，扮作想像中形形色色、老老少少的角色相互交談。在風中哼哼唧唧或是發出其它憂鬱呻吟的蒼勁肅穆的松樹，無需變形，就可充當清教徒的長者；而園中最醜陋的雜草，便權充他們的子孫，珠兒會毫不留情地將這些「兒童」踩倒，再連根拔起。眞是絕妙之極！她開動腦筋幻化出來的各色各樣的形體，雖然缺乏連續性，但確實活脫跳躍，始終充滿超越自然的活力——這種活力，很快便消沉下去，彷彿在生命之潮急劇而熱烈的迸發之中衰竭了，繼之而來的，又是另一種有狂野精力的形象。這和北極光的變幻不定極其相似。然而，單從一個正在成長著的頭腦喜歡想像和活潑好動來說，珠兒比起其他聽慧的兒童，並沒有什麼明顯的長處，只不過是由於缺乏玩伴，她與自己創造出來的幻想中的人群更加接近而已。她的獨特之處在於，她對自己心靈和頭腦中幻化出來的所有人物都懷著敵對情緒。她從來沒有創造過一個朋友，卻總像是在大面積地播種龍牙❶，從而收獲到一支敵軍，她便與之廝殺。看到孩子還這麼年幼，居然對一個與自己作對的世界，有如此堅定的認識，而且猛烈地訓練自己的實力，以便在肯定會有的爭鬥中，確保自己獲勝，是多麼讓人心酸得難以形容啊！而當一個母親，在內心中體會到這一切都是由她才引起的，又是多麼深切地哀傷啊！

❶希臘神話中說，腓尼基王子卡德馬斯殺一龍後種其齒，遂長出一軍隊，相互征戰，最後餘下五人，與卡德馬斯建立了底比斯國。

海絲特·白蘭眼望著珠兒，常常把手裡的活計放到膝上，由於強忍不下痛苦而哭出聲來，那汩汩湧出的聲音，半似說話，半似嗚咽：「噢，天上的聖父啊——如果您還是我的聖父的話——我帶到這人世上來的，是一個什麼樣的生命啊！」珠兒呢，在一旁聽到了這迸射而出的言語，或是透過某種更微妙的管道，感受到了那痛苦的悸動，便會把她那美麗動人的小臉轉向她母親，露著精靈般聰慧的笑容，然後繼續玩起她的遊戲。

這孩子的舉止上還有一個特點也要說一說。她降生以來所注意到的頭一件事情是——什麼呢？不是母親的微笑——別的孩子會學著用自己的小嘴淺淺一笑來呼應，事後會記憶模糊，以致熱烈地爭論那到底是不是眞的在笑。珠兒意識到的第一個目標，絕不是母親的微笑！似乎是——我們要不要說出來呢？是海絲特胸前的紅字，一天，當她母親俯身在搖籃上的時候，嬰兒的眼睛，被那字母四周繡著的金線的閃光吸引住了；接著便伸出小手朝那字母抓去，臉上還帶著確定無疑的笑容，閃出果斷的光彩，使她的表情像個大得多的孩子。當時，海絲特·白蘭喘著粗氣，緊緊抓住那致命的標記，本能地試圖把它扯下來；珠兒那小手這高深莫測的一觸，給她帶來了多麼無窮無盡的熬煎啊！此時，小珠兒以爲她母親那痛苦的動作，只不過是在和她逗著玩，便盯著母親的眼睛，微微一笑。從那時起，除非這孩子在睡覺，海絲特沒有過片刻的安全感，也沒有過片刻的寧靜，以及由孩子帶來的歡樂。確實，有時一連幾個星期過去了，其間珠兒再也沒有注視過一次紅字；之後，又會冷不防地像狙擊般地又看上一眼，而且臉上總要露出那特有的微笑，眼睛也總要帶著那古怪的表情。

一次，當海絲特像做母親喜歡做的那樣，在孩子的眼睛裡看著自己的影像時，珠兒的眼睛中，又出現了那種不可捉摸的精靈似的目光；由於內心煩悶的婦女，常爲莫名其妙的幻象所縈繞，她突然幻想著，她在珠兒的眼睛那面小鏡子中看到的，不是她自己小小的肖像，而是另外一張面孔。那張魔鬼似的面孔上，堆滿惡狠狠地微笑，可是容貌卻像她極其熟悉的面孔，不過，她熟悉的那面容很少有笑臉，更從來不會是惡狠狠地。剛才就像有個邪惡的精靈附在了孩子身上，並且探出頭來嘲弄一般地望著她。事後，海絲特曾多次受到同一幻覺的折磨，不過那幻覺沒有那麼活生生地強烈了。

一個夏日的午後，那時珠兒已經長大，能夠到處跑了。孩子採集了一把野花自己玩著，她把野花一朵接一朵地擲到母親胸口上；每當花朵打中紅字，她就像個小精靈似的蹦蹦跳跳。海絲特的第一個動作，就是想用合著的雙手來捂住胸膛。可是，不知是出於自尊自豪還是出於容忍順從，抑或是感到她只有靠這種難言的痛苦，才能最好地完成自己贖罪的苦行，她壓抑下了這一衝動，坐得挺挺的，臉色變得死一般蒼白，只是傷心地盯著珠兒狂野的眼睛。

此時，花朵仍接二連三地拋來，幾乎每一下都打中那標記，使母親的胸口布滿傷痛，不但在這個世界上她找不到止痛藥膏，就是在另一個世界上，她也不知道如何去找這種靈丹妙藥。終於，孩子的彈藥全都耗盡了，她一動不動地站在那裡瞪著海絲特，從她那深不可測的黑眼睛中，那小小的笑瞇瞇的魔鬼形象，又在探出頭來望著她了——或者，根本沒那麼回事，只是她母親這麼想像罷了。

「孩子，你到底是個什麼呀？」母親叫著。

「噢，我是你的小珠兒！」孩子回答。

珠兒邊說邊放聲笑著，並且用小妖精的那種調皮樣子蹦蹦跳跳著，她下一步想入非非的行動，可能是想從煙囪中飛出去吧。

「你眞一點不假是我的孩子嗎？」海絲特問。

她提出這樣一個問題，絕不是漫不經心的，就當時而論，她確實帶著幾分誠心誠意；因爲珠兒這麼鬼精鬼靈的，她母親吃不大準，她未必還不清楚自己的身世之謎，現在只不過還不打算親口說出來。

「是啊，我是小珠兒！」孩子又說了一遍，同時繼續著她的調皮動作。

「你不是我的孩子！你不是我的珠兒！」母親半開玩笑地說；因爲就在她最爲痛苦的時候，往往會湧來一陣尋開心的衝動。「那就告訴我吧，你是什麼？是誰把你打發到這兒來的？」

「告訴我吧，媽媽！」孩子走到海絲特跟前，緊緊靠著她膝頭，一本正經地說。「一定跟我說說吧！」

「是你的天父把你送來的！」海絲特．白蘭回答說。

但她說話時有點猶豫，這沒有逃過孩子犀利的目光。不知孩子和往常一樣想要調皮，還是受到一個邪惡精靈的指使，她舉起她小小的食指，去摸那紅字。

「不是他把我送來的！」她明確地說。「我沒有天父！」

「噓，珠兒，噓！你不許這麼說！」母親咽下一聲哀嘆，回答說。「我們所有的人都是他送到這世上來的。連我——你媽媽，也是他送來的。就更不用說是你了！要不是這樣，你這怪里怪氣小妖精似的孩子，是從哪兒來的？」

「告訴我！告訴我！」珠兒一再喊著，這次不再板著面孔，而是笑出了聲，還在地上跳著腳。「你非告訴我不可！」

對這一逼問，海絲特可沒法作答了，因爲連她自己，也尙在陰暗的迷宮中徘徊呢。她面帶微笑、渾身戰慄地想起了鎭上鄰居的說法：他們遍尋這孩子的父親沒有結果，又觀察到珠兒的古怪作爲，就聲稱可憐的小珠兒，是個妖魔的產物。自從古天主教時代以來，世上常見這種孩子，都是由於做母親的有罪孽，才生下來以助長骯髒惡毒的目的。按照路德❷在教會中那些敵人的謠言，他本人就是那種惡魔的孽種；而在新英格蘭的清教徒中間，有這種可疑血緣的，可不僅僅珠兒一個孩子。

---

❷ 馬丁．路德（一四八三～一五四六），德國神學家，宗教改革的領袖。

7 總督的大廳

一天，海絲特．白蘭到貝林漢總督的宅邸去交他訂做的手套，這副繡了花並鑲了邊的手套，是總督要在某個重大的政務典禮上戴的；因爲這位前任統治者，雖然在一次普選中，從最高的品級上降了兩級，但他在殖民地的行政長官中，仍然保持著舉足輕重和受人尊崇的地位。

此時，還有比呈遞一副繡好的手套遠爲重要的另一個原因，促使她去謀求晉見這位在殖民地政務中有權有勢的人物的一次機會。她耳聞，有幾位力主在宗教和政府的原則上要嚴加治理的頭臉人物，正在謀劃奪走她的孩子。前面已經暗示過，珠兒既然可能是妖魔的孽種，這些好心腸的人們，就不無理由地主張：爲了對做母親的靈魂，表示基督教的關懷，他們應該從她的道路上搬掉這樣一塊絆腳石。反之，如果這孩子當眞能夠接受宗教和道德的教化，並且具備最終獲救的因素，那麼，把孩子移交給比海絲特．白蘭更高明的監護人，珠兒就可以更充分地發揮這些條件，從而肯定享有更美好的前途。在推進這一謀劃的人們當中，據說貝林漢總督是最爲熱心奔走的一個。這類事情如果推遲若干年，最多交由市鎭行政管理委員會這一級去裁處，而在當時，居然要勞師動衆地加以討論，而且還要有顯要人物來參與，看來未免稀奇，也確實有點荒唐可笑。然而，在早年的純樸時期，哪怕對公衆利益來說，比起海絲特和她孩子的安置問題還要次要的事情，都要由立法者審議，並由政府立法，豈不妙哉。就在我們這個故事發生之前並不很久的時期，曾經發生過涉及一頭豬的所有權的爭議，其結果，不僅在這塊殖民地的立法機構中，引起了不可開交的激烈辯論，而且還導致了該機構組織上的重大變更。

眼前涉及海絲特·白蘭自身權利的這件事，雖然一方面是廣人公衆，另一方面是只以自然的同情爲後盾的孤身女人，雙方衆寡懸殊，難以對壘，但她還是憂心忡忡地從她那孤零零的小茅屋中出發去力爭了。不消說，小珠兒仍然陪伴著她。珠兒如今已經長到能夠在母親身邊輕快跑動的年齡，一天到晚不肯閑著，就是比這再遠的路，也能走到了。不過，她經常還要母親抱著走，其實並不是因爲走不動，而是想撒嬌；可是沒抱幾步，就又迫不及待地要下來，蹦蹦跳跳地在海絲特前面走著、跑著，不時還在長草的小路上磕磕絆絆，不過絕不會摔出傷來。我們曾經談到珠兒洋溢著光彩照人的美麗，是個濃墨重彩、生動活潑的小姑娘：她有晶瑩的皮膚，一雙大眼睛既專注深沉又炯炯有神，頭髮此時已是潤澤的深棕色，再過幾年就幾乎是漆黑色的了。她渾身上下有一團火，向四下發散著，像是在激情時刻不期而孕的一個子嗣。她母親在給孩子設計服裝時嘔心瀝血，充分發揮了華麗的傾向，用鮮紅的天鵝絨，爲她裁剪了一件樣式獨特的束腰裙衫，還用金絲線在上面繡滿新奇多采的花樣。這種強烈的色調，如果用來襯托一個不夠紅潤的面頰，會使容貌顯得蒼白黯淡，但卻與珠兒的美貌相得益彰，使她成了世上前所未有的活跳跳的一小束炫目的亮麗火焰。

然而，這身衣裙，老實講，還有這孩子的整個外貌，實在引人注目，使目睹者不可遏止也難以避免地想到海絲特·白蘭胸前注定要佩戴的那個標記。孩子是另一種形式的紅字，是被賦予了生命的紅字。做母親的頭腦中，似乎給這紅色的恥辱所深深印烙，她的一切觀念，都採取了它的形式，才精心製作出來了這個相仿的對應物；她不惜花費許多時間，用病態的才智，創造出這個既像她慈愛的對象，又像她罪孽和折磨的標誌的作品。然而，事實上，恰恰是珠兒集二者於一身；而且也正因爲有了這個同一性，海絲特才能如此完美地用孩子的外表，來象徵她的紅字。

當這兩個行路人來到鎭區之時，那些清教徒的孩子們停下了遊戲——那些悶悶不樂的小傢伙們，其實也沒有什麼可玩的，抬起眼來，一本正經地互相議論著：

「瞧！還眞有個戴紅字的女人；而且，一點不假，還有個像紅字似的小東西在她身邊跑著呢！這下可好啦，咱們朝她們扔泥巴吧！」

珠兒可是個誰也不怕的孩子，她在皺眉、跺腳、揮著小手作各種嚇人的姿勢之後，突然朝這一群敵人衝去，把他們全都趕跑了。她怒氣沖沖地追著他們，簡直像個小瘟神——猩紅熱或某個羽毛未豐的專司懲罰這類的小天使，其使命就是懲處正在成長的一代人的罪孽。她尖呼高叫，其音量之駭人，無疑會使這些逃跑的孩子心兒狂跳不止。珠兒大獲全勝，不聲不響地凱旋而歸，她回到母親身邊，微笑著抬眼望著母親的臉。

之後，她們便一路平安地來到了貝林漢總督的官邸。這是一座宏偉的木造房子，那種建築形式在今天一些老城鎮的街道上，仍可見其遺風；不過如今已是青苔叢生、搖搖欲墜，其昏暗的房間中發生過並消逝了的那些悲歡離合，無論是記憶猶新還是全然忘卻，都令人黯然傷感。然而在當年，這樣的官邸，外觀上仍保持著初建年代的清新，從灑滿陽光的窗中，閃爍著人丁的歡樂，家中還沒有人去世。確實，住宅呈現著一派欣然景象：牆面塗著一層拉毛灰泥，由於裡面摻和著大量的碎玻璃碴，當陽光斜照到大廈的前面時，便會閃著炫目的光芒，彷彿有一雙手在向它拋撒著鑽石。這種奪目的光彩，或許更適合阿拉丁❶的宮殿，而對於一個莊重的清教徒統治者，則並不相宜。大廈的正面，還裝飾著當年顯得情調古雅、怪模怪樣、看著很神秘的人形和圖像，都是在塗灰泥時畫就的，此時已變得堅實耐久，供後世觀賞了。

珠兒望著這幢燦爛而奇妙的大宅院，開始雀躍起來，使勁要求從大宅院正面上把整整一層陽光給剝下來，好讓她玩個痛快。

「不行，我的小珠兒！」她母親說。「你要採集你自己的陽光，我可沒有陽光可以給你！」

她們走近了大門；那建築物有一座拱形門洞，兩側各有一座細高的塔樓，或者說是突出的建築，上面鑲著格子窗，裡面還有木製的百葉窗，必要時可以關上。海絲特．白蘭舉起吊在門口的

---

❶ 見《一千零一夜》中阿拉丁與神燈的故事，他的宮殿是燈神所建，故輝煌異常。

槌子，敲了一下門，總督的一個僕人應聲而至，他本是個英國的自由民，但已當了七年奴僕了。這期間，他只是主人的財產，無非是和一頭公牛或一把折椅一樣可以交易和出售的一件商品。那奴僕按照當時和早先英國世襲古宅中僕人的習慣裝束，穿著一件藍色號衣（編按・舊時兵士、差役等所穿的有規定記號的衣服）。

「貝林漢總督大人在嗎？」海絲特問。

「是的，在家，」那僕人一邊回答，一邊睜大眼睛瞪著那紅字，他來到這地方只有幾年，以前還從未見過那標記。「是的，大人在。只是他有一、兩位牧師陪著，還有一個醫生。你此刻恐怕不能見大人。」

「不過，我還是要進去，」海絲特・白蘭回答說，那僕人大概是從她那不容置辯的神情，和胸前閃光的標誌判斷，把她當作了本地的一位貴婦，因而沒有表示反對。

於是，母親和小珠兒被引進了入門的大廳。貝林漢總督是按照故鄉廣有土地的鄉紳的住宅樣式，來設計他在殖民地的新居的，但又因他所使用的建築材料的性質、此地氣候的差異以及社交生活的不同模式作了不少的變動。於是，這座宅邸中，就有了一座寬敞而高度恰到好處的大廳，前後貫穿整個住宅，形成一個公共活動的中心，與宅中所有的房間都直接或間接地連通著。這座敞亮大廳的一頭，由兩座塔樓的窗戶透進陽光，在門的兩側，各形成一個小小的方框。另一頭，卻由一扇讓窗帘遮著一部分的凸肚窗照得十分明亮。這種凸肚窗——我們在古書中讀到過，深深凹進牆中，而且還有鋪了墊子的座位。在這扇窗子的座墊上，放著一部對開本的厚書，可能是《英格蘭編年史》這一類的大部頭著作；正如同時至今日，我們還會將一些燙金的書卷散放在客中的桌上，供來客翻閱消遣一樣。大廳中的家具，包括幾把笨重的椅子，椅背上精雕著團團簇簇的橡樹花，還有一張與椅子配套的桌子，以及一整套伊麗莎白時代的全部設備，說不定還是從更早的年代祖傳下來的，由總督從老家運到了這裡。桌子上面，爲表明英格蘭好客的遺風猶存，擺著一個碩大的盛酒用的單柄錫杯，如果海絲特或珠兒往杯裡張望的話，還可看見杯底上殘存著剛喝光的啤酒的泡沫。

牆上懸著一排肖像，都是貝林漢家族的先祖，有的胸前護著鏡甲，有的則穿著襯有環狀縐領的一般長袍，但個個面露威嚴，這是當年的肖像所必備的特徵，似乎他們都是已故的風雲人物的鬼魂，而不是他們的畫像，以苛刻褊狹的批評目光，審視著活人的活動和娛樂。

大廳四周全都鑲嵌著橡木護牆板，正中位置上懸掛著一副甲冑，那可不像畫中的那種遺物，而是當時的最新製品；因爲那是在貝林漢總督跨海來到新英格蘭那一年，由倫敦的一位技術熟練的工匠打造的，包括一具頭盔、一副護胸、一個頸套、一對護脛、一副臂鎧和吊在下面的一把長劍。這全套甲冑，尤其是頭盔和護胸，都擦得鋥亮，閃著白色的光輝，把四下的地板照得通明。這套明晃晃的盔甲，可不只是擺設，總督確曾穿著它，多次在莊嚴的閱兵式和演武場上耀武場威，而且，更重要的，也確曾穿著它在皮廓德之戰❷中衝鋒陷陣。因為貝林漢總督雖是律師出身，而且慣於在談到培根❸、柯克❹、諾耶和芬奇❺時，將他們引為同道相知，但這一新國家的事態，已經將他變成了政治家和統治者，同時也變成了軍人。

小珠兒就像她剛才對官邸閃光大為高興一樣，此時對那明晃晃的盔甲也興奮異常，她在擦得鋥亮的護胸鏡前，照了好長時間。

「媽媽，」她叫道，「我在這裡面看見你了。瞧啊！瞧啊！」

海絲特出於哄孩子高興的願望，往裡瞧了瞧；由於這一凸面鏡的特殊功能，她看到紅字的映像極為誇張，顯得比例極大，成了她全身最顯著的特徵。事實上，她彷彿完全給紅字遮住了。珠兒還向上指著頭盔中一個相似的映像，一邊向母親笑著，小臉上又露出了那常有的鬼靈精的表

---

❷ 皮廓德本是印第安阿爾貢欽人之部落，十七世紀初定居新英格蘭南部，此戰發生在一六三六～一六三八年。

❸ 法蘭西斯．培根（一五六一～一六二六），英國著名散文家、哲學家和政治家，文藝復興時期的傑出代表。

❹ 愛德華．柯克爵士（一五五二～一六三四），英國法理學家和法律學作家。

❺ 諾耶（Noye）和芬奇（Finch），生平不詳，當是與培根和柯克同時代的名人；或是由作者故意杜撰出來，諷刺貝林漢的。

情。她那又調皮又開心的神情，也同樣映現在盔甲的凸面鏡中，顯得益發誇張和全神貫注，使海絲特．白蘭覺得，那似乎不是她自己孩子的形象，而是一個精靈正在試圖變作珠兒的模樣。

「走吧，珠兒，」海絲特說著，便拉著她走開。「來看看這座漂亮的花園。我們也許能在那兒看到一些花，比我們在樹林裡找得到的還要好看呢。」

於是，珠兒便跑到大廳最遠端的凸肚窗前，沿著園中小徑望過去，小徑上鋪著剪得矮矮的青草，兩側夾著一些由外行人草草率率種下的灌木。但花園的主人似乎已經看到：在大西洋的此岸，在堅硬的土地上和劇烈的生存競爭中，要把故鄉英格蘭裝點園藝的情趣移植過來，實在是枉費心機，從而決定放棄了這一努力。圓白菜長得平平常常；遠遠種著的一株南瓜藤，穿過空隙，在大廳窗下，端端結下一顆碩大的果實，似乎在提醒總督：這顆金黃色的大南瓜，已經是新英格蘭的土壤，能夠爲他奉獻的最大豐富多采的點綴了。不過，園中還有幾叢玫瑰花和幾株蘋果樹，大概是布萊克斯通牧師先生❻所栽植株的後裔。這位波士頓半島的第一位定居人和半神話的人物，在我們早期的編年史中，常可讀到他騎在牛背上四處行走。

---

❻ 威廉．布萊克斯通牧師（一五九五～一六七五），原爲英國教會牧師，是波士頓及羅德島的第一位定居者，先於一六二三年到達波士頓，後因一六三五年教會論戰中失敗，遷居羅德島。參見本書第一章安妮．哈欽遜注釋。

珠兒看見了玫瑰叢，開始叫著要一朵紅玫瑰，而且怎麼哄都不聽。

「輕點，孩子，輕點！」她母親正正經經地說。「別嚷，親愛的小珠兒！我聽見花園裡有人說話。總督走來了，還有幾位先生跟他在一起呢！」

事實上，可以看見從花園中林蔭路的那頭，有幾個人正朝房子走過來。珠兒對母親勸她安靜下來毫不在乎，反倒又發出一聲怪叫，然後才不出聲，而且也不是出於聽話，只因爲她那種瞬息萬變的好奇心，此時被幾個新出現的人激勵起來了。

8 小鬼與牧師

貝林漢總督身穿一件寬大的長袍，頭戴一頂上了年紀的紳士居家獨處時喜歡用的便帽。他走到最前面，像是在炫耀他的產業，並且論說著他正在籌劃著的種種改進方案。他的灰色鬍鬚下面，圍著詹姆斯國王統治期間❶那種老式的精緻而寬大的環狀縐領，使得他的腦袋頗有點像托盤中的洗禮者約翰❷的頭顱。他外貌刻板威嚴，再加上垂暮之年的老氣橫秋，由此給人的印象，與他顯然竭力使自己耽於世俗享樂的措施，二者很難協調起來。我們嚴肅的先人們，雖然習慣於嘴裡這麼說，而且心裡也這麼想，認爲人類的生存，無非是經受考驗和鬥爭，並且誠心誠意地準備好一聲令下，即要犧牲自己的財富和生命，但如果認定他們從道義上會拒絕唾手可得的享樂或奢侈，那可就大錯特錯了。例如，可尊可敬的約翰·威爾遜牧師，就從來沒有宣講過這一信條。此

---

❶ 指詹姆斯一世，斯圖亞特王朝的國王，一五六七年起爲蘇格蘭王，一六〇三年繼伊麗莎白女王之後統治英國。

❷ 《新約》〈馬太福音〉言，赫洛提王慶壽，以施洗禮者約翰之頭盛於盤中，賞給舞姬莎樂美。

時，他正跟在貝林漢總督的身後，越過總督的肩膀，可以看見他的雪白的鬍鬚。他建議說，梨和桃可以在新英格蘭的氣候中馴化，而紫葡萄也可能靠在日照的園牆上得以繁茂地生長。這位在英國教會的豐滿乳汁中養育出來的老牧師，早已對一切美好舒適的東西，懷有合法的嗜好；而且，無論他在佈道壇上或是在公開譴責海絲特．白蘭的罪名時顯得多麼聲色俱厲，但他在私生活上的溫和寬厚為他贏得的熱愛之情，是勝過他的同輩神職人員的。

隨在總督和威爾遜先生身後走來的，是另外兩名客人：一位就是大家記得在海絲特．白蘭示眾的場面中，短短地扮演了一個不情願的角色的亞瑟．丁梅斯代爾牧師；另一位緊緊伴著他的是老羅傑．齊靈渥斯，這位精通醫術的人，已經在鎮上定居兩、三年了。由於年輕的牧師，在教會事務上過於不遺餘力地盡職盡責、自我犧牲，最近健康狀況嚴重受損，因此，學者成為他的醫生和朋友，也就可以理解了。走在客人前面的總督，踏上一、兩級台階，打開了大廳的窗戶，發現了眼前的小珠兒。但窗簾的陰影罩住了海絲特．白蘭，遮住了她的部分身形。

「我們這兒有個什麼呀？」貝林漢總督吃驚地望著眼前這個鮮紅的小人兒，說道。「我敢說，自從我在老王詹姆斯時代榮獲恩寵、時常被召進宮中參加假面舞會、大出風頭的歲月以來，我還從來沒見過這樣的小傢伙呢。那時候，每逢節日，常有成群的這種小精靈，我們都把他們叫作司戲者❸的孩子。可這樣一位客人，怎麼會跑到我的大廳裡來了？」

「哎，眞的！」好心腸的威爾遜老先生叫道。「長著這麼鮮紅羽毛的會是什麼小鳥呢？我想，當陽光穿過五彩繪的窗戶、在地板上投射出金黃和緋紅的形象時，我看到過這樣子的人物。可那是在故鄉本土啊。請問你，小傢伙，你是誰呀？你母親爲什麼把你打扮成這副怪模樣啊？你是基督徒的孩子嗎？啊！你懂得《教義回答手冊》嗎？也許，你是那種調皮的小妖精或小仙女吧？我們還以爲，連同羅馬天主教的其它遺物，全都給留在快樂的老英格蘭了呢。」

「我是我媽媽的孩子，」那鮮紅的幻象回答說，「我叫珠兒！」

「珠兒？——還不如叫紅寶石呢！——要不就叫紅珊瑚！——要不就叫紅玫瑰，從你的顏色來看，這可是最起碼的呢！」老牧師答應著，伸出一隻手，想拍拍小珠兒的臉蛋，可是沒成功。「可你的媽媽在哪兒呢？啊！我明白了，」他又補充了一句；然後轉向貝林漢總督，悄聲說：「這就是我們一起議論過的那個孩子；往這兒瞧，那個不幸的女人，海絲特，就是她母親！」

「你是這麼說的嗎？」總督叫道。「不，我們滿可以判斷，這樣一個孩子的母親，應該是一個鮮紅色的女人，而且要當之無愧是個巴比倫式的女人❹！不過，她來得正好；我們就來辦辦這

❸十五和十六世紀時聖誕節聯歡活動中，指定監督嬉鬧遊戲的官員。

❹《新約》〈啓示錄〉云，巴比倫的賣淫婦身穿紫紅色衣服。

件事吧。」

貝林漢總督跨過窗戶，步入大廳，後面跟著他的三位客人。

「海絲特．白蘭，」他說著，把生來嚴峻的目光盯住這戴紅字的女人，「最近，關於你的事議論得不少，我們已經鄭重地討論過，把一個不朽的靈魂，比如說那邊那孩子，交付給一個跌進現世的陷阱中的人來指導，我們這些有權勢的人能夠心安理得嗎？你說吧，孩子的母親！你想一想吧，要是把她從你身邊帶走，讓她穿上樸素的衣服，受到嚴格的訓練，學會天上和人間的眞理，是不是對這小傢伙的目前和長遠利益有好處呢？在這方面，你又能爲這孩子做些什麼呢？」

「我能教給我的小珠兒——我從這裡學到的東西！」海絲特．白蘭把手指放到那紅色標誌上回答。

「女人，那是你的恥辱牌子啊！」那嚴厲的官老爺回答道。「正是因爲那字母所指明的污點，我們才要把你的孩子交給別人。」

「可是，」母親平靜地說，不過面色益發蒼白了，「這個牌子已經教會了我——它每日每時都在教育我，此時此刻也正在教育我，我要接受教訓，讓我的孩子可以變得更聰明、更美好，儘管這一切對我本人已毫無益處了。」

「我們會做出愼重的判斷的，」貝林漢說，「而且也會認眞考慮我們即將採取的措施。善良的威爾遜先生，我請求你檢查一下這個珠兒——我們權且這麼叫她吧——看看她具不具備這個年齡的孩子應受的基督徒教養。」

老牧師在一張安樂椅中就坐之後，想把珠兒拉到他的膝間。但那孩子除去她母親之外，還不習慣別人的親熱，立即穿過敞開的窗戶，逃了出去，站在最高一層的台階上，像一隻長著斑爛羽毛的熱帶鳥兒似的，隨時準備飛上天空，逃之夭夭。威爾遜先生對這一反抗舉動頗爲吃驚——因爲他是老爺爺般的人物，通常極受孩子們的喜愛　但他仍繼續他的測驗。

「珠兒，」他鄭重其事地說，「你應當留心聽取教誨，這樣，到時候，你才可能在胸前佩戴價值連城的珠寶。你能不能告訴我，我的孩子，是誰造出了你？」

如今珠兒十分清楚是誰造出了她，因爲海絲特．白蘭是個出身於虔誠教徒家庭的女兒，在同孩子談過她的天父之後不久，就開始給她灌輸那些眞理，而一個人的心靈哪怕再不成熟，都會以熱烈的興趣來吸取這些眞理的。因此，珠兒雖然年僅三歲，卻已頗有造詣，完全經得起《新英格蘭入門》或《西敏寺教義問答手冊》初級的測驗，儘管她連這兩部名著是什麼樣子都不知道。但一般孩子多少都有的那種任性，小珠兒本來就甚於別的兒童十倍，而在目前這最不合時宜的當兒，更是徹底地支配了她：她不是閉口不言，就是給逼得說岔了。這孩子把手指放到嘴裡，對好心腸的威爾遜先生的問題，一再粗野地拒不回答，最後居然宣稱她根本不是造出來的，而是她媽媽從長在牢門邊的野玫瑰叢中採下來的。

大概是由於珠兒正站在窗邊，附近就有總督的紅玫瑰，再加上她想起來時走過獄前見到的玫瑰叢，就受到啓示，生出了這樣一種奇思異想。

老羅傑·齊靈渥斯面帶微笑，對著年輕牧師耳語了幾句。海絲特·白蘭望著這位醫生，即使此刻對她命運攸關，也還是驚訝地發現，他的外貌發生了多麼大的變化——自從她熟悉他的時候以來，他的黑皮膚變得益發晦暗，他的身體益發畸形了。她和他的目光接觸了瞬間，立即便把全部注意力集中在眼前正在進行的場面中去了。

「這太可怕了．」總督叫著，漸漸從珠兒的應答所帶給他的震驚中恢復過來。「這是個三歲的孩子，可她根本說不出是誰造出了她！毫無疑問，她對自己的靈魂、對目前的墮落、對未來的命運，全然一無所知！依我看，諸位先生，我們無需再問了。」

海絲特抓住珠兒，強把她拉進自己的懷裡，面對著那幾乎是滿臉凶相的清教徒長官。她被這個世界所拋棄，只剩下孤身一人，只有這一件珍寶，才能維持她心靈的生存，她感到她有不可褫奪的權利，來對抗這個世界，而且準備好維護自己的權利，一直到死。「上帝給了我這個孩子！」她大聲說道。「他把她給了我，是爲了補償你們從我手中奪走的一切。她是我的幸福！——也分毫不差地是我的折磨！是珠兒叫我還活在世上！也是珠兒叫我受著懲罰！你們看見沒有？她就是紅字，只不過能夠受到喜愛，因此也具有千萬倍的力量，來報應我的罪孽！你們帶不走她！我情願先死給你們看！

「我可憐的女人，」那不無慈悲的老牧師說，「這孩子會受到很好的照顧的！——遠比你能辦到的要強。」

「上帝把這孩子交給了我來撫養，」海絲特重複說，嗓音大得簡直像喊叫了。「我絕不會放棄她的！」說到這裡，她突然一陣衝動，轉向了年輕的牧師丁梅斯代爾先生，之前她簡直始終沒有正眼瞧他。「你來替我說句話嘛！」她說。「你原來是我的牧師，曾經對我的靈魂負責，你比這些人更了解我。我不能失去這個孩子！替我說句話吧！你了解我——而且你還具有這些人所缺乏的同情心！你了解我心裡的想法，也了解一個母親的權利，而當那位母親只有她的孩子和紅字的時候，這種權利就更加強烈！請你理解一下吧！我絕不會失去這個孩子的！你要明白啊！」

這種狂野而獨特的籲請，意味著海絲特．白蘭的處境，已經快把她逼瘋了。於是，那年輕的牧師馬上走上前來，他面色蒼白，一隻手捂住心口——只要他那古怪的神經質一發作，他就會做出這個習慣的動作。他此時的樣子，比起上次海絲特示眾時我們所描繪的，還要疲憊和憔悴；不管是由於他那每下愈況的健康狀況，抑或其它什麼原因，他那雙又大又黑的眼睛的深處，在煩惱和憂鬱之中，還有一個痛苦的天地。

「她說的確有道理，」年輕的牧師開口說，他那甜蜜柔和的嗓音雖然微微發顫，卻強勁有力地在大廳中迴蕩著，直震得那空殼鏡甲都隨之轟鳴，「她的話確有道理，鼓舞她的感情也沒有錯！上帝賜給了她這個孩子，也就賦予了她了解孩子天性和需求的本能——而這孩子的天性和需求，看來又是如此與眾不同——她作母親的這種本能，別人是不可能具備的。何況，在她們的母女關係之中，難道沒有一種令人敬畏的神聖之處嗎？」

「喂！這話怎麼說，善良的丁梅斯代爾先生？」總督接口說。「請你把話說得明白些！」

「尤其是，」年輕牧師接著說，「如果我們換一個角度來看待這件事，我們豈不是說，那創造了一切肉體的天父，只是隨便地承認了一次罪行，而對褻瀆的淫穢和神聖的愛情之間，毫不加以區別嗎？這孩子是她父親的罪孽和她母親的恥辱的產物，但卻來自上帝之手，而上帝要通過許多方式來感化做母親的心靈，因此她才這麼誠摯地、懷著這麼痛苦的精神，來祈求養育孩子的權利。她是在祈求祝福，向賜給孩子生命的上帝祈求祝福！毫無疑問，誠如這母親自己對我們所說，她也是在祈求一種報應；她在祈求一種折磨，讓她在意想不到的許多時刻體會到這種折磨；她在祈求一陣劇痛，一下刺扎，一種時時復發的、糾纏著她的快樂的痛楚！在這可憐的孩子的衣服上，她不是表達了她的這種想法嗎？這身衣服，不是有力地提醒我們那烙進她胸口的紅色象徵嗎？」

「還是你說得高明！」好心腸的威爾遜先生叫道。「我本來擔心這女人除了拿她的孩子裝幌子外，再也沒有更好的想法呢！」

「噢，並非如此！——並非如此！」丁梅斯代爾先生繼續說。「請相信我，她已經認識到了上帝在這個孩子的存在上所創造的神聖的奇蹟，而且她可能也感受到了——我想恰恰如此——上帝賜給她這個孩子，尤其意味著，要保持母親的靈魂的活力，防止她陷入罪惡的更黑暗的深淵，否則撒旦還會設法誘惑她的！因此，給這個可憐而有罪的女人，留下一個不朽的嬰兒，一個可能帶來永恆的歡樂或悲傷的生命，對她會大有好處；讓她去撫養孩子，讓她培養孩子走上正路，這樣才能隨時提醒她記著自己的墮落；因爲這也是對造物主的神聖誓言，同時教育她，如果她能把孩子送上天國，那麼孩子也就能把她帶到天國！就此而論，有罪的母親，可要比那有罪的父親有幸。因此，爲了海絲特．白蘭，也同樣爲這可憐的孩子的緣故，我們還是按照天意對她們的安排，不去管她們吧！」

「我的朋友，你講這番話，眞是誠摯得出奇呢！」老羅傑．齊靈渥斯對他笑著說。

「而且，我這年輕兄弟話裡的重要意義，還滿有分量呢，」威爾遜牧師先生補充說。「你怎麼看，尊敬的貝林漢老爺？他爲這可憐的女人所作的請求滿好吧？」

「確實不錯，」那長官回答，「並且還引證了這些論據，我們只好讓事情依舊如此嘍，至少，只要沒有人說這女人的閑話就行。不過，我們還是要認眞，對這孩子要按時進行《教義問答手冊》的正式考核，這事就交給你和丁梅斯代爾先生吧。再有，到了適當時候，要讓十戶長（以十戶人家爲領導者）注意送她上學校和做禮拜。」

那年輕的牧師說完話之後，便離開人群，後退幾步，讓窗帘厚厚的褶襞擋住了他部分臉孔；而陽光在地板上照出他的身影，還在由於剛才激昂的呼籲而顫抖。珠兒那野性子的精靈小鬼，輕手輕腳地偷溜到他身旁，用雙手握住他的手，還把小臉貼在上面；那撫愛是那麼溫柔，而且還那麼從容，使得在一旁看著的海絲特不禁自問：「那是我的珠兒嗎？」然而她明白，這孩子的心中是有著愛的，不過這種愛，通常是以激情的方式來表達的；她生來恐怕還沒有第二次像此時這樣溫柔文雅呢。而牧師呢——除去追尋已久的女性的關心之外，再沒有這種孩子氣的愛的表示更爲甜蜜的了，由於這種愛發自精神本能，因此似乎是在暗示著，我們身上確實具有一些值得一愛的東西——此時他環顧四周，將一隻手放在孩子的頭上，遲疑了一會兒，然後吻了她的額頭。小珠兒這種不尋常的溫情脈脈到此爲止，她放聲笑著，朝大廳另一頭輕巧地蹦跳而去，威爾遜老先生甚至懷疑，她的腳尖是否觸到了地板。

「這小姑娘準是有魔法附體，我敢說，」他對丁梅斯代爾先生說。「她根本用不著老女巫的掃把就能飛行！」

「沒見過這樣的孩子！」老羅傑．齊靈渥斯評論說。「很容易在她身上看出她母親的素質。先生們，請你們想一想，要分析這孩子的天性，要根據她的體態和氣質，來對她的父親作出聰明的猜測，是不是超出了哲學家的研究範疇了呢？」

「不；在這個問題上，要追蹤非宗教的哲學的暗示，是罪過的，」威爾遜先生說。「最好還是靠齋戒和祈禱來解決吧；而最好的辦法可能莫過於留著這宗秘密不去管它，聽憑天意自然地揭示好了。這樣，每個信奉基督的好男人，便都有權對這可憐的被遺棄的孩子，表示父愛了。」

於是，這件事就此圓滿地解決了，海絲特．白蘭便帶著珠兒離開了宅邸。在她們走下台階的時候，據信有一間小屋的格子窗給打開了，西賓斯太太把頭探出來，伸到陽光下，她是貝林漢總督的姊姊，脾氣古怪刻毒，就是她，在若干年之後，作爲女巫而被處決了。

「喂，喂！」她說，她那不祥的外貌，像是給這座住宅的欣欣向榮的氣氛，投下了一層陰影。「你們今晚願意同我們一道去嗎？樹林裡要舉行一次聯歡，我已經答應過那黑男人，海絲特．白蘭要來參加呢。」

「請你替我向他道歉吧！」海絲特帶著凱旋的笑容回答說。「我得待在家裡，照顧好我的小珠兒。要是他們把她從我手中奪走，我也許會心甘情願地跟你到樹林裡去，在黑男人的名冊上也簽上我的名字，而且還要用我的鮮血來簽呢！」

「我們下一次在那兒見吧。」那巫婆皺著眉頭說罷，就縮回了腦袋。

如果我們假定，西賓斯太太和海絲特．白蘭之間的這次謀面有根有據而並非比擬象徵的話，那麼，年輕牧師反對拆散一個墮落的母親，和因她的脆弱而誕生的女兒的論點，就已經得到了證明：這孩子早在此時就已挽救了她免墮於撒旦的陷阱。

9 醫生

讀者會記得，在羅傑．齊靈渥斯的稱呼背後，還隱藏著另一個姓名，原來叫那姓名的人，下了決心再不讓人提起。前面已經敘述過，在目睹海絲特．白蘭示衆的人群中，站著一個風塵僕僕的上了年紀的男人，他剛剛逃出危險的荒野，卻看到體現著他所希冀的家庭溫暖和歡樂的女人，在衆人面前作爲罪孽的典型，高高站在那裡。她那主婦的聲名，任憑所有的人踐踏在腳下。在公共市場上，她周圍氾濫著對她醜行的種種議論。若是這些浪潮，傳到她的親屬或是她那些身無瑕疵的同伴那裡，除了染上她的恥辱之外，別無其它；這種恥辱，會隨原有關係的親密和神聖程度，而嚴格成比例地在親友中相應加以分配。那麼，作爲與這個墮落的女人關係最親密和最神聖的一個人，既然他還有選擇的餘地，何必前來公開要求這份並非求之不得的遺產呢？他決心不同她在那受辱台上並肩而立。由於除海絲特．白蘭之外，誰都不認識他，而且他還掌握著鎖鑰，讓她緘口不言，他打定主意將自己的姓名，從人類的名單上勾銷；即使考慮到他原先的關係和利益，他也要從生活中徹底消失，就像他當眞如早已風傳的那樣葬身海底了。這一目的一旦達到，就立刻湧現了新的利益，也就又有了新的目標；這個目標即使不至於是罪過的，也實在是見不得人的，但其力量之強，足以運用他的全部智力與精力去奮爭。

爲了實現自己的決心，他以羅傑．齊靈渥斯的名義，在這座清教徒城鎭中居住下來，他毋需其它介紹，只消他所具備的異乎尋常的學識就成了。由於他的前半生對當時的醫學科學作了廣泛的研究，於是他就以其熟悉的醫生這一行爲業，出現在這裡，並且受到了熱烈歡迎。當時在殖民地，精通內外科醫術的人尙不多見。看來，醫生們並不具備促使其他人飄洋過海的那種宗教熱情。他們在深入鑽研人體內部時，可能把更高明、更微妙的能力表現在物質上，錯綜複雜的人體機構令人驚詫，似乎其內部包含著全部生命，具備足夠的藝術，從而對生命的存在，喪失了精神方面的看法。無論如何，波士頓這座美好城鎭的健康，凡涉及醫學二字的，以往全都置於一位年老的教會執事兼藥劑師的監督之下，他那篤信宗教的舉止就是明證，比起靠一紙文憑配出的藥劑，更能贏得人們的信賴。唯一的外科醫生是一位每日慣於操刀爲人忙於理髮的人，只是偶爾才實踐一下這種高貴的技藝。與這兩位同行相比，羅傑．齊靈渥斯成了奪目的新星。他很快就證明他對博大精深的古典醫道瞭若指掌，其中每個偏方，都含有許多四處搜尋而來、形形色色的成分，其配製之精良，似是要獲得長生不老藥的效果。況且，在他被印第安人俘虜囚禁期間，又對當地草藥的性質，掌握了大量的知識；他對病人毫不隱諱地說，大自然恩賜給那些未開化的野蠻人的這些簡單藥物，同衆多博學的醫生，在實驗室中花費了數世紀才積累起來的歐洲藥典，幾乎可以取得他本人同等的信任。

人們認爲，這位陌生的學者，至少在宗教生活的表面形式上看，堪稱楷模；他來到之後不久，就選定丁梅斯代爾牧師先生作他精神上的導師。這位年輕的聖徒，在牛津始終享有學者般的聲譽，他的最熱心的崇拜者認爲，在他的有生之年，只要他能爲如今尙屬無力的新英格蘭教會，做出像古代聖徒在基督教信仰初期所成就的那種偉業，便可與上天指定的使徒相提並論。然而，就在此時，丁梅斯代爾先生的健康，開始明顯地惡化。據那些最熟悉他日常生活的人說，這位年輕牧師的面頰之所以蒼白，是因爲他過分熱衷於潛心研究學問，和一絲不苟地完成教區的職守，尤其是爲使粗鄙的世俗環境不致遮蔽他精神上的明燈，他經常徹夜不眠並施行齋戒。還有人宣稱，如果丁梅斯代爾先生當眞要死，無非是因爲這個世界不配他的腳再在上面踩踏。反之，他本人則以他特有的謙遜申明他的信念：如果天意認爲他應該離世，那就是因爲他沒有資格在這人世間執行其最卑微的使命。雖說對他健康每況日下的原因衆說紛紜，但事實卻是不容置疑的。他身體日見消損，他的嗓音雖仍然豐潤而甜美，卻含有某種預示衰頹的憂鬱；人們時常觀察到，每逢稍有驚恐或其它突發事件，他就會用手捂住心口，臉上一紅一白，說明他很痛苦。

這位青年牧師的身體就是這種狀況，當羅傑．齊靈渥斯初到鎭上的時候，情況已經相當危險，這年輕人的曙光，眼見就要過早地損滅了。齊靈渥斯首次登場時，誰也說不出個所以然來，簡直像是從天而降或從地獄鑽出，這就具有一種神秘色彩，從而很容易被誇大成奇蹟。如今，無人不曉他是一名醫生；人們注意到他採集藥草、摘取野花、挖掘植根，還從樹上折取細枝，常人眼中的無用之物，他似是熟知其隱含的價值。人們聽到他提起坎奈姆．狄戈比爵士❶和其他名人——他們的科學造詣簡直被視作超自然的，但他卻說是他的筆友或熟人。他既然在學術界地位如此之高，爲什麼要到這裡來呢？他的天地理應在大城市，在這蠻荒野地中又能尋找到什麼呢？爲了回答這些疑問，於是就有了謠言的土壤滋長茁壯，不管是一些傳言多麼離奇，也爲一些明智的人所接受：說是上天創造了一個絕對的奇蹟，把一位著名的醫學博士，從一所德意志大學裡，憑空來到了丁梅斯代爾先生書齋的門前。而一些具有更加聰慧的信仰的人明知，上天爲實現其目的，不必求助於所謂奇蹟的插曲，來達到舞台效果，但也樂於看到羅傑．齊靈渥斯是假上天之手才及時到來的。

由於醫生對年輕的牧師，從一開始就顯示出強烈的興趣，上述想法就得到了鼓勵；醫生以一個教民的身份，與他形影相隨，並且想戰勝他大性中的含蓄和敏感，來贏得他的友誼和信任。他對他牧師的健康深爲震驚，還急切地給予治療，他認爲，如果及早診治的話，總不會不見療效的。丁梅斯代爾先生教團中的長老、執事、修女，以及年輕貌美的少女們，都衆口一詞地再三要求他對醫生自告奮勇的治療不妨一試。但丁梅斯代爾先生卻委婉地拒絕了這些懇求。

❶狄戈比爵士（一六〇三～一六六五），英國作家、航海家和外交家，皇家學會理事。他還發現了植物對氧的需要。

「我不需要醫藥。」他說。

但這位年輕牧師怎麼能這樣講呢？一個接一個的安息日，他的面頰越來越蒼白消瘦，聲音也比先前更加顫抖，而且他用手捂心口的動作，已經從漫不經心的姿態，變成時時都有的習慣了。是他厭倦了他的工作嗎？是他想死嗎？丁梅斯代爾先生，一再受到波士頓的長老們如此的盤詰和他教堂中的執事們的——用他們自己的話說——「規勸」；上天如此明顯地伸出救援之手，拒絕是有罪的。他默默不語地聽著，終於答應和醫生談談看。

「如果這是上帝的意旨，」丁梅斯代爾牧師先生為了實現自己的諾言，向老羅傑．齊靈渥斯醫生討教時說，「我寧願不要你為我的緣故來證明你醫道精熟，我要滿意地讓我的辛勞、我的悲哀、我的罪孽和我的痛苦，都盡快與我同歸於盡，令其世俗部分埋在我的墓中，而將其精神部分隨我同去永恆的境界。」

「啊，」羅傑．齊靈渥斯說，不管是做作的還是天生的，他的舉止總是安詳得令人矚目，「一個年輕的牧師，確實喜歡這麼講話。年輕人啊，都還沒有紮下深根呢，就這麼輕易地放棄生命嗎？在人世間和上帝同行的聖人們，都會欣然隨他而去，走在新耶路撒冷的黃金鋪路上的。」

「不是的，」年輕的牧師插話說，他把手放在心口上，頌上掠過一抹痛苦的紅潮，「如果我還有資格到那裡去走動的話，我倒寧願留在這裡來吃苦。」

「好心的人，從來都是把自己說得十分卑微的。」醫生說。

就這樣，神秘的老羅傑．齊靈渥斯，成了丁梅斯代爾牧師先生的健康顧問。這位醫生不僅對疾病感到興趣，而且還對他病人的個性和品質嚴加窺測。這兩個人雖然在年紀上相差懸殊，但逐漸共同消磨起更多的時間了。爲了牧師的健康，而且也使醫生能夠收集具有奇效的植物，他倆在海濱、林間長時間散步，聆聽海浪的低語與林濤的戾鳴。同樣，他倆也時常到彼此的書齋和臥室中去作客。對牧師來說，這位科學家的陪伴中，自有一種魅力，因爲從他身上，可以看出廣博精深的知識修養，以及浩渺無際的自由觀念——這在自己的同行中是萬難找到的。事實上，他在醫生身上發現了這些特色，即使沒有引起震驚，也足以深感詫異。

丁梅斯代爾先生是個道地的牧師，一個眞正的篤信宗教的人，他有高度發展的虔誠的感情，和有力地推動著自身沿著信仰的道路前進的心境，而且會隨著時間的流逝而日漸深入。無論在何種社會形態中，他都不會是那種所謂有自由見解的人；他總要感到周圍有一種信仰的壓力，才能心平氣和，這信仰既支撐著他，又將他禁閉在其鐵籠之中。然而，當他放棄慣常採用的認識，而換用另一種知識媒介來觀察宇宙時，他也確實感到一種偶然的舒暢，儘管這種喜悅之中仍帶著幾分震顫。猶如打開了一扇窗戶，使一種更自由的氣息，得以進入那閉鎖和令人窒息的書齋，而他通常就在這裡的燈光或遮著的陽光之下，伴著從經書中散發出來的霉爛氣味——不管是感官上還是道德上的，消耗著他的生命。但這破窗而入的空氣又過於清冷，使他無法坦然地長久吸取。於是，牧師和陪伴他的醫生，只好再龜縮到他們的教會劃爲正宗的禁區之內。

羅傑·齊靈渥斯就是這樣仔細檢查他的病人的：一方面，觀察他的日常生活，看他在熟悉的思緒上所保持的慣常的途徑；另一方面，也觀察他被投入了另一種道德境界時的表現，因爲那種境界的新意可能喚起某些新東西浮出他性格的表面。看來，醫生認爲首先要了解其人，然後才能對症下藥。凡有心智的東西，其軀體上的病痛，必然染有心智上的特色。在亞瑟·丁梅斯代爾的身上，他的思維和想像力十分活躍，他的情感又是十分專注，他身體上的病症大概根源於此。於是，羅傑·齊靈渥斯，那位和善友好又技藝精湛的醫生，就竭力深入他病人的心扉，挖掘於他的準則之中，探詢著他的記憶，而且如同一個在黑暗的洞穴中尋找寶藏的人一樣，小心翼翼地觸摸每一件東西。像他這樣一個得到機會和特許來從事這種探索，而且又有熟巧將其進行下去的調查人，很少有秘密能逃過他的眼睛。

一個有著秘密的人，應該特別避免與醫生親密相處。假如那醫生具有天生的洞察力，還有難以名狀的某種能力——我們姑且稱之爲直覺吧；假如他沒有流露出頤指氣使的唯我獨尊，他自己又沒有鮮明的難以相處的個性；假如他生來就有一種與病人脈脈相通的能力，藉此使病人喪失警覺，以致自言自語地說出心中所想的事；假如他平靜地聽到這些表白，只是偶爾用沉默無聲的同情，用自然而然的喘息，以及間或的一、兩個字眼，表示充分的理解；假如在一個可信賴的人的這些品格上，加上他那醫生身分所提供的有利條件——那麼，在某些難以避免的時刻，患者的靈魂便會融解，在一個黑暗而透明的小溪中涓涓向前，把全部隱私帶到光天化日之下。

上述這些特色，羅傑・齊靈渥斯全部或者大部分具備。然而，隨著時間的流逝，如我們所說，在這兩個有教養的頭腦之間，發展起了親密無間的關係。他們有如同人類思維與研究的整個領域那麼廣闊的地帶可以交會；他們討論涉及倫理和宗教、公共事業和私人性格的各種問題；他們就似乎涉及兩人自己私事的問題大量交談；然而，醫生想像中肯定存在的那種隱私，卻始終沒有溜出牧師的意識，傳進他同伴的耳中。的確，醫生懷疑，連丁梅斯代爾先生身體痼疾的本質，都從來沒有坦率地洩露給他。這種含蓄實在是太奇特了！

過了一段時間，在羅傑・齊靈渥斯的暗示之下，丁梅斯代爾先生的朋友們作出安排，讓他倆同住在一棟房子裡；這樣，牧師生活之潮的每一個起落，都只能在他的這位形影相隨的熱心醫生的眼皮底下發生。這一眾望所矚的目的達到之後，舉鎮歡騰。人們認爲，這是有利於年輕牧師最好的可行措施。除非，當眞如某些自認爲有權威的人所一再催促的那樣，他從那眾多的如花似玉、在精神上崇拜他的年輕姑娘當中，選擇一位充當他忠實的妻子。然而，目前尙無跡象表明丁梅斯代爾先生已屈從眾願採取這一步驟；他對這類建議一概加以拒絕，彷彿僧侶的獨身主義，是他教會規章中的一項條款。因此，既然丁梅斯代爾先生明顯地作了這種選擇，他就注定要永遠在別人的飯桌上吃無味的配餐，除去在別人的爐火旁取暖之外，只有忍受終生寒冷的份；看來，這位洞察一切、經驗豐富、慈愛爲本的老醫生，以父兄般的關懷和教民的敬愛對待這年輕的牧師，確實是全人類中與他如影隨形的最恰當的人選了。

這兩位朋友的新居，屬於一個虔信宗教的寡婦，她有著不錯的社會地位，她這所住宅所占的地皮，離後來修建的王家教堂相距不遠，一邊有一塊墓地，就是原先艾薩克·約翰遜的舊宅，這裡易於喚起嚴肅認眞的回憶，很適合牧師和醫生雙方各自的職業。那好心腸的寡婦，以慈母般的關懷，分配丁梅斯代爾先生住在前室，那裡有充分的陽光，還有厚實的窗帘，如果願意的話，中午也可把房間遮得十分幽暗。四壁懸掛著據說是哥白林❷織機上織出的織錦，不管眞假，上面確實繡著《聖經》上面所記載的大衛、拔示巴和預言者拿單的故事❸，顏色尚未褪掉，可惜畫中的美婦，簡直如那宣告災難的預言者一樣面目可憎了。面色蒼白的牧師，在這裡鏍起他的豐富藏書，其中有對開桑皮紙精裝本的先哲們的著作、拉比❹們記下的傳說、以及許多僧院的考證——對這類文獻，清教教士們儘管竭力詆毀，卻不得不備作不時之需。在住宅的另一側，老羅傑·齊靈渥斯布置了他的書齋和實驗室；在一位現代科學家看來，連勉強齊備都稱不上，但總還有一個蒸餾釜及一些配藥和化驗的設備，都是這位慣於實驗的煉丹術士深知如何加以利用的。有了這樣

❷ 十五世紀時法國的一著名染織家族所建的同名織錦及壁毯場。
❸《舊約》〈撒母耳記下〉言，以色列王大衛殺死烏利亞，並奪其美妻拔示巴，而拿單則預言大衛必自取其禍。
❹ 猶太教教士，基督教的誕生與古猶太教有淵源，故古猶太教拉比的著述有基督教古文獻價值。

寬敞的環境，這兩位學者，便在各自的房間裡坐了下來，經常不拘禮節地互訪，彼此懷著好奇心觀察另一個人的事情。

我們已經提及，亞瑟・丁梅斯代爾牧師那些最明智的朋友於是便順理成章地認爲，是上天接受了人們在公開場合、在家中以及私下的許多祈禱，才安排了這一切，以達到恢復年輕牧師健康的目的。但是，我們現在必須說明的是，後來，另外一部分居民，開始對丁梅斯代爾先生和那神秘的老醫生之間的關係持有異議了。當沒有受過教育的人們，試圖用自己的眼光來看問題時，是極其容易上當的。不過，當他們通常憑自己偉大而溫暖的心胸的直覺，來形成自己的判斷時，他們的結論往往深刻無誤，具有超自然表象的眞理的特徵。就我們所談的這些人而論，他們對羅傑・齊靈渥斯的偏見，其事實或理由都不值認眞一駁。

有一個上了年紀的手藝人，在三十多年以前托瑪斯・奧佛白利爵士❺被害的時代，確曾是倫敦的一個市民；他出面證明說，他曾經看見這位醫生——當時叫的是另外一個名字，筆者如今已經忘了，陪著那位著名的老術士福爾曼博士❻，而那個老博士涉嫌與奧佛白利被害一事有關。還

---

❺托瑪斯・奧佛白利爵士（一五八一～一六一三），英國詩人和散文家，後因反對其恩主之婚姻，被投入倫敦塔監禁，並被慢性毒藥毒死。

❻福爾曼博士（Dr. Forman），生平不詳，可能是作者假托的人物。

有兩、三個人暗示說，這位醫術高明的人，在被印第安人俘獲的時期，曾經參與野蠻人法師的念咒活動，以此來增加其醫學上的造詣；那些印第安法師的法力無邊，這是衆所周知的，他們時常用邪門歪道奇蹟般地把人治好。還有一大批人——其中不少都是頭腦冷靜、觀察務實的，他們在別的事情上的見解一向頗有價值——肯定地說，羅傑．齊靈渥斯自從在鎮上定居，尤其是和丁梅斯代爾先生夥居一宅以來，外貌上發生了明顯的變化。起初，他外表安詳而沉思，一派學者模樣；而如今，他的臉上有一種前所未見的醜陋和邪惡，而且他們對他看得越多，那醜陋和邪惡就變得越明顯。按照一種粗俗的說法，他實驗室中的火來自下界，而且是用煉獄的柴薪來燃燒的；因此，理所當然地，他的面孔也就給那煙黑得越來越黑了。

總而言之，有一種廣爲流傳的看法，認爲亞瑟．丁梅斯代爾牧師和基督教世界各個時期特別聖潔的許多其他人一樣，腦海中縈繞著的不是撒旦本人，就是扮作老羅傑．齊靈渥斯的撒旦的使者。這個惡魔的代理人，獲得神聖的特許，在一段時間裡，鑽入牧師的內心，陰謀破壞他的靈魂。人們斷言，任何有理智的人，都不會懷疑哪一方會得到勝利。人們都懷著不可動搖的希望，等著看到牧師煥發著必勝的榮光，走出這場爭鬥。然而，一想到他爲了贏得勝利，而在掙扎中所經受的致命的折磨，同時又令人神傷。

天啊！從這可憐的牧師眼睛深處的陰鬱和恐怖來判斷，這場爭鬥極其劇烈，而且遠不能說勝利在握。

10 醫生和病人

老羅傑．齊靈渥斯一生中都是個脾氣平和的人，他雖無溫暖的愛，但卻心地慈悲，而且在涉及同各方面的關係時，始終是個純粹而正直的人。照他自己的想像，他是以一個法官同等的嚴峻與公正，來開始一次調查的，他只嚮往眞理，簡直把問題看得既不包含人類的情感，也不捲入個人的委屈，完全如同幾何學中抽象的點線和形體一般。但在他著手進行這一調查的過程中，一種可怕的迷惑力，一種儘管依然平靜、卻是猛烈的必然性，卻緊緊地將這老人攫在自己的掌握之中，而且在他未完成它的全部旨意之前，絕不肯將他放鬆。如今，他像一個礦工搜尋黃金似的掘進這可憐的牧師內心；或者更確切地說，像個掘墓人挖進一座墳墓，可能原指望找到陪葬在死者胸前的珠寶，結果卻除去死屍及腐爛之外，一無所獲。假若那裡果眞有他要找的東西的話，天啊，讓我們爲他自己的靈魂哀嘆吧！

有時候，從醫生的眼中閃出一線光芒，像是爐火映照似的，燃著藍幽幽的不祥之光，或者我們也可以說，像是班揚那山邊可怕的門洞中射出、在朝聖者的臉上跳動著的鬼火的閃光❶。那是因爲這陰沉的礦工所挖掘的土地中，剛好顯露了鼓勵他的一些跡象。

「這個人，」他在一次這種場合中自言自語說，「儘管人們相信他很純潔，儘管他看來極其高尚神聖，但他從他父親或母親身上，繼承了一種強烈的獸性。讓我們沿著這一礦脈再向前掘進一點吧！」

之後，他就對這位牧師幽暗的內心，加以長時間的搜尋，翻出了許多寶貴的東西，都是由思想和鑽研而強化的、由天啓（上天啓示）而燃亮的，諸如對靈魂的熱愛、純潔的情操、自然的虔誠等等，均以對人類福祉的高尚志向爲其形式——然而這一切無價之寶，於那位探礦人無異於一堆廢物——他只好沮喪地轉回身來，朝著另一個方向開始尋求。他鬼鬼祟祟、左顧右盼、小心翼翼地向前探索，猶如一個偷兒進入一間臥室，想去竊取主人視如珍珠的寶物，而主人卻躺在那裡半睡半醒——或者可能還大睜著眼睛。儘管他事先籌劃周密，但地板會不時吱嘎作響，他的衣服也會窸窣有聲，而且到了近在咫尺的禁地，他的身影也會投射到被竊人的身上。另一方面，丁梅斯代爾先生的敏感神經，時常會產生一種精神直覺的功效，他會模模糊糊地意識到，對他的平靜

❶ 英國作家約翰・班揚（一六二八～一六八八）在其代表作《天路歷程》中所寫的作者夢中之所見。

抱有敵意的某種東西，已經同他發生了關聯。而老羅傑．齊靈渥斯，也具備了近乎直覺的感知能力；當牧師向他投來驚恐的目光時，醫生就會坐在那裡，變成了關切和同情牧師的好心朋友，絕不打探他的隱私了。

而丁梅斯代爾先生如果沒有病人常有的某種病態，以致對整個人類抱著猜疑的態度的話，他或許會對此人的品性看得更充分些。由於他不把任何人視爲可信賴的朋友，因此當敵人實際上已出現時，仍然辨識不出。所以，他依舊和老醫生隨意傾談，每天都在書齋中接待他；或者到他的實驗室去拜訪他，並且出於消遣的目的，在一旁觀看他如何把藥草製成有效的藥劑。

一天，他用一隻手支著前額，肘部墊在朝墳墓開著的窗子的窗台上，與羅傑．齊靈渥斯談話，那老人正在檢看一簇難看的植物。

「在哪兒，」他斜眼看著那簇植物，開口問道——最近牧師有個特點，他很少直視任何東西，不管是人還是無生命的——「我好心的朋友，你在哪兒搜集到的這些藥草，葉子這麼黝黑鬆軟？」

「在這跟前的墳地裡就有，」醫生一邊繼續幹他的活，一邊回答。「我以前還沒見過這種草。我是在一座墳墓上發現的。那座墳上沒有墓碑，除了長著這種醜陋的野草外，也沒有其它東西紀念死者。這種草是從死者的心裡長出來的，或許是顯示了某種隨同死者一起埋葬的隱私，要是能在生前公開承認就好了。」

「也可能，」丁梅斯代爾先生說，「他誠心誠意地切望如此，但他辦不到。」

「那又爲什麼呢？」醫生接口說。「既然一切自然力量都這麼誠摯地要求懺悔罪過，連這些黑色雜草都從死者的心中生長出來，宣布了一樁沒有說出口的罪行，爲什麼辦不到呢？」

「這樣解釋，好先生，不過是你自己的想像，」牧師答道。「如果我的預感不錯的話，除去上天的仁慈，沒有什麼力量，無論是透過講出來的語言或是任何形式的標誌，能夠揭示可能埋在一個人心裡的秘密。那顆因懷有這種秘密而有負罪感的心，也就此必然將秘密保持下去，直到一切隱秘的事情都要予以揭示的那一天。就我閱讀和宣講的《聖經》而論，我並不認爲，人們的思想和行爲到了非褐示不可的時刻，就一定是一種報應。這種看法確實是非常膚淺的，絕非如此；除非我的見解根本不對。我認爲這種褐示，僅僅意味著促使一切智者在知識上的滿足，他們將在那一天立等看到人生中的陰暗問題得以揭示。需要有一種對人心的知識來徹底解決那一問題。何況，我還設想，如你所說的那種懷有這些痛苦的隱私的心，到了最後那一天非坦露不可的時候，不是不情願的，倒是帶著一種難言的愉快的。」

「那麼，何必不及時說出來呢？」羅傑．齊靈渥斯平靜地斜睨著牧師說。「有負罪感的人，爲什麼不盡早地讓自己獲得這種難言的慰藉呢？」

「他們大多能這麼做，」牧師一邊說著，一邊緊緊捂住自己的心口，像是有揪心的疼痛糾纏著他。「許許多多可憐的靈魂向我作過懺悔，不僅是在生命彌留的病榻上，而且也在精力旺盛、名聲良好的時刻。何況，我還親眼看到，在作了這樣一番傾訴之後，那些負罪的兄弟們有多麼輕鬆！就像是被自己污濁的呼吸長時間窒息之後，終於吸進了自由的空氣。還能是別的情況嗎？一個倒楣的人，比如說犯了謀殺罪吧，怎麼可能寧願把死屍埋在自己心中，而不肯把屍體馬上拋出去，聽憑世界去安排呢！」

「然而，有些人就是這樣埋葬著自己的秘密的。」那安詳的醫生評論著。

「確實；有這種人，」丁梅斯代爾先生回答說。「不過，不必去設想更加明顯的原因，我們就可以說，他們之所以緘口不言，正是出於他們的本性。或者——我們能不能這樣假設呢——他們儘管有著負罪感，然而卻保持著對上帝的榮光和人類的福祉的熱情，他們畏畏縮縮，不肯把自己的陰暗和污穢展現在人們眼前；因爲，這麼一來，是做不出任何善舉的，而且，以往的邪惡，也無法透過改過來贖罪。於是，他們默默忍受著難言的折磨，在同伴中走來走去，表面像新落下的雪一般地純潔，而內心卻沾滿了無法洗刷的斑痕。」

「這些人在自欺，」羅傑·齊靈渥斯用異乎尋常的強調口吻說，還伸出食指輕輕比了一下。「他們不敢於接受理應屬於他們自己的恥辱。他們對人類的愛，他們爲上帝服務的熱忱——這種神聖的衝動，在他們的內心中，或者可以或者無法同邪惡的伙伴同處共存，然而這些邪惡的伙伴，既是他們的罪孽開門放進來的，就必然會在他們心中繁衍起一個魔鬼的種籽。不過，要是他們追求爲上帝增輝添光，那就不要把骯髒的雙手朝天舉起吧！要是他們想爲同伴們服務，那就先強制自己懺悔他們的卑下，以表明良心的力量和存在吧！噢，明智和虔誠的朋友，你難道讓我相信，虛僞的表現比起上帝自己的眞理，能夠對上帝的榮光和人類的福祉更有好處嗎？相信我吧，這種人是在自欺！」

「可能是這樣的，」年輕的牧師淡淡地說，像是放棄了這個他認爲不相干和沒道理的討論。的確，他總有一種本領，能夠隨時擺脫使他那過於敏感和神經質的氣質激動起來的任何話題。「不過，目前嘛，我倒要向我的技藝高超的醫生討教一下，他對我羸弱體格的好心關照，是否當眞叫我獲益了呢？」

羅傑．齊靈渥斯還沒來得及回答，就聽到從鄰近的墓地裡，傳來了一個小孩子清澈而狂野的笑聲。當時正是夏天，牧師不由自主地從打開的窗子向外面望去，看到海絲特．白蘭和小珠兒在穿越圍欄的小徑上走著。珠兒的模樣如白晝一般美麗，但處於那種調皮任性的興致之中，每當此刻，她便像完全脫離了人性的共鳴與交往的範圍。此時，她正大不敬地從一個墳墓跳到另一個墳墓；終於來到一位逝去的大人物——說不定正是艾薩克．約翰遜本人——的寬大、平整、帶紋章的墓石跟前，在那上面跳起舞來。聽到她母親又是命令又是懇求地要她放規矩些，小珠兒才不再跳舞，從長在墓旁的一株高大的牛蒡上採集多刺的果實。她摘了滿滿一把之後，便在綴在母親胸前的紅字周圍，沿著筆劃一一插滿，這些帶刺的牛蒡，便牢牢地紮在上面了。海絲特並沒有把它們取下。

羅傑·齊靈渥斯這時已走到窗前，面帶獰笑地向下望著。

「在那孩子的氣質中，根本沒有法律，沒有對權威的敬重，對於人類的法令或意向，不管正確與否，也不屑一顧，」他這樣講著，與其說是在和他的同伴談話，倒更像是自言自語。「有一天，我看到她在春巷的畜槽邊，竟然往總督身上潑水。我的天，她究竟是個什麼東西呢？這小鬼是不是徹頭徹尾地邪惡了？她有感情嗎？在她身上能看到什麼人性原則嗎？」

「完全沒有——只有把法律破壞得支離破碎的自由，」丁梅斯代爾先生回答說，其態度之安詳，簡直像是對此自問自答。「至於能否為善，我可就不得而知了。」

那孩子可能是遠遠聽到了他倆的聲音；因為她抬頭看著窗戶，面帶歡快而聰明的頑皮笑容，朝丁梅斯代爾牧師先生扔上一顆帶刺的牛蒡。那敏感的牧師，懷著神經質的恐懼，將身子一縮，躲開了那輕飄的飛彈。珠兒發現了他的激動，在極度狂喜之中，拍起了小手。海絲特·白蘭也同樣禁不住抬眼來看；於是這老老少少四個人便默默地互相瞅著；後來，孩子出聲笑了，還大叫著——「走吧，媽媽！走吧，要不，那老黑人就抓住你了！他已經抓住了牧師。走吧，媽媽，要不他就抓住你了！但他抓不住小珠兒！」

於是，她在死者的墳墓間蹦蹦跳跳，歡快雀躍地拽著她母親走開了，她那出奇的勁頭似乎說明，她與那逝去並埋葬的一代，毫無共同之處，也不承認她自己與他們同屬一個族類。彷彿她是由新元素剛剛做成的，因此必得獲准去過她自身的生活，並自有其定法，而不能將她的怪異看作是一種罪過。

「那邊走著一個婦人，」羅傑．齊靈渥斯停了一會兒後接著說，「她不論有什麼過錯，絕不會被你認為如此難以忍受的隱蔽著的負罪感所左右。你看海絲特．白蘭是不是胸前佩戴了那紅字，就不那麼痛苦了呢？」

「我的確十分相信這一點，」牧師回答說。「不過我無法為她作答。她臉孔上有一種痛楚的表情，那是我不情願看到的。話說回來，我認為，一個受折磨的人，能夠像這可憐的婦人海絲特這樣，有自由來表達自己的痛苦，總比全都悶在心裡要強。」

又是一陣停頓——醫生開始重新動手檢查和整理他採集來的植物。

「剛才你在問我，」他終於開口說，「我對你的健康有何看法。」

「是啊，」牧師回答說，「我倒很樂於聽一聽。我希望你坦率地講出來，不管我是該活、還是該死。」

「那就坦率直說吧，」醫生說著，一邊仍然忙著擺弄他那些藥草，一邊始終不動聲色地睨視著丁梅斯代爾先生，「你的身體失調很奇怪，症候本身並不嚴重，也不像表現出來的那樣厲害——到目前為止，至少我所觀察到的症狀是如此。我的好先生，我每日都在觀察你，注意你的表象，如今已經有幾個月過去了，我應該說你是一個病得很重的人，不過也還沒有病到連一個訓練有素而且克盡職守的醫生，都感到無望和不治的地步。可是——我不知道說什麼才好——這病我似乎知道，但又不明白。」

「你是在打啞謎，博學的先生。」牧師斜瞥著窗外說。

「那我就說得再明確些，」醫生繼續說，「出於我談話所不得不有的坦率，我要請你原諒，先生——如果看來確實需要的話，作為你的朋友——作為受命於天，對你的生命和身體健康負有責任的人，我來問問你，你是否已經把你的全部症狀暴露給我，並向我詳加說明了呢？」

「你怎麼能這樣質疑呢？」牧師問道。「的確，請來醫生，卻又向他隱瞞病情，豈不成了兒戲嘛！」

「那麼，你就是說，我已經全部了然了？」羅傑．齊靈渥斯故意這樣說著，同時用透著精明的炯炯目光盯著牧師的面孔。「但願如此吧！不過，我還是要說！只了解病症表象的人，通常也不過只掌握了要他醫治的疾病的一半症狀。一種肉體上的疾病，我們以為是全部症狀了，其實呢，很可能只是精神上某種失調的徵候。如果我的話有絲毫冒犯的話，我的好先生，就再次請你原諒。先生，在我所認識的一切人當中，你的肉體和你的精神，可以說是最相融熔、合二而一的了，對你而言，身體不過是精神的工具罷了。」

「這樣看來，我就不必多問了，」牧師說著，有點匆忙地從椅子上站起身。「我是這樣理解的，你並不經營治療靈魂的藥物！」

「這就是說，一種疾病，」羅傑．齊靈渥斯用原先的語氣繼續侃侃而談，似乎沒有留意剛才的話被打斷了——只是站起身來，把自己那矮小、黝黑和畸形的身體，面對著形容憔悴、雙頰蒼白的牧師——「如果我們能這麼叫的話，你精神上的一種疾病、一處痛楚，會立即在你肉體上出現恰如其分的反應。因此，你能叫你的醫生只診治你肉體上的病症嗎？你要是不肯首先向他坦示你靈魂上的創傷或煩惱，他又怎能對症下藥呢？」

「我不！——不會對你說！——我不會對一個世俗的醫生講的！」丁梅斯代爾先生激動地叫喊起來，同時把他那雙瞪得又圓又亮、帶著一種惡狠狠目光的眼睛，轉向老羅傑·齊靈渥斯。「我不會對你說的！不過，果眞我得的是靈魂上的疾病，那我就把自己交給靈魂唯一的醫生！只要他高興，他可以治癒我，也可以殺死我！讓他以他的公正和智慧，隨心所欲地處置我吧。然而，你算什麼？竟要來插一手？——去見敢置身於受磨難的人和他的上帝之間？」

他作了個發狂般的姿勢，便衝出屋去了。

「邁出了這一步倒也好，」羅傑·齊靈渥斯望著牧師的背影，陰沉地一笑，自言自語說。「一無所失。我們很快還會重新成爲朋友的。不過看看吧，如今，激情如何完全左右了這個人，讓他無法自主了！這種激情能如此，另一種激情當然也一樣！這位虔誠的丁梅斯代爾牧師，以前也曾在他內心熱烈的激情的驅使之下，幹出過荒唐事的！」

事實證明，在這兩個伙伴之間，與以往一樣，在同一基礎上重建同一程度的親密關係，並不困難。年輕的牧師經過數小時獨處之後，意識到自己神經的失調，促使他出現了不自覺的大發脾氣，其實，從醫生的言談話語之中，絲毫找不出爲自己辯解或掩飾的藉口。他確實爲自己對那善良的老人粗暴的發洩感到驚訝，人家不過是在盡職盡責地忠言相勸，何況也正是牧師他本人所求之不得的呢。

他懷著懊悔不迭的心情，迫不及待地去向醫生賠禮道歉，並請他這位朋友繼續爲他診治，即使沒有成功地恢復他的健康，但總算把他的病弱之軀維繫在目前的情況下。羅傑．齊靈渥斯欣然同意，並繼續爲牧師進行醫療監督；他誠心誠意地盡力而爲，但在每次診視之後，總要在嘴上帶著神秘而迷惑的笑意，離開病人的房間。醫生的這一表情，在丁梅斯代爾先生面前是看不出的，但他穿過前廳時，就變得十分明顯了。

「一種罕見的病例！」他喃喃地說。「我一定要更深入地觀察。這是靈魂和肉體之間一種奇妙的共鳴！即使僅僅出於醫術的緣故，我也要追根究底！」

就在上述那場面發生之後不久的一天正午，丁梅斯代爾牧師先生毫不知覺地陷入了沉睡之中，他坐在椅子上，前面桌上攤開著一大本黑皮的書卷，那準是一部催眠派文獻中卓有功效的作品。像牧師這樣的深沉酣睡，尤其值得注意，因爲他屬於那種通常睡眠極輕、時斷時續、如同在嫩枝上雀躍的小鳥般極易受驚的人。無論如何，他這種非同尋常的酣睡，已經讓他的精神完全收縮到自己的天地，以致當老羅傑．齊靈渥斯並沒有特別躡手躡腳地走進他的房間時，他居然沒有在椅子裡驚動一下。醫生直接走到他的病人跟前，把手放在牧師的胸口，扯開到目前爲止，連診視時都沒解開過的法衣。

此時，丁梅斯代爾先生確實抖了抖，微微一動。

那醫生稍停一會兒，就轉身走了。

然而，他卻帶有一種多麼狂野的驚奇、歡樂和恐懼的表情啊！事實上，他的那種駭人的狂喜，絕不僅僅是由眼睛和表情所能表達的，因之，要從他整個的醜陋身軀迸發出來。他將兩臂伸向天花板，一隻腳使勁跺著地面，以這種非同尋常的姿態，來益發放縱地表現他的狂喜！若是有人看到老羅傑·齊靈渥斯此時的忘乎所以，他就不必去詢問：當一個寶貴的人類靈魂失去了天國，墮入撒旦的地獄之中時，那魔王該如何舉動了。

不過，那醫生的狂喜同撒旦的區別在於，其中尚有驚奇的成分！

11 內心

在上面描述的那件事之後，牧師和醫生間的交往，雖然表面上和原先沒什麼兩樣，但卻具有了不同的性質。羅傑・齊靈渥斯的思路，如今變得十分平坦了。的確，那倒不一定就是他要追尋的途徑。他雖然表面上平靜、溫和、不動感情。然而，我們卻擔心，在這個不幸的老人心中，至今仍深深埋藏著的惡毒，此時卻要活躍起來，從而會引導他想像出超乎常人的更直接地向敵人復仇的手段。他把自己裝扮成那人可信賴的朋友，讓對方向他吐露一切恐懼、自責、煩惱、徒勞的懊悔、回溯的負罪感，而且絲毫不能苟且！那些向世界隱瞞著的一切內疚，本可以獲得世界的博大心胸和憐憫和原諒的，如今卻要揭示給他這個毫無憐憫心的人，給他這個不肯原諒人的人！那珍藏著的一切隱私，竟然濫施給這樣一個人，最最恰如其分地讓他得償復仇之夙債。

由於牧師生性羞赧和敏感，他的沉默寡言與自我克制，遏阻了這一陰謀的得逞。然而，羅傑・齊靈渥斯對事態如此進展，幾乎沒有表現出什麼不滿，因爲上天既然要改變他的陰險手段，天意對復仇者和他的犧牲者自有一定安排，或許就是要原諒本來罪責當罰的人。他幾乎可以說，他已獲得一個啓示，至於這一啓示是來自上蒼，抑或其它什麼地方，對他的目標來說，並不足道。由於有這啓示之助，在他同丁梅斯代爾先生隨後的關係中，不僅牧師外表的言行舉止，而且連牧師最深藏的靈魂，似乎都一一展現在他的眼前，致使他能看清和理解牧師每時每刻的變化。這樣，他在那可憐牧師的內心世界中，就不僅是個旁觀者，而且成了一名主要演員了。他可以隨心所欲地利用牧師。他要引起牧師一陣痛苦的悸動嗎？那犧牲者反正永遠處於遭受煎熬的狀態；只消知道控制引擎的彈簧就成了，而醫生對此恰恰瞭若指掌！他要讓牧師因突來的恐懼而大驚失色嗎？他只消像個魔法師般把魔杖一揮，就會升起一個面目可怖的幽靈——升起數以千計的幽靈——以千奇百怪的死亡或更加可怖的外形，全都聚在牧師周圍，手指直戳他的胸膛！

這一切都完成得十分巧妙詭秘，牧師雖時常模糊地感到，有某個邪惡的勢力在死死盯住自己不放，卻從未能明瞭其實質。

的確，他望著那老醫生的畸形身軀時是滿懷疑慮和恐懼的——有時甚至帶有仇恨的刻毒和厭惡。在牧師的眼中，那醫生的姿態和步法，他的灰白鬍鬚，他的最輕微和最無關緊要的動作，乃至他袍服的那種樣式，都是可憎的；在牧師的心中，本有一種對他更深的反感，這原是不言而喻的，但牧師卻不肯承認。因爲，既然不可能爲這種懷疑和厭惡找到理由，而且明知一處病灶的毒素，正在侵染他的整個心臟，於是，丁梅斯代爾先生也就不把他的一切不祥預感歸咎於其它了。他自責不該對羅傑·齊靈渥斯抱有反感，並忽略了本應從這種反感中吸取的教訓，卻竭力來根除這種反感。儘管他無法做到這一點，卻遵循一般原則，繼續保持他和那老人的親密交往，從而不斷地爲對方提供實現他目的的機會——那可憐而孤妻的老人，著實比他的犧牲品更加不幸——爲達此目的，那復仇者已經傾盡全力了。

就在丁梅斯代爾牧師先生飽嘗肉體上疾病的痛苦，備受精神上某種陰謀的煩惱的折磨，還要聽憑他的死敵的詭計與擺布的期間，他在他的聖職業績上卻大放異彩、廣受大家的愛戴與歡迎。事實上，他在很多程度上，是靠他的悲傷才獲得這一切的。他智慧的天賦，他在道德上的感知，他經受和表達感情的能力，都是由於他在日常生活中所受的刺痛，才得以保持一種異乎尋常的狀態。他的名聲雖然仍處於上升階段，卻已超過了他的同行，其中有好幾位還頗有聲望。他們之中有些學者在神學領域中追求深奧的學識所花費的歲月，比丁梅斯代爾先生的年紀還要長；因此，完全可能比他們的小兄弟取得更加紮實和更有價值的成就。也有些人比他具備更堅強的心地，富於更多的機敏和如鋼鐵或岩石般堅定的理解力；如果再加之適量教義的交融，就會形成一種極受尊敬、頗有效驗又高高在上的牧師典型。還有一些人是道地的神父，他們的官能，由於刻苦鑽研書籍和冷靜耐心的思考，而變得精細複雜，尤其由於同美好世界的精神交流，而變得有些虛無飄渺，他們的心靈雖仍寄生於這副必死的皮囊之中，但他們神聖的自身，幾乎已經由於純淨的生活，而被引入那美好的世界中去了。他們所唯一缺乏的，只是在聖靈降臨節❶時天賜給特選聖徒

---

❶ 基督教的聖靈降臨節即猶太人的五旬節。在復活節的第七個星期日，其間五十天爲復活節季節。

們的天才，即火焰的舌頭❷；這象徵著的似乎不是運用外國的和人所不曉的語言演講的能力，而是以心靈中的方言，對全體人類兄弟講話的能力。這些本來可以成爲聖徒的神父們，缺乏的就是上天賜給他們行使職務的最後也是最難得的一個資格，即火焰的舌頭。他們即使確曾夢想過運用日常語言和譬喻這種最普通的媒介來表達最崇高的眞理的能力，然而，他們的這種追求，也是徒勞的。他們的聲音發自他們慣處的高位，聽來遙遠而模糊不清。

丁梅斯代爾先生出於他自身性格的許多特點，自然無疑地本應屬於這最後一類人的。他原可攀上信仰和聖潔的巔峰，可惜由於身負重荷——管它是罪孽呢、還是痛苦呢，這一趨勢受到了阻撓，如今注定要蹣跚而行了。這重荷將他壓到最底層；他本是個頗具靈性的人，他的聲音本來連天使都會來聆聽和應答的！然而，正是由於這一重荷，他才能夠和人類負罪的兄弟們，有如此同氣相求的共鳴，使他的心能夠和他們的心諧振，使他的心能夠接受他們的痛楚，並把他心悸的痛楚，用洋洋灑灑的悲切和動人心弦的辭令，傳送給成千上萬顆這樣的心。他的辭令通常都能打動人心，但有時也讓人心驚肉跳！人們並不知曉他何以有如此動人的能力。他們一心認爲這年輕的牧師是神聖的奇蹟。他們把他想像成傳達上天智慧、譴責和博愛的代言人。在他們心目中，他腳

---

❷《新約》〈使徒行傳〉云：「五旬齋來臨，門徒聚在一處；天上忽發來響聲，彷彿吹過一陣大風，瀰漫屋宇；又有舌如火焰，分別降在各人頭上，他們全爲聖靈所罩，遂依聖靈所賜之口才，說起異國言語。」

踏的地面都是聖潔的。教堂中的處女們圍在他身邊，一個個變得臉色蒼白，成了情欲的犧牲品。她們的情欲中滲透著宗教的情調，連她們自己都認爲純屬宗教激情，將其公然收進自己潔白的心胸，作爲在祭壇前最該接受的祭品。他教衆中的年長者，眼見丁梅斯代爾先生身體如此羸弱，儘管他們自己也深受病弱之苦，卻相信他一定會先他們而赴天堂，遂諄諄囑告他們的兒女，一定要把他們的老骨頭葬在他們年輕牧師的神聖墳墓近旁。而就在可憐的丁梅斯代爾先生慮及他的墳墓時，或許一直在捫心自問：既然墓中葬著一個可詛咒的東西，那墳上還會不會長出青草！

公衆對他的景仰是如何折磨著他，那痛苦是難以想見的！他眞誠的衝動就在於崇尚眞理，並把缺乏以神聖本身爲其生命的一切生物，視爲陰影，從而否定其份量或價値。如此說來，他自己又是什麼呢？是一種實體呢？抑或只是所有陰影中最昏暗的一個？他渴望從他自己的佈道壇上，用最高亢的聲音說話，告訴大家他是什麼。「我，你們目睹身著牧師黑袍的這個人；我，登上神聖的講壇，將蒼白的臉孔仰望上天，負責爲你們向至高無上的、無所不知的上帝傳達感情的人；我，你們將其日常生活視如以諾❸般聖潔的人；我，你們以爲在其人間旅途上踏下的印痕會放出光明、指引朝聖者能隨之步入天國的人；我，親手爲你們的孩子施禮的人；我，爲你們彌留的朋

❸以諾。《舊約》〈創世紀〉第五章第二十四節中，是愛國者瑪土撒拉的父親，上帝的同行者；而在第四章第十七節中，則是該隱之一子。此處當爲前者。

友們誦念臨終祈禱，讓他們隱隱聽到從已經告別的世上傳來『阿門』之聲的人；我，你們如此敬仰和信賴的牧師，卻是一團污濁、一個騙子！」

丁梅斯代爾先生不只一次在登上佈道壇時打定主意，非把上述這番話說出來不可。他不只一次清好喉嚨，顫抖著深吸一口氣，準備在再度吐氣的同時，把他靈魂深處的陰暗秘密裝上，一吐爲快。他不只一次——應該說不只上百次——已經實際上這樣說了！說出來了！可又如何呢？他一再告訴他的聽衆，他是個徹頭徹尾的卑鄙小人，是最卑鄙的人當中尤爲卑鄙的一個，是最惡劣的一個罪人，一個令人憎惡的貨色，是個難以想像的邪惡之物；而唯一奇怪的是：他們竟然看不見。他那骯髒的肉體，已經被全能的上帝的怒火所焚，在他們的眼前枯萎了！難道還能有比這番話說得更明白的嗎？人們難道不該在一時衝動中從座位上站起身來，把他從他玷污的佈道壇上拉下來嗎？沒出現過這種事，當眞沒有！他們全都聽進了耳朵，但他們都對他益發敬重。他們絕少去猜疑，在他那番自我譴責的言辭中，潛藏著多麼殊死的涵義。「這位神聖的青年！」他們彼此隅隅私語。「這位人間的聖者！天哪！既然他在自己潔白的靈魂中，都能覺出這樣的罪孽，那他在你我心中，又會看到多麼駭人的樣子呢！」牧師深知這一切——他是個多麼難以捉摸又懊悔不迭的僞君子啊！——他深知他那含糊其詞的懺悔，在人們心目中是一種什麼反映。他竭力想把自己負罪的良心公諸於衆來自欺，但贏得的卻僅僅是另一種罪孽，以及自知之恥，而毫無片刻的自欺之寧。他說的本來都是眞情實話，結果卻變成了彌天大謊。然而，他天生熱愛眞理、厭惡謊言，爲旁人所不及。因此，他厭惡不幸的自我更甚！

他內心的煩惱，驅使著他的行動坐臥與古老腐敗的羅馬天主教的信條暗相嚙合，反倒背離了自他生來便哺育他的新教的較好的靈光。在丁梅斯代爾先生深鎖的密室中，有一條血淋淋的刑鞭。這位新教和清教的牧師，時常一邊對自己苦笑，一邊鞭打自己的肩膀，而隨著那苦笑，就鞭打得更加無情。他也像許多別的虔誠的請教徒一樣，有齋戒的習慣——不過，別人齋戒是爲了淨化肉體，使之更適合於天光照耀，他的齋戒則不同，他嚴格地當作一種自我懲罰，直到雙膝在下面顫抖爲止。他還徹夜不眠地祝禱，一夜接著一夜，有時在一片漆黑之中，有時只伴著一盞昏燈，有時則在臉上照著最強的光線面對一面鏡子。他就這樣不斷地自省，其實只犀肞自我折磨，絲毫得不到自我淨化。在長夜不眠的祝禱之中，他的頭腦時常暈眩，似乎有許多幻象在他眼前飛舞；這些幻象，有時在內室的昏暗中自身發著微光，看著若有似無，有時則出現在鏡子之中，近在咫尺，顯得更清晰些。這些幻象，時而是一群凶暴的惡魔，對著這位牧師獰笑嘲弄，呼喚他隨他們而去；時而是一夥閃光的天使，像是滿載哀傷的重荷，沉重地向上飛去。但隨著越飛越高，而變得輕靈起來；時而又來了他年輕時那些夭折的朋友，還有他那面帶聖者般的鬈容、鬚髮花白的父親，以及在走過時卻扭轉面孔不理睬他的母親。在我看來，一個母親的幽靈——一個母親的最淡漠的幻影——也會對她兒子投以憐憫的目光吧！隨之，在被這些光怪陸離的奇思異想弄得十分陰森可怖的內室中，海絲特．白蘭領著身穿猩紅袍服的珠兒，飄然而過，那孩子伸出食指，先指指母親胸前的紅字，然後又指指牧師本人的胸膛。

這些幻象，從來沒有一個令他產生過什麼錯覺。無論任何時候，他依靠自己的意志力，都能在層層迷霧般的虛幻中辨別出其實質，使自己堅信：它們在本質上，都不像一旁那張雕刻著花紋的橡木桌，或是那本皮面銅扣的方型大卷神學著作那樣，並非堅實的實體。然而，儘管如此，在一種意義上，它們又都是這可憐的牧師，所應付的最眞實又最具體的東西。像他過的這種虛假的生活，實在有難言的痛苦，因爲我們周圍的無論什麼現實，原是由上天注定賜給我們的精神上的喜悅和營養，但對他來說，其精髓和實質，卻被竊取一空。對那個不眞實的人來說，整個宇宙都是虛僞的——都是可觸摸的，在他的把握之中化爲子虛烏有。至於他本人，迄今爲止在虛僞的光線中所顯示出的自身，已經變成一個陰影，或者更確切地說，已不復存在了。繼續賦予丁梅斯代爾先生在地球上一種眞實存在感的唯一事實，就是他靈魂最深處的痛苦，以及由此在他外貌上造成的毫不掩飾的表情。假如他一度找到了微笑的能力，並在臉上堆滿歡快的笑意，也就不曾有過他這樣一個人了！

在我們微有暗示、卻避免進一步描繪的這樣一個醜惡的夜晚，牧師從他的椅子上驚跳而起。一個新的念頭在他心中油然而生，他或許在其中可以獲得瞬間的安寧。此時，他像赴公衆禮拜一樣，著意將自己打扮一番，然後以相應的一絲不苟的姿態，躡手躡腳地走下樓梯，打開房門，向前走去。

12 牧師的夜遊

丁梅斯代爾先生當眞是在一種夢幻的陰影中行走，或許實際上是在一種夢遊的影響下行走，他一直來到當初海絲特．白蘭第一次公開受辱數小時的地點。還是那一座平台或刑台，由於七年悠長歲月的風吹日曬雨淋，已經變得斑剝黎黑，而且由於又有許多犯人登台示衆，已經給踏踐得高低不平，不過，它依然矗立在議事廳的陽台之下。牧師一步步走上台階。

那是五月初的一個朦朧的夜晚。一望無際的雲幕，蒙住了從天頂到地平線的整個夜空。假如當年海絲特．白蘭忍辱受罰時，站在那裡圍觀的人群，能夠重新召集起來的話，他們在這昏黑午夜，依然無法分辨台上人的面孔，甚至也難以看清那人的輪廓。不過，整個城鎮都在睡夢之中，不會有被人發現的危險。只要牧師願意，他可以在那兒一直站到東方泛紅。除去陰冷的空氣會鑽進他的肌體，風濕症會弄僵他的關節，粘膜炎和咳嗽會妨礙他的喉嚨之外，絕無其它風險可擔；果眞染上這些症狀，也無非是讓翌日參加祈禱和佈道的聽衆的殷殷期落空而已。沒有誰的眼睛會看到他，只是要除掉那一雙始終警覺的眼睛——那人已經看到過他在內室中用血淋淋的鞭子抽打自己了。既然如此，他爲什麼還要到這裡來呢？難道只是對懺悔加以嘲弄嗎？這確實是一種嘲弄，但是在這種嘲弄之中，他的靈魂卻在自嘲！這種嘲弄，天使會爲之脹紅著臉哭泣，而惡魔則會嬉笑著稱慶！他是被那追逐得他無地自容的「自責」的衝動，驅趕到這裡來的，而這「自責」的胞妹和密友，則是「怯懦」。

每當「自責」的衝動催促他到達坦白的邊緣時，「怯懦」就一定會用顫抖的雙手拖他回去。可憐的不幸的人啊！像他這樣一個柔弱的人，如何承受得起罪惡的重負呢？罪惡是那種神經如鋼鐵的人幹的，他們自己可以選擇：要嘛甘心忍受；要嘛在受壓過甚時，便運用自己凶猛的蠻力，振臂一甩，以達目的！這個身體羸弱而精神敏感的人兩者都不能做到，卻又不停地徬徨於二者之間，時而這，時而那，終將滔天之罪的痛苦與徒勞無益的悔恨，糾纏在一起，形成死結。

就這樣，丁梅斯代爾先生站立到刑台之上，進行這場無濟於事的贖罪表演。這時，一種巨大的恐怖感攫住了他，彷彿整個宇宙，都在盯視他裸露的胸膛上正在心口處的紅色標記。就在那塊地方，肉體痛苦的毒牙，確確實實在咬囓著他，而且已經爲時很久了。他沒有了任何的意志力或控制力，便大吼一聲，這一聲嘶叫直插夜空，在一家家住宅間震響，並迴蕩在背後的叢山之中，像是有一夥魔鬼發現這聲音中有如許多的不幸和恐怖，便將它當作玩物，來來回回地擺弄起來。

「這下子完了！」牧師用雙手遮住臉，喃喃自語。「全鎮的人都會驚醒，匆忙跑來，在這兒發現我了！」

但是，並沒有發生這種情況。那聲尖叫，在他自己受驚的耳朵聽起來，要比實際的音量大得多。鎮上人並沒有驚醒，就算驚醒了，那些昏睡得昏昏沉沉的人，也會誤以爲這喊叫是夢中的驚悸或女巫的吵鬧——在那個年月，當女巫們隨著撒旦飛過天際時，她們的聲音時常在居民區或孤獨的茅屋上空掠過，被人們聽見。因此，牧師沒有聽見任何騷動的徵象，便不再捂著眼，並四下張望。在稍遠的另一條街上，在貝林漢總督宅邸的一個內室的窗口，他看到那位老長官露出頭來，手中拿著一盞燈，頭上戴著一頂白色睡帽，周身上下裹著一件白色長袍。他那副樣子，就像是個從墳墓中不合時宜地鑽出來的鬼魂，顯然是那叫聲驚醒了他。還有，那座房子的另一個窗口，出現了總督的姊姊，西賓斯老夫人，她手裡也拿著一盞燈，儘管距離這麼遠，仍然能看出她臉上那種乖戾不滿的表情。她把頭探出窗格，不安地朝天仰望。不消說，這位令人敬畏的老妖婆，已經聽到了丁梅斯代爾先生的叫喊，並且由於那無數的回聲和反響，她還以爲是惡魔和夜間飛行的女巫的喧囂呢，人們都知道，她常同它們一起在林中嬉戲遊蕩。

那老夫人一發現貝林漢總督的燈光，就趕緊一口吹熄了自己的燈，消失不見了，很可能她飛上了雲端。牧師再也望不見她的蹤影了。總督在小心翼翼地向暗中觀察一番之後，也縮回了身子，當然，在這般黑夜中，他看不了多遠，比起要望穿一塊磨石相差無幾。

牧師漸漸地比較平靜了。不過，他的目光很快便迎到一道微弱的閃光，起初還在遠處，後來便沿街逐漸接近了。那閃光投在周圍，可以辨出這裡有一根立柱。那裡有一段圍籬；這兒有一扇格窗玻璃，那兒有一個唧筒和滿槽的水；近處還有一座拱形橡木大門，上面有鐵製扣環，下面有一段粗木充當台階。可敬的丁梅斯代爾先生儘管此時堅信，他的末日已經在他聽到的腳步聲中悄悄臨近，但還是注意到這些細小之物；而且，再過幾分鐘，那閃亮的燈光還要照到他，暴露出他隱藏已久的秘密。當那燈光越來越近時，他在那一暈光圈之中，看到他的牧師兄弟——或者說得更確切些，是他同道中的父輩，也是他極爲敬重的朋友——可敬的威爾遜先生；據丁梅斯代爾先生此時的推斷，他一定是剛從某個彌留者的病榻邊祈禱歸來。事實果然如此。這位好心的老牧師，正是剛剛從溫斯洛普總督的停屍房中回來，那位大人就在這一時辰中從塵世升入了天國。此時，老牧師像舊日的聖者似的，周圍罩著一圈光環，使他在這罪孽的昏夜中發出榮光——似乎那已故的總督，把自己的榮光遺贈給了他，又好像當老牧師仰望那凱旋的朝聖者跨進天國時，那遙遠的天光灑到了他身上——簡而言之，此時那好心的神父威爾遜，正藉助燈光爲自己引路，一步步走回家去！也正是那盞燈的昏光，觸發了丁梅斯代爾先生的上述奇思異想，使他綻出了微笑——不，他簡直是對那想法放聲大笑——之後，就懷疑自己是否要發瘋了。

可敬的威爾遜先生走過刑台時，一手將黑色寬袖長法衣緊緊裹住他的身軀，另一手將燈舉到胸前，就在此刻，丁梅斯代爾牧師幾乎禁不住要說出口了：

「晚安，可敬的威爾遜神父！我請求你到這裡來，陪我過上一小時歡樂的時光吧！」

天啊！丁梅斯代爾先生當眞說出聲了嗎？在一剎那間，他相信這些話確實已說出口了。其實，只是在他的想像中發出了聲。那可敬的威爾遜神父，依舊緩緩地朝前走著，眼睛死盯住腳下的泥徑，根本沒朝刑台側頭瞥上一眼。在那閃亮的燈光漸漸消逝在遠處之後，牧師在襲來的一陣昏沉中發現，剛才那一刻間，確實有一種非常焦心的危機；儘管他內心不禁竭力地用一種妻涼的強顏歡笑，來加以寬慰。

不久，在他腦海裡的肅穆幻象中，又悄悄夾雜進來同樣可怕的古怪念頭。他感到由於不慣於夜間的涼意，四肢逐漸發僵，並且懷疑自己還能否走下刑台的台階。天將破曉，他會被人發現站在台上。四鄰將開始起身。最早起床的人踏入晨曦的微光，將會看到有個輪廓模糊的身形，高高站在恥辱台上；於是便會在半驚駭半好奇之中走開去，敲開一家又一家的大門，叫人們出來看這已死的罪人的鬼魂——那人一定會這麼想。一陣破曉時的喧鬧，將從一家飛到另一家。之後，曙光漸明，老漢們會匆忙爬起身，穿上法蘭絨長袍，主婦們則顧不上脫下她們的睡衣。那夥衣冠楚楚的人物，平素裡從來沒人見過他們有一絲頭髮散亂，此時也會遭了夢魘般的衣冠不整地就跑到了眾人眼前。老總督貝林漢會歪戴著他那詹姆斯王時期的環狀縐領，綳緊臉孔走出來；西賓斯太太，由於徹夜遨遊不曾闔眼，臉色會較平時更加難看，而裙上還會沾著林中細枝；好心的威爾遜神父也會來的，他在死者床邊熬了半夜，對於這麼早就給從光榮的聖徒的美夢中驚醒，滿肚子不高興。到這裡來的，還會有丁梅斯代爾先生教堂中的長老和執事們，以及那些對自己的牧師崇拜之極、在她們潔白的心胸中爲他立了聖寵的少女們；順便說一下，她們此時正在慌亂之中，會根本來不及蒙上面巾。

總而言之，所有的人都會磕磕絆絆地邁過門檻，在刑台四周抬起驚惶的面孔。他們會依稀看到那裡站著一個人，額上映著東方的紅光，那會是誰呢？除去可敬的亞瑟·丁梅斯代爾先生，還能是誰！他已經凍得半死，正滿面羞慚地站在海絲特·白蘭曾經示眾的地方！

牧師的神思隨著這一荒唐可怖的畫面馳騁，在不知不覺中突然爆發出一陣狂笑，連他自己都大吃一驚。這狂笑立刻得到一聲輕靈的童稚笑聲的響應，隨著一陣心悸——不過他弄不清到底是出於劇烈的痛楚抑或極度的歡樂——他從笑聲中辨出了小珠兒的腔調。

「珠兒！小珠兒！」他稍停片刻就喊道；然後，他壓低了嗓音說：「海絲特！海絲特·白蘭！是你在那兒嗎？」

「是的；我是海絲特·白蘭！」她應答著，語調中充滿驚奇；接著牧師聽到了她走下便道、逐漸接近的腳步聲。「是我，還有我的小珠兒。」

「你從哪裡來，海絲特？」牧師問道。「你怎麼到這兒來啦？」

「我剛剛守護在一個死者的床邊，」海絲特·白蘭回答說，「是在溫斯洛普總督床邊，給他量了袍子的尺寸，現在我正往家裡走。」

「上這兒來吧，海絲特，你，還有小珠兒，」可敬的丁梅斯代爾先生說。「你們母女倆以前已經在這兒站過了，可是我當時沒和你們在一起。再上來一次吧！我們三個人一起站著吧！」

她默默地踏上台階，並且站到了台上，手中一直牽著小珠兒。牧師夠著孩子的另一隻手，也握住了。就在他這麼做的瞬間，似有一股不同於他自己生命的新生命的激越之潮，急流般地湧入他的心房，衝過他周身的血管，彷彿那母女倆，正把她們生命的溫暖，傳遞給他半麻木的軀體。三人構成了一條閉合的電路。

「牧師！」小珠兒悄聲說。

「你要說什麼啊，孩子？」丁梅斯代爾先生問道。

「你願意在明天中午的時候，跟媽媽和我一塊站在這兒嗎？」珠兒詢問道。

「不成；不能那樣，我的小珠兒，」牧師回答說；由於那瞬間的新精力，長期以來折磨著他生命對示衆的種種恐懼，又重新回到他心頭；而且，他對目前的這種團聚——雖說也有一種陌生的歡愉——已經戰慄不安了。「那樣不成，我的孩子。眞的，終有一天，我一定會和你媽媽和你站在一起，不過明天還不成。」

珠兒笑著，想抽出她的手，但牧師緊緊地握住了。

「再稍待一會兒，我的孩子！」他說。

「但你一定要答應，」珠兒問道，「明天中午握著我的手和媽媽的手，好吧？」

「明天還不成，珠兒，」牧師說著，「得換換時間。」

「那在什麼時候呢？」孩子一勁地追問。

「在最後審判日，」牧師耳語說——說來奇怪，那是他身爲傳播眞理的牧師的職業感，迫使他這麼答覆孩子的。「到了那一天，在審判座前面，你媽媽，你，還有我，應該站在一起。但這個世界的光天化日，是不會看到我們在一起的！」

珠兒又笑了。

但不等丁梅斯代爾先生把話講完，烏雲遮蔽的夜空上，便遠遠地閃過一道寬闊的亮光。那無疑是一顆流星發出來的，守夜人可能經常看到這種流星，在空曠的蒼穹中燃成灰燼。它發散出的光輝十分強烈，把天地間濃厚的雲層照得通明。那廣漠的天穹變得雪亮，猶如一盞巨燈的圓頂。它就像白晝般清晰地勾勒出街上熟悉的景色，但也平添了那種由不尋常的光線照到熟悉的物體上總要產生的可怕印象。那些附有突出樓層和古怪角頂的木屋；那台階和門檻，以及周圍早早破土而出的青草；那些覆著新翻出的黑土的園圃：那些有點發舊，甚至在市場一帶兩側都長滿了綠草的車道——這一切全都清晰可見，不過都露出了一種獨特的模樣，似是給這些世上的事物一種前所未有的另一種道義上的解釋。就在那兒，站著牧師，他一手捂著心口；還有海絲特·白蘭，胸前閃著刺繡的字母；以及小珠兒，她本人就是一個象徵著他和她之間連接的環節。他們三人站在亮如白晝奇妙而肅穆的光輝裡，似乎正是那光輝要揭示一切隱密，而那白晝，則要將所有相屬的人結合在一起。

小珠兒的眼中閃著妖精的靈氣，當她仰望牧師時，臉上帶著那種調皮的微笑，使她的表情時常都是那麼鬼靈精似的。她從牧師手中抽出小手來，指著街道對面。但他緊握雙手捂在胸前，抬眼眺望著天頂。

在那個年代，凡是流星出現和不像日月升落這麼規律的其它自然現象，統統都被解釋爲超自然力量所給予的啓示，這是再普遍不過的事了。於是，在午夜的天空中，如果看到一支閃光的長矛、一支冒著烈焰的劍、一張弓、一簇箭這類形象，便會認爲是印第安人要打仗的預兆。瘟疫，則人所周知是由一陣紅光示警的。從移民時期直到革命年代，凡是發生在新英格蘭的重大事件，無論好也罷、壞也罷，恐怕都受過這類性質的某種景象的事先警告。許多人都曾多次見過。不過，更多的情況是，這種景象的可信性，不過是某個單獨的目睹者心誠所致，他用想像中那種有色的、放大的和變形的中介，來看待這種奇蹟，再在事後的回憶中，更加清晰地勾勒出來。國家的命運居然會在無垠的天際中，用這些可怕而費解的符號揭示出來，這種念頭實在偉大。對於上蒼來說，在這樣廣漠的軸卷上，寫下對一個民族的判決，恐怕也不能算太大。我們的先祖篤信這類事情是好事，因爲這說明，他憑新生的共和國，是在天意的格外垂青和嚴格監視之下的。但是，當某人發現出現在同樣大幅的卷面上的一個啓示，只是針對他一個人的時候，我們又該作何評論？在這種情況下——當一個人由於長期的和強烈的隱痛而備受自我反省的煎熬，他把自我已經擴展到整個大自然，以致天空本身，不過是適於書寫他的歷史和命運的紙張時，這種「啓示」，只能是他精神狀態極度混亂的症狀罷了！

因此，當牧師抬眼眺望天頂，看到出現了用暗紅色的光線勾出的巨大字母「A」時，我們只能歸結爲他由於心病而眼睛出了毛病。這並不是說，當時根本沒有流星出現、並在雲靄中隱隱燃燒；而是說並沒有他那負罪的想像力所賦予的那種形狀；或者，至少不是那麼確定無疑——別的罪人也可能從中看到另一種象徵呢。

當時還有一個特殊的細節，可以說明丁梅斯代爾先生的心理狀態。在仰望天頂的過程中，他始終非常清楚，小珠兒在指著站在離刑台不遠的老羅傑・齊靈渥斯。牧師似乎用辨出那神奇字母的同樣目光，也看見了他。流星的亮光，如同對一切其它物體一樣，也給予他的容貌一種嶄新的表情；也可能是，醫生當時沒有像平素那樣小心地掩飾他看著自己的犧牲品時的那種惡毒樣子。誠然，如果那流星照亮了天空、顯現了大地，並以末日審判來威脅海絲特・白蘭和牧師的話，那麼羅傑・齊靈渥斯就可以看作是魔王。他怒目獰笑地站在那裡，等候著來認領他們。他的表情如此眞切，或者說，牧師對其感覺是那麼強烈，直到那流星損落、街道及一切其它東西都立即湮滅之後，依然如畫般地保持在黑暗中。

「那人是誰，海絲特？」丁梅斯代爾先生心驚膽戰地喘著氣說。「我一見他就發抖！你認識那人嗎？我恨他，海絲特！」

她記起了她的誓言，只好默不作聲。

「我告訴你，一見到他，我的靈魂就發抖！」牧師又囁嚅著說。「他是誰？他是誰？你不能幫我一下嗎？我對那人有一種無名的恐懼！」

「牧師，」小珠兒說，「我能告訴你他是誰！」

「那就快說吧，孩子！」牧師說著，彎腰把耳朵湊近她的嘴唇。「快說吧！——悄悄地，盡量小聲點。」

珠兒在他耳邊嘀咕了幾句，聽著倒眞像在說話，其實只是兒童們在一起玩的時候所發的莫名其妙的音符。無論如何，即使其中包含著老羅傑．齊靈渥斯的秘密信息，也是博學的牧師所不懂的，只能徒增他的困惑而已。接著那小精靈似的孩子笑出了聲。

「你在拿我開心嗎？」牧師說。

「你是膽小鬼！——你不誠實！」那孩子回答說。「你不願意答應明天中午拉著我和媽媽的手！」

「尊貴的先生，」醫生一邊應聲說，一邊走到平台腳下。「虔誠的丁梅斯代爾牧師，難道當眞是你嗎？哎喲喲，果然是的！我們這些做學問的人，就知埋頭書本，確實需要好好照看！我們會醒著作夢、睡著走路的。來吧，好先生，我親愛的朋友，我請求你啦，讓我帶你回家去吧！」

「你怎麼知道我在這兒呢？」牧師驚懼地問。

「說眞的，我講的是實話，」羅傑．齊靈渥斯回答，「我對此一無所知。我在那令人崇敬的溫斯洛普總督的床邊待了大半夜，盡拙技之能爲他減輕痛苦。他現正返回他美好世界的家，我呢，也在回家的路上，就在這時閃出了那道奇怪的光。跟我走吧，我求求你，可敬的先生；不然的話，明天安息日你就沒法盡好責任了。啊哈！瞧啊，這些書本多麼煩人啊——這些書本！——這些書本！你要少讀點書，好先生，想法散散心；否則，這夜遊症在你身上，會越來越重的。」

「我就跟你一起回家吧。」丁梅斯代爾先生說。

他就像一個剛剛從噩夢中被驚醒的人一般，周身無力，心中懊喪得開始發冷，便聽憑那醫生把自己領走了。

第二天恰好是安息日，他的佈道被認爲是他宣講過的最豐富、最有力、也是最充滿神啓的。據稱，不只一個人，而是很多人的靈魂，領悟了那次佈道的眞諦，在內心中發誓今後要永遠懷著對丁梅斯代爾先生的神聖感激之情。但是，就在他走下講壇的階梯時，那灰鬍鬚的教堂司役上來迎著他。那人手中舉著一隻黑手套，牧師認出了是自己的。

「這是，」那司役說，「今天一早在幹了壞事的人示衆的刑台那兒發現的。我想，準是撒旦丟在那兒，有意中傷閣下您的。不過，說實在的，他還是跟平常一樣，又瞎又蠢，而且會總是這樣的。一隻純潔的手，是不需要用手套來遮掩的！」

「謝謝你，我的好朋友，」牧師莊重地說，心頭卻暗吃一驚；因爲他的記憶已經紊亂，竟然把昨夜的事情看作是幻象了。「是啊，看來是我的手套，眞的！」

「那麼，既然撒旦瞅機會偷了它去，閣下您以後就應該不戴手套去對付他了，」那老司役獰笑著說。「不過，閣下您聽說昨天夜裡人們看見的徵兆了嗎？——天上顯出一個大紅字母『A』，我們都解釋是代表『天使』❶。因爲，昨天夜裡，我們那位善心的溫斯洛普總督成了天使，所以不用說，上天要顯顯象才是呢！」

「沒有，」牧師答道，「我沒聽說這件事。」

---

❶ 英文「天使」一詞爲Angel，也是以「A」開頭。

13 海絲特的另一面

在海絲特．白蘭最近和丁梅斯代爾先生的那次獨特的會面中，她發現牧師的健康狀況大不如前，並爲此深感震驚。他的神經系統似乎已徹底垮了。他的精神力量已經衰頽，低得不如孩子。雖說他的智能還保持著原有的力量，或者說，可能已經達到了只有疾病才會造成的一種病態的亢奮，但他的精神力量，卻已到了無能爲力的地步。由於她了解一系列不爲他人所知的隱情，她立即推斷出，在丁梅斯代爾先生自己良知的正常活動之外，他的寧靜已經受到一部可怕機器的干擾，而且那機器仍在開動，他還得忍受。由於她了解這個可憐的墮落者的以往，所以當他聽得心驚膽戰地向她——被人摒棄的女人——求救，要她幫他對付他靠本能發現的敵人時候，她的整個靈魂都受到了震動。她還認爲，他有權要她傾力相助。海絲特在長期的與世隔絕之中，已經不習慣於以任何外界標準，來衡量她想法的對或錯了，她懂得——或者似乎懂得——她對牧師負有責任，這種責任是她對任何別人、對整個世界都毋庸承擔的。她和別的人類的任何聯繫——無論是花的、是絲的、是銀的，還是隨便什麼物質的——全都斷絕了。然而，他和她之間，卻有著共同犯罪的鐵鏈，不管他還是她，都不能打破。這一聯繫，如同一切其它鈕帶一樣，有與之緊相伴隨的義務。

海絲特．白蘭如今所處的地位，已和她當初受辱時我們所看到的並不完全一樣了。春來秋往，年復一年，珠兒此時已經七歲了。她母親胸前閃著的刺繡絕妙的紅字，早已成爲鎭上人所熟悉的目標。如果一個人在大家面前有著與衆不同的特殊地位，而同時又不干涉任何公共或個人的利益和方便，他就最終會贏得普遍的尊重，海絲特．白蘭的情況也正是如此。除去自私的念頭占了上風、得以表現之外，愛總要比恨來得容易，這正是人類本性之所在。只要不遭到原有敵意不斷受到新的挑動的阻礙，恨甚至會透過悄悄漸進的過程，轉變成愛。

就海絲特．白蘭的情況而論，她既沒受到舊恨的挑動，也沒有增添新的惱怒。她從來與世無爭，只是毫無怨尤地屈從於社會上最不公平的待遇；她也沒有因自己的不幸，而希冀什麼報償；她同樣不倚重於人們的同情。於是，在她因犯罪而喪失了權利、被迫獨處一隅的這些年月裡，她生活的純潔無瑕，大大贏得人心。既然她在人們的心目中已經再無所失、再無所望，而且似乎也再無所願去追求什麼，那麼這個可憐人的迷途知返，也只能被眞誠地看作是美德感召的善果了。

人們也注意到：海絲特除了呼吸共同的空氣，並用雙手一絲不苟的勞作爲她自己和小珠兒掙得每日的麵包之外，對分享世人的特權連最卑微的要求，都從不提出；反之，一有施惠於人的機會，她便立即承認她與人類的姊妹之情。對於窮苦人的每一種需要，她比誰都快地就提供了她菲薄的支援；儘管那些心腸狠毒的窮人對她定期送到門口的食物，或她用本可刺繡王袍的手指做成的衣物，竟會反唇相譏。在鎮上蔓延瘟疫的時候，誰也沒有海絲特那樣忘我地奉獻。每逢災難，無論是普遍的還是個人的，這個為社會所摒棄的人，都會馬上挺身而出。她來到愁雲緊鎖的家庭，並非作為客人，而是作為理應到來的親人；似乎那室內晦暗的微光，成了她有權與她的同類進行交往的中介。

她胸前繡著的字母閃著的非凡光輝，將溫暖舒適帶給他人。那字母本來是罪惡的標記，此時在病室中，卻成了一支燭光。在受難者痛苦的彌留之際，那字母甚至會將其光輝跨越時間的界限，在現世的光亮迅速黯淡下去、而來世的光亮還沒照到死者之前，為他照亮踏腳的地方。在這種緊急情況下，海絲特顯示了她那可貴的溫厚秉性：那是人類溫情的可靠源泉，對任何真正的需要都有求必應，哪怕需要再大，也絕不會枯竭。她的胸口雖然佩著恥辱牌，對有所需要的人，卻是柔軟的枕頭。她是自我委任的「慈善的姊妹」；或者，我們完全可以說，人世沉重的手掌，曾經這樣委任了她。但當時，無論人世或她本人，都沒有期待著她會不負所望。那字母成了她響應感召的象徵。由於從她身上可以得到那麼多的支援——她深富同情心又極肯助人——許多人都不肯再按本意來解釋那紅色的字母「A」了。他們說，那字母的意思是「能幹」❶；海絲特．白蘭只是個弱女子，但她太有方量了。

❶「A」本是「通姦」（Adultery）的首字，現在被人們解釋作「能幹」（Able）的首字。

只有陰暗的住房才能容納她。當太陽再次升起的時候，她已經不在了。她的身影跨過門檻消逝了。這個大有助益的親人離去了，根本沒有回過頭來看一眼應得的感謝——如果她剛剛如此熱心地盡過力的那些人的心中肯於感激她的話。有時在街上遇到他們，她從來不抬頭接受他們的致意。如果他們執意要和她搭訕，她就用一個手指按住那紅字，側身而過。這或許是驕傲，但極似謙卑，反正在衆人的心目中，產生了謙卑品格的全部軟化人心的影響。公衆的情緒是蠻不講理的：當常理上的公道，作爲一種權利加以過分要求時，可能遭到拒絕；但是一旦完全投其所好、籲請暴虐的人們慷慨大度時，倒常常會得到超出公道的獎賞。由於社會把海絲特・白蘭的舉止解釋成這類性質的籲請，因此反倒寧可對其原先的犧牲品，顯示出一種比她所樂於接受的、或者說比她實際應得的更加寬厚的態度。

居民區的統治者和有識之士，比起一般百姓，花費了更長的時間，才認識到海絲特的優秀品質的影響。他們對海絲特所共同持有的偏見，被推論的鐵框所禁錮，要想擺脫就得付出遠爲堅韌的努力。然而，日復一日，他們臉上那種敵視、僵死的皺紋，逐漸鬆弛下來，伴隨著歲月的流逝，可以說變成了一種近乎慈愛的表情。那些身居要位、從而對公共道德負有監護之責的人的情況就是如此。與此同時，不擔任公務的普通百姓，已經差不多徹底原諒了海絲特・白蘭因脆弱而造成的過失；不僅如此，他們還開始不再把那紅字看作是罪過的標記——她爲此已忍受了多麼長時間的陰慘慘的懲罰啊——而是當成自那時起的許多善行的象徵。「你看見那個佩戴刺繡的徽記的好人了嗎？」他們會對陌生人這樣說。「她是我們的海絲特——我們這鎮上自己的海絲特，她對窮人多麼好心腸，對病人多麼肯幫忙，對遭難的人多麼有安慰啊！」之後，出於人類本性中對別人說三道四的毛病，他們也確實悄聲說起若干年前那樁見不得人的醜事。不過，即使在講話人的心目中，那紅字仍有修女胸前紅十字的效果。那紅字賦予其佩戴者一種神聖性，使她得以安度一切危難。假若她落入盜賊之手，那紅字也會保她平安無事。據傳，而且有不少人信以爲眞，有一個印第安人曾瞄準那紅字射箭，那飛箭雖然射中目標，卻落到了地上，對她毫無傷害。

那象徵物，或者更確切地說，它所代表的社會地位，在海絲特．白蘭本人的頭腦中，有著強烈而獨特的作用。她性格中一切輕鬆優雅的綠葉，全都因那火紅的徽記而枯萎，並且早已落得精光，只剩下了光禿禿粗糙的輪廓，如果說她還有朋友和伙伴的話，恐怕也早就爲此而規避了。就連她人品上的魅力，也經歷了類似的變化，這可能部分由於她著裝上故作嚴肅簡樸，部分因爲她舉止上有意不動聲色。還有一個令人傷感的變化：她那滿頭豐盈的秀髮，不是剪得短短的，就是讓一頂帽子完全遮住，以致從來沒有一綹在陽光下閃爍。

除去這一切原因之外，再加上其它一些因素，看來，在海絲特的面孔上已不再有任何「愛情」可仔細揣摩之處；在海絲特那端莊如雕像般的身材上，不再有任何使「情欲」夢想投入其緊緊擁抱之處；在海絲特的胸膛中，也不再有任何能夠使「慈愛」落枕之處了。作爲一個女性本來不可或缺的某些秉性，在她身上已不復存在。當女人遭遇並經受了一場非同一般的苛刻懲罰時，她那女性的品格，通常會遭受這種命運並經歷這種嚴峻的變化。如果她只有柔情，她就會死掉。如果她僥倖活下去，她的柔情要嘛從她身上給排擠出去，要嘛在她心中給深深碾碎，永遠不再表露出來。

這兩種情況在外人看來沒什麼不同，而後者或許更符合實際。她既然曾經是女人，雖然一時不再是女人，但只消有魔法點化一下，完全可以隨時重新變成女人的。我們將要看到海絲特·白蘭以後會不會受到這種點化，再變成女人。

海絲特給人的那種如大理石般冰冷的印象，大部要歸咎於這一事實：她的生活，在很大程度上，已經從情和欲變成了思想。她形隻影單地立足於世上——孤獨得對社會無所依靠，只有小珠兒需要她指點和保護——孤獨得對恢復她的地位已不抱希望，即使她還沒有鄙夷這種願望，但是她已把斷裂的鎖鏈的碎片全然拋棄了。人世間的佚律，並非她心目中的法律。當年正處於人類智慧初獲解放的時代，比起以前的許多世紀，有著廣闊得多的天地任其馳騁。

手執利劍的人，已經推翻了王室貴冑。比他們更勇敢的人，則將與古代準則密切相關的古代偏見的完整體系，並非實際地，而是在理論範圍之內——這是那些王室貴冑眞正的藏身之地——予以顚覆並重新安排了。海絲特·白蘭汲取了這一精神。她採取了思想自由的觀點，這在當年的大西洋彼岸，本是再普通不過的事，但假若我們的移民祖先們，對這種自由思想有所了解的話，她的觀點會被認爲比紅字烙印所代表的罪惡還要致命的。在她那獨處海邊的茅舍裡，拜訪她的那些思想，是不敢進入新英格蘭的其它住宅的；假如有人看見這些影子般的客人輕叩她的門扉的話，就會把接待他們的主人，視同魔鬼般危險了。

值得重視的是，那些具有最大膽的思想觀點的人，對於外界的清規戒律也最能泰然處之。他們滿足於思想觀點，並不想賦予其行動的血肉。海絲特的情況似乎就是這樣。不過，假若小珠兒未曾從精神世界來到她身邊的話，她的情況也許就會大不一樣了。那樣的話，她也許會與安妮·哈欽遜攜手並肩，作為一個教派的創始人，名垂青史。她也許會在自己的某一時期成為一名女先知。她也許會——並非不可能——因企圖顛覆清教制度的基礎，而被當時嚴厲的法官處以死刑。但她的思想熱情，因為她成了母親，得以在教育孩子之中宣洩出去。上天把這小女孩交付給海絲特，就是要她保護女性的幼芽和蓓蕾，在衆多的困難中，加以撫育和培養。一切都與她作對。世界在以她為敵。孩子的本性中含有欠妥之處，不斷表明她降臨到這個世界上是個錯誤——是她母親無視法律的激情的發洩，而且時常迫使海絲特辛酸地捫心自問：這個可憐的小傢伙降生到世上，究竟是禍還是福。

事實上，她心中也時常升騰起涉及全人類女性同樣陰鬱的問題：即使對女性中最幸福的人來說，那人的生存有價值嗎？至於她自己本人的生存，她早已予以否定，並且作為已決之點不再重提。勤於思考，雖說可以對女人起到和對男人相同的作用——使人安靜下來，但卻使她感到傷感。也許她已經看清了自己面臨的任務是無望的。首先，整個社會制度要徹底推翻並予以重建。

其次，男人的本性，或者說，由於世代沿襲的習慣，而變得像是本性的東西，應該從本質上加以改變，然後婦女才可能取得似是公平合理的地位。最後，即使排除掉一切其它困難，婦女也必須先進行一番自身的更有力的變化，才能享有這些初步改革的成果，然而到那時，凝聚著她女性最眞實的生命的精髓，或許已然蒸發殆盡了。一個女人，無論如何運用她的思維，也無法解決這些問題。或許只有一條出路，才能解決這些問題：如果她的精神能夠主宰一切，這些問題便會不復存在。然而，由於海絲特．白蘭的心臟，已經不再有規律而健康的搏動，她便只有茫無頭緒地徘徊在思考的幽暗迷宮之中：時而因無法攀越的峭壁而轉彎，時而因深陷的斷層而折返。她周圍是一遭恐怖的野景，四處不見舒適的家園。不時有一種可怕的疑慮攫住她的靈魂，不知是否該把珠兒馬上送上天庭，自己也走向「永恆的裁判」所斷定的來世，才更好些。

那個紅字尚未克盡厥責。

但是此時，自從那天夜裡丁梅斯代爾先生夜遊時他倆見了一面以來，她又有了一個新的題目去思索：在她看來，爲了達到那一目標，她簡直値得耗盡一切精力，並作出一切犧牲。她已經目睹了牧師是在多麼劇烈的痛苦之中掙扎著——或者說得更準確些，是怎樣停止掙扎的。她親眼看到，他已經站在發瘋的邊緣——如果說他還沒有跨過那邊緣處於瘋狂狀態的話。毋庸置疑，不管自責的秘刺中，有什麼致痛的功效，那隻提供了救援之手又在那螫刺中注入了致他死命的毒液。一個秘密的敵人，假藉朋友和救護者之名，時刻不離他的方前左右，並藉此機會撬動丁梅斯代爾先生秉性中纖弱的鎖簧。海絲特不禁自問：是否由於她這方面在眞誠、勇氣及忠貞上本來存在著缺陷，才造成牧師被拋進凶險橫生、毫無祥兆的境地呢？她唯一能夠自我辯解的就是：除去默許羅傑．齊靈渥斯隱姓埋名之外，她原本別無它法使牧師免遭比她承受的還要陰暗的毀滅。在那種動機之下，她作出了自己的抉擇，而如今看來，她所選定的，卻是二者之間更加不幸的方案。她決心在盡可能的情況下，來補償自己的過失。經過多年艱苦和嚴正的考驗，她已經堅強有力多了，自信不像當年那個夜晚那樣，不是羅傑．齊靈渥斯的對手了：當晚他倆在牢房中談話時，她是剛剛肩負犯罪的重壓，並爲羞恥之心逼得半瘋的。從那晚起，她已在自己的道路上攀登到一個新高度了。而另一方面，那個老人呢，由於不顧一切地尋求復仇，則使自己降低到同她接近、或許比她還低的水平了。

終於，海絲特．白蘭打定主意去會她原先的丈夫，盡她的全力，來解救顯然已落入對方掌握之中的犧牲品。沒過多久，她便找到了機會。一天下午，在半島上一處荒無人煙的地點，她帶著珠兒散步，剛好看見那老醫生，一手挽著籃子，另一隻手拄著拐杖，正彎著腰在地上一路搜尋可以配藥的樹根和藥草。

14 海絲特和醫生

海絲特打發小珠兒跑到水邊去玩貝殼和纏結的海藻，好讓她和那邊那採藥人談一會兒話。那孩子便像鳥兒般地飛了開去，她那雙赤裸著的白白的小腳丫，一路拍著水在潮濕的海邊跑著。她不時停下身來，把退潮留下的水窪當作鏡子，好奇地朝裡面照著自己的臉孔。水窪裡，一個滿頭長著烏黑閃亮的鬆髮、眼中露著小精靈般微笑的小姑娘，在朝她窺視，珠兒由於沒有別的玩伴，便伸手邀她和自己進行一場賽跑。但那映像的小姑娘，也同樣和她伸手招呼，彷彿在說：「這地方更好些！你到水窪裡來吧！」珠兒一腳踏進去，水沒到了膝蓋，她看見的只是水底的自己的白腳丫；同時，從更深的下一層水下，映出了一種支離破碎的微笑，在動蕩的水中上下漂浮閃動。

與此同時，她母親已和那醫生搭話了。

「我想跟你談一談，」她說，「談談我們至關緊要的事。」

「啊哈！原來是海絲特太太有話要和老羅傑．齊靈渥斯說嘛？」他直起腰來回答說。「高興之至！噢，太太，我從各處都聽到有關你的好消息！就在昨天晚上，一位長官，一位聖明的人，還談起了你的事，海絲特太太，他悄悄告訴我，在議會中曾經提及有關你的問題：大家議論起，要是把你胸前的紅字取下來，會不會對公衆的好運有妨礙。我敢發誓，海絲特，我當即懇求那可敬的長官，這事應予立即施行！」

「那些長官們可不樂於取下這徽記，」海絲特平靜地應道。「要是我有資格把這玩意兒取下來，它就會自然而然的落下去，或是變成表示別的意思的東西。」

「那就別取下來啦，既然你覺得合適，就繼續戴下去吧，」他接著說。「觸及女人的裝飾一事，那可得隨著她自己的心意兒。那字母繡得那麼鮮艷，戴在你胸前，可恰到好處地顯示了你的勇敢！」

在他倆談話的這段時間裡，海絲特一直不移眼珠地盯著那老人，她驚奇地注意到，在這七年之間，他發生了多麼明顯的變化。那倒不是說他又老了許多；因爲雖然可以看出他年事已高的痕跡，但就他的年紀而論，仍有堅韌的精力和機敏，然而，她原來印象最深的他先前那種聰慧好學的品格、那種平和安詳的風度，如今已經蹤影皆無，取而代之的，是一種急切窺測的神色，近乎瘋狂而又竭力掩飾。他似乎有意用微笑來遮掩，但那種微笑卻暴露出他的虛僞，在他臉上時隱時現．似是在捉弄他，使旁人益發清楚地看出他的陰險。他的眼睛中還不時閃出陣陣紅光；像是那老人的靈魂正在燃燒，卻憋在胸中悶著，只是偶爾不小心受到激情的鼓吹，才噴出瞬間的火焰。而他則盡快地將這火焰壓下去，竭力裝出一副沒發生過這種事的模樣。

總之，老羅傑．齊靈渥斯是個顯而易見的實例，證明只要甘心從事魔鬼的勾當，經過相當一段時間，就可以靠他本人的智能，將自身變成魔鬼。這個悶悶不樂的人之所以發生了這一變化，就是由於他在七年的時間裡，全力以赴地剖析一顆充滿痛苦的心靈並從中取樂，甚至還要對他正剖析並觀察著的劇烈痛苦幸災樂禍地火上澆油。

紅字在海絲特的胸上燃燒。因爲這裡又多了一個被毀滅的人，其責任部分要歸咎於她。

「你在我臉上看到了什麼，」醫生問道，「讓你盯得這麼緊？」

「要是我還有多餘的心酸淚的話，我會爲一件事哭泣，」她回答說。「不過，算了吧！我還是來談談那個不幸的人吧。」

「談他的什麼事呢？」羅傑．齊靈渥斯迫不及待地叫著，彷彿他喜愛這個話題，巴不得有個機會與和這個唯一可以談談悄悄話的人討論一番。「咱們不說假話，海絲特太太，這會兒我剛好正忙著在那位先生身上轉著念頭。你就隨便說吧，我會作出答覆的。」

「我們上次在一起交談的時候，」海絲特說，「是在七年以前，當時你迫使我答應爲你我之間原先的關係保密。由於那個人的生命和名聲，全都在你的掌握之中，我除了遵從你的意思保持沉默之外，似乎已別無出路。然而，我受到這一承諾的約束，不得不疑慮重重；因爲我雖然拋棄了對其他人的一切責任，卻還保有對他的責任；而有一個聲音，在悄悄地對我說，在我發誓爲你保密之時，就背叛了這一職責。從那一天起，誰都沒有像你這麼接近他。你跟蹤著他沉重的腳步。你無論睡著醒著都守在他的身旁。你搜尋著他的思想。你挖掘並折磨他的心靈！你玩弄他於股掌之間，讓他鎮日裡備受死去活來之苦；然而，他對你，竟依舊毫不了解。他是上天留給我保持忠誠的唯一的一個人，我卻允許你對他這般肆虐，我確實扮演了一個虛僞的角色！」

「難道你還有別的出路嗎？」羅傑・齊靈渥斯問道。「我的手指指著他，只消一動，就可以把他從佈道場上拋到牢獄中去——甚至還會把他拋到絞刑架上！」

「那樣也許倒好些！」海絲特・白蘭說。

「我對那人作了什麼壞事？」羅傑・齊靈渥斯又問道。「我跟你說，海絲特・白蘭，自古以來，就連帝王付給醫生的最大報酬，也無法買到我在這不幸的牧師身上所花費的心血！要不是我假以援手，他和你犯下罪孽之後的頭兩年裡，他的生命便會在備受折磨之中燒光了。海絲特，因爲他的精神缺乏你那種力量，挺不住你所受的紅字的那種重壓。噢，我完全可以揭發一項天大的秘密！只要一說出口就足夠了！可是我在他身上盡了最大努力，凡醫術能做到的，無不設法。如今，他得以在這個世界上苟延殘喘，全靠我的努力呢！」

「他還不如馬上死掉呢！」海絲特・白蘭說。

「是啊，婦人，你算說對了！」老羅傑・齊靈渥斯叫著，內心的火焰在她眼前燒得一片火紅。「他不如馬上死掉！他遭受那份罪，還沒有一個活人受過呢。而且這一切的一切，全都讓他最惡毒的敵手看在眼裡！他已經意識到我這個人了，他已經感覺到有個像是詛咒的勢力，始終在他身邊徘徊。他透過某種精神的感覺——造物主從來沒有造過像他這樣敏感的人——得知，拉扯他心弦的並不是什麼友誼之手，而且還知道，有一雙好奇的眼睛正在窺視他的內心，一心要尋找邪惡，並且已經找到了。不過他並不清楚，那雙眼和那隻手就是我的！他也有他的牧師兄弟們所共有的那種迷信，幻想著自己已被交給一個惡魔，受盡駭人的夢幻、絕望的念頭、悔恨的蜇刺和無望的寬恕的折磨；像是讓他預先嘗試一下等待著他進入墳墓之後的是什麼滋味。然而，這恰恰是我無所不在的暗影！——一個受到他最卑劣的委屈的人最緊密的接觸！——那個人已經變得只是出於極端復仇的毒劑的永恆之驅使才活著了！是啊，他是對的！他沒有弄錯！他肘腋邊確有一個惡魔！一個曾經有過人心的活人，已經變成專門折磨他的惡魔了！」

那不幸的醫生，一邊說著這番話，一邊神色恐怖地舉起雙手，彷彿他看到了某個人不認識的怪影子，在鏡中侵奪了他的映象。這屬於那種多少年才出現一次的時刻：此時，一個人的精神風貌，一絲不苟地顯現在他心靈的眼前。他恐怕從來沒有像此時這樣看清他自己——這樣說大概沒有什麼不妥。

「難道你還沒把他折磨夠嗎？」海絲特注意到了那老人的神色，就這麼問他，「難道他還沒有償還你的一切嗎？」

「沒有！——沒有！他只不過增加了他的負債！」那醫生回答說。在他接下去說著的時候，他的神情不再是惡狠狠地，而變得陰鬱了。「你還記得我九年前的樣子嗎，海絲特？即使在那時，我也到了垂暮之秋，而且還不是初秋。但我的全部生活，都是由真誠、勤學、沉思和寧靜的歲月所構成的，我忠實地將其奉獻給爲自己增加知識，也同樣忠實地將其奉獻給爲人類造福——雖說這後一個目標與前一個相比，只是附帶的。誰也比不上我生活得那樣平和、那樣純眞；很少人像我生活得富於裨益。你還記得那時的我嗎？雖說你可能認爲我冷酷無情，但難道我不是爲他人著想，很少替自己打算嗎？——就算我不是含情脈脈，難道我不是善良、眞誠、正直，對愛情始終不渝的人嗎？過去的我，難道不就是這樣子嗎？」

「是這樣子的，而且還不只這些。」海絲特說。

「但我現在成了什麼樣子呢？」他緊盯著她的臉孔，逼問著，同時讓他內心的全部邪惡，都毫無保留地表露在他的外貌上。「我已經告訴過你我是什麼了！一個惡魔！是誰把我弄成這樣子的？」

「就是我！」海絲特周身顫抖著說。「是我！我的責任並不比他小，可是你爲什麼不直接對我報復呢？」

「我把你留給了紅字，」羅傑·齊靈渥斯回答說。「如果紅字還不能爲我出氣，我也別無他法了！」他面帶微笑，把一個指頭放在紅字上面。

「它已經替你報復了！」海絲特·白蘭說。

「我正是這麼看的，」那個醫生說。「那麼，如今你要我對那個人怎麼辦呢？」

「我要揭露這一秘密，」海絲特堅定地回答。「他應該辨清你的眞面目。其結果會如何，我並不知道。但我長期以來向他隱瞞真相的這筆債，現在總該償還了——正因爲我，才毀掉他的啊。至於他良好的名聲和他在世間的地位，或許還有他的生命，予取予奪都在你的掌握之中。我的情況就不一樣了——紅字已經使我皈依了眞理，儘管那眞理如熨鐵般火熱，深深地烙進了我的靈魂，而他那鬼一般空虛的生活，再延遲下去，我也看不出還有什麼好處，因此，我也不會卑躬屈膝地乞求你的慈悲，你對他儘管隨心所欲好了！對他不會有什麼好處，對我不會有什麼好處，對你也沒什麼好處！對小珠兒也不會有什麼好處！沒有任何指引我們踏出這陰慘迷津的道路！」

「女人，我滿可以可憐你的！」羅傑．齊靈渥斯說，由於她表現出絕望中有一種近乎莊嚴的氣質，連他也不由得肅然起敬了。「你具有了不起的天賦。如果你早些得到強過於我的愛，這件邪惡就不會發生了。我可憐你，因爲你美好的天性，橫遭荒廢了！」

「我也同樣地可憐你，」海絲特．白蘭回答說，「因爲仇恨，已經把一個聰明而正直的人，變成了惡魔！你還願意把仇恨從心中排擠出去，再恢復成人嗎？即使不是爲了他的緣故，那麼總是加倍地爲了你自己嘛！你放寬容些，把對他來世的報應，交給有權處理此事的神靈吧！我剛才說過了，像目前這樣，無論對他、對你、或者對我，都不會有任何好處，我們是在這片陰慘的邪惡迷津中一起徘徊，在我們鋪撒在路上的罪孽上每走一步，都要跌跌撞撞。事情本不該這樣的！由於你一直深深受到委屈，你就擁有一切權力來寬恕，你可以因此從中獲益，而且只有你一人單獨獲益。你難道要放棄那唯一的特權嗎？你難道要反對這沒有本錢的利益嗎？」

「安靜點，海絲特，安靜點！」那老人陰沉而嚴厲地回答說。「上天沒有賜給我寬恕的品德，我也沒有你所說的那種權力。我那早已忘掉的老信仰，如今又回到了我身上，要對我們所做出和所遭遇的一切，給予解釋。由於第一步走歪了，你就種下了邪惡的胚胎；但自從那時起，它也就成了一種陰暗的必然。不過，使我受到傷害的，除非處於——一種典型的錯覺之中，倒不是罪惡；而我呢，雖然從魔鬼的手中奪得了他的職責，但我跟惡魔畢竟不一樣。這是我們的命運。讓那黑色之花隨它去開吧！如今，你去走你的路，隨你自己的意願，去處理同那人的關係吧。」

他揮了揮手，又繼續採集他的藥草了。

15 海絲特和珠兒

就這樣，羅傑·齊靈渥斯——那個身材畸形的老人，他那張面孔會長時間地縈繞在人們的腦海，想忘都忘不掉——離開了海絲特·白蘭，一路彎著腰走開了。他東一處西一處的採集一顆藥草或挖掘一個樹根，然後裝進他的提籃裡。他深駝著腰緩慢朝前走著，灰白的鬍鬚幾乎觸到了地面。海絲特在他身後盯視了一小會兒，懷著一種有點想入非非的好奇心，想看清楚早春的嫩草，會不會在他腳下枯萎，那一片欣欣向榮的蔥翠，會不會顯出一條枯褐、彎曲的足跡。她不曉得那老人如此勤快地採集的是哪種藥草。大地會不會在他目光的感應下，立刻產生邪意，在他手指的一觸之下，馬上生出一種從不知名的毒草來迎接他呢？或者說，大地會不會把每一種良木益草在他接觸之後，都變成毒木莠草來滿足他呢？那普照四方的明亮陽光，是不是也真能照到他身上呢？或者說，是不是有一圈不祥的陰影，當真像看上去的那樣，始終伴隨著他那畸形的身軀，任憑他走到哪裡都如影隨形呢？那麼，現在，他又往哪裡去了呢？他會不會突然沉入地下，從而留下一塊枯荒之地，很需要經過一段時間，才會看見龍葵、山茱萸、殺生草以及其他種種在這一氣候中能夠生長的毒草，可怕地滋生蔓延起來？或者說，他會不會展開蝙蝠的翅膀騰空飛去，飛得越高，樣子越醜呢？

「不管是不是罪過，」海絲特．白蘭一邊繼續注視著他的背影，一邊狠狠地說，「反正我恨這個人！」

她為這種感情而自責，但她既不能抑制、也不能減少這種感情。為了克制這種感情，她回憶起那些早已逝去的歲月，那是在遙遠的土地上。那時候，他每到傍晚便從幽靜的書齋中出來，坐在他們家的壁爐旁，沉浸在他妻子容光煥發的嬌笑之中。他那時常說，他需要在她的微笑中溫暖自己，以便從他那學者的心中，驅散長時間埋頭書卷所積鬱的寒氣。這種情景，也曾經作為幸福而出現過；但如今，透過她隨之而來的悲慘生活的折射，只能歸類於她回憶中最不堪入目的部分了。她驚詫何以會有過這種情景！她驚詫自己何以會最終嫁給了他！她認為，她以前竟然忍受並回握了他那不冷不熱的手，竟然以自己眉眼和嘴唇的微笑，來迎合他的笑意，實在是她最應追悔的罪過。在她看來，羅傑．齊靈渥斯對她的觸犯，就是在她不諳世事時，便使她誤以為追隨在他身邊便是幸福，而這比起他後來受到的傷害要大得多。

「是啊，我是恨他！」海絲特又重複了一句，口氣更狠了。「他害苦了我！他傷我要比我傷他厲害得多！」

讓那些只贏得女人首肯婚約、但沒有同時贏得她們內心最深處激情的男人們發抖吧！他們會像羅傑．齊靈渥斯一樣遭到不幸的：因為當某一個比他更有力的接觸，喚醒她們的全部感知時，即使是他們當作溫暖的現實，而要加諸女人的那種平靜的滿足、那種堅如磐石的幸福形象，都要統統受到指責。但海絲特早就應對這種不公平處之泰然了。不公平又能怎樣？難道在七年漫長的歲月中，在紅字的折磨下備受痛苦，還悟不出一些懺悔之意嗎？

當她站在那兒盯著老羅傑．齊靈渥斯躬腰駝背的身影時，那瞬間油然而生的心情，在海絲特心頭投下了一束黯光，照出了她平時無論如何也不會對自己承認的念頭。

在他走開之後，她才叫孩子回來。

「珠兒！小珠兒！你在哪兒？」

珠兒的精神永遠充沛十足，當她母親同那採藥老人談話時，她一直玩得挺帶勁。起初，她像前面說的那樣，異想天開地和映在水窪中的自己的倒影戲耍，招呼那映出來，由於它不肯前進一步，她便想爲自己尋找一條途徑，進入那不可捉摸的虛幻天地中去。然而，她很快就發覺，要嘛是她，要嘛是那映像，總有一個是不眞實的，於是便轉身走開去玩更開心的遊戲了。她用樺樹皮做了許多小船，在上面裝好蝸牛殼，讓它們飄向大海，其數量之多，勝過新英格蘭任何一個商人的船隊；可惜大部分都在離岸不遠的地方沉沒了。她抓著尾巴逮住了一條鱟魚，捕獲了好幾隻海星，還把一隻水母放到溫暖的陽光下融化。後來，她撈起海潮前緣上的白色泡沫，迎風撒去，再一蹦三跳地跟在後面，想在這些大雪花落下之前就抓在手裡。接著，她看到一群海鳥在岸上飛來飛去地覓食，這調皮的孩子，就撿滿一圍裙的小石子，在岩石間爬著追逐著那些海鳥，投出一顆顆石子，顯出不凡的身手。珠兒把握十足地相信，她投中了一隻白胸脯的小灰鳥，那小鳥帶著一隻折斷的翅膀鼓翼飛走了。可隨後這小精靈般的孩子，卻嘆了口氣，放棄了這種玩法；因爲她傷害了一個如海風，或者說，和珠兒她本人一樣狂野的小傢伙，很爲此傷心。

她最後一件事是採集各種海草，給自己做了條圍巾或披肩，還有一圈頭飾，把自己打扮成一個小人魚的模樣。她倒是繼承了她母親那種製做服裝衣飾的天才。珠兒拿過一片大葉藻，給她那身人魚的裝束，做最後的點綴：她在自己的胸前，盡力模仿著她所極熟悉母親胸上的裝飾，也爲自己佩了一個。一個字母「A」，不過不是猩紅的，而且鮮綠的！這孩子把下巴抵到胸口，懷著奇妙的興致端詳著這一玩意兒，彷彿她誕生到這個世界上唯一的目的就是弄清其隱密的含義。

「我不知道媽媽會不會問我這是什麼意思！」珠兒想道。

就在這時，她聽到了她母親的呼喚，就像一隻小海鳥似的一路輕快地跑跳著，來到海絲特．白蘭的面前，又跳又笑地用手指著自己胸前的裝飾。

「我的小珠兒，」海絲特沉默了一會兒之後說，「那綠色的字母，在你童稚的胸口，是沒有意義的。不過，我的孩子，你可知道你媽媽非戴不可的這個字母的意思嗎？」

「知道的，媽媽，」那孩子說。「那是一個大寫的A字。你已經在字帖上教過我了。」

海絲特目不轉睛地盯著她的小臉；然而，那孩子的黑眼睛中，雖然帶著平時極其獨特的表情，她卻說不準珠兒是否當眞把什麼意思同那象徵聯繫到了一起。她感到有一種病態的欲望，想弄明白這一點。

「孩子，你知道媽媽爲什麼要戴這個字母嗎？」

「我當然知道！」珠兒說著，閃光的眸子，緊盯著她母親的臉孔。「這和牧師用手捂住心口都是出於同樣的原因！」

「那究竟是什麼原因呢？」海絲特問道。起初還因爲孩子那番話荒誕不經而面帶微笑；但轉念一想，面孔就蒼白了。「除了我的心之外，這字母跟別人的心，又有什麼關係呢？」

「那我可不知道了，媽媽，我知道的全都說了，」珠兒說道，那神情比平時說話要嚴肅認眞得多。「問問你剛剛和他談話的那個老頭兒吧！他也許能告訴你。不過，現在說眞格的，我的好媽媽，這紅字是什麼意思呢？——爲什麼你要在胸前戴著它？——爲什麼牧師要把手捂在心口上呢？」

她用雙手握住她母親的一隻手，用她那狂野和任性的個性中少見的一本正經神情，盯著母親的眼睛。這時，海絲特突然閃過一個念頭：這孩子也許當眞在以她童稚的信任，來尋求同自己接近，並且盡其智慧所能，來建起一個同情的交會點。這表現出珠兒不同往常的另一副面孔。之前，做母親的雖以極其專一的鍾愛，愛著她的孩子，卻總在告誡自己，且莫指望得到比任性的四月微風更多的回報——那微風以飄渺的運動來消磨時光，具有一種難以名狀的突發的激情，會在心情最好時勃然大怒，當你放它吹進杯中時，經常是給你寒氣而不是愛撫；爲了補償這種過失，它有時會出於模糊的目的，以一種值得懷疑的溫柔，親吻你的面頰，輕柔地撫弄你的頭髮，然後便跑到一邊去作別的無所事事的舉動，只在你的心中，留下一種夢幻般的快感。何況，這還是母親對她孩子的氣質的揣摩呢。至於別的旁觀者，恐怕不會看出什麼討人喜歡的品性，只能說出些糟糕得多的評價。但此時闖入海絲特腦海的念頭是：珠兒早熟、敏感得出奇，或許已然到了可以作爲朋友的年齡，可以盡其所能分擔母親的憂傷，而不會對母女任何一方造成不敬了。在珠兒那小小的混沌的個性中，或許可以見到開始呈現出——也可能從一開始就一直存在著——一種毫無畏縮、堅定不移的氣質，一種無拘無束的意志，一種可以培養成自尊心的桀驁不馴的驕傲，而且對許多事物抱有一種極度的輕蔑，而對這些事物如果加以推敲，就可能會發現，其中確有虛僞的污點。她還具有豐富的情感，儘管至今還像未熟的果子那樣酸澀得難以入口。海絲特自忖，這個小精靈似的孩子，已經具備了這些純正的秉賦，如果再不能成長爲一個高貴的婦人，那就是她從母親身上繼承到的邪惡實在太大了。

珠兒一味糾纏著要弄清紅字之謎，看來是她的一種內在的天性。從她開始懂事的時候起，就對這一問題當作指定的使命來琢磨。海絲特從那時起就常常想像：上天賦予這孩子這種突出的傾向，是有其懲惡揚善的果報意圖在內的；但直到最近，她才捫心自問，是否還有一個與那個意圖相關的施賜仁慈與恩惠的目的。如果把小珠兒不僅當作一個塵世的孩子，也當作一個精神使者，對她抱有忠誠與信任，那麼，她難道就不能承擔起她的使命，把冷冷地藏在她母親心中、從而把那顆心變成墳墓的憂傷掃蕩淨盡嗎？——並幫助母親克制那一度十分狂野、至今仍未死去或入睡、而只是禁錮在同一顆墳墓般的心中的激情呢？

此時，在海絲特頭腦中翻騰的，就是這些念頭，其印象之活躍生動，不啻在她耳畔低語。而且眼前就有小珠兒，在這段時間裡始終用雙手握住母親的手，還仰起臉來望著母親，同時一而再、再而三地刨根問底。

「這字母到底是什麼意思，媽媽？——你幹嘛要戴著它？——牧師幹嘛總要用手捂住心口？」

「我該說什麼才好呢？」海絲特心中自忖。「不成！如果這是換取孩子同情的代價，我是不能支付的。」

於是，她開口說話了。

「傻珠兒，」她說，「這是些什麼問題呢？這世上有許多事情是一個小孩子不該問的。我怎麼會知道關於牧師的心的事情呢？至於這紅字嘛，我戴上是因爲金線好看。」

在過去的七個年頭中，海絲特·白蘭還從來沒有就她胸前的標記說過假話。很可能，那紅字雖是一個嚴厲的符咒，但同時也是一個守護神，不過現在那守護神拋棄了她，正是由於看到了這一點，儘管紅字依然嚴格地守在她心口，但某個新的邪惡，已經鑽了進去，或者說某個舊的邪惡，始終沒有被驅逐出來。至於小珠兒呢，那種誠摯的神情，很快就從她臉上消失了。

但那孩子仍不肯就此罷休。在她母親領她回家的路上，她又問了兩、三次，在吃晚飯時和海絲特送她上床時，又問了兩、三次，在她像是已經入睡之後，又問了一次：珠兒抬起頭來，黑眼睛中閃著搗蛋的光芒。

「媽媽，」她說，「這紅字到底是什麼意思？」

第二天一早，那孩子醒來的第一個表示，就是從枕頭上猛地把頭一抬，問起另外那個問題，不知爲什麼，她總是把那個問題和探詢紅字的問題攪在一起——

「媽媽！——媽媽！——牧師幹嘛總用手捂住心口呢？」

「閉嘴，調皮鬼！」她母親回答說，語氣之嚴厲，是她以前從來不准自己有的。「別纏我了，要不我就把你關進櫥櫃裡去了！」

16 林中散步

海絲特．白蘭不管眼前有什麼痛苦或日後有什麼結果，也甘冒風險，一心要對丁梅斯代爾先生揭示那個鑽到他身邊的人的眞實身分。她知道他有一個習慣，喜歡沿著半島的岸邊或鄰近鄉間的山林中邊散步邊思考，但接連好幾天，她都沒能趁著這個時間找個機會同他交談。當然，她就是到他的書齋去拜訪，也不會引起謠言，更不會對牧師那聖潔的名聲有什麼影響，因爲，原本就有許多人到他的書齋中去懺悔，他們所招認的罪孽之深重，或許不亞於紅字所代表的那種。然而，一來她擔心老羅傑．齊靈渥斯會暗中或公然攪和；一來她自己心裡疑神疑鬼，雖說別人並不會猜測；一來她和牧師談話時，兩人都需要整個曠野來呼吸空氣——出於這一切原因，海絲特從來沒想過不在光天化日之下、而在什麼狹窄的私下場所去見他。

後來，她到一家病人的房中去幫忙，而丁梅斯代爾牧師先生先前也曾應邀去作過祈禱，她才在那裡聽說他已經在前一天就走了——到他的印第安信徒中拜訪使徒艾略特去了。他可能要在第二天下午的某個時刻回來。於是，到了次日那個鐘點，海絲特就帶著珠兒出發了——只要母親外出，不管帶著她方便與否，她反正總是必不可少的伴侶。

這兩個行路人穿過半島踏上大陸之後，腳下便只有一條人行小徑可走了。這條小路蜿蜒伸入神秘的原始森林之中。樹木緊緊夾住窄窄的小路，聳立在兩旁，濃密蔽蔭，讓人舉目難見青天。在海絲特看來，這恰是她多年來徘徊其中的道德荒野的寫照。天氣陰沉而寒冷。頭上是灰濛濛的雲天，時而被微風輕拂，因而不時可見縷縷陽光，孤寂地在小徑上閃爍跳躍。這種轉瞬即逝的歡快，總是閃現在森林縱深的遠端。在天氣和景色的一片陰霾中，那嬉戲的陽光——充其量不過是微弱的閃躍——在她們走近時就退縮了，她們原本希望陽光閃躍過的地方會明亮些，但走到跟前倒顯得益發陰暗了。

「媽媽，」小珠兒說，「陽光並不愛你，它跑開躲起來了，因爲它害怕你胸口的什麼東西。你瞧嘛！它在那兒跳呢，遠遠地。你站在這兒，讓我跑過去抓住它。我只不過是個孩子，它不會逃避我的，因爲我胸前還什麼都沒戴呢！」

「我的孩子，我但願你一輩子也別戴吧。」海絲特說。

「幹嘛不戴呢，媽媽？」珠兒問道，她剛要拔腿朝前跑，忽地停下了腳步。「等我長成大人，難道它不會自然就來了嗎？」

「快跑吧，孩子，」她母親回答，「去抓住陽光！它會轉眼就跑掉的。」

珠兒拔腿飛快地跑去，海絲特微笑著看到，她還眞的抓住了陽光，並且站在陽光中放聲大笑，全身披著的燦爛的彩暉，還隨著她快速移動的活躍激蕩著，而閃閃發亮。那光亮依傍在孤獨的孩子身邊，似是因爲有了這樣一個玩伴，而興高采烈，一直到她母親差不多也要邁步進入那充滿魔力的光圈爲止。

「這下它要走了。」珠兒搖著頭說。

「瞧！」海絲特微笑著回答。「現在我可以伸出手來，抓住一些陽光了。」

就在她打算這麼做時，陽光又消失了；或者，從珠兒臉上閃耀著的煥發的容光來判斷，她母親也可能想像是孩子把陽光吞了進去，等到她們步入更幽暗的地方時，再放出來照亮她們的小徑。在珠兒的秉性中，這種永不衰竭的精神活力，帶有一種蘊含著嶄新精力的感覺，給她印象最爲深刻；珠兒沒有憂鬱症——如今幾乎所有的孩子，都從他們先輩的煩惱中，把這種症狀同瘰癧一起繼承了下來。也許這種活潑同樣是一種疾病，不過，是珠兒降生之前海絲特用來遏制自己憂傷的那種野性的反映。這種活力在孩子的性格上，增加了一種堅硬如金屬般的光澤，其魅力甚屬可疑。她需要——一些人終生都需要一些東西——一種陰鬱來深深地觸動她，以便增加她的人性，並使她能夠同情。好在對小珠兒來說，還有的是時間呢。

「過來，我的孩子！」海絲特一邊說著，一邊從珠兒剛剛在陽光中站著不動的地方向四下望著。「我們要在林子裡坐下來，休息一下。」

「我還不累呢，媽媽，」那小姑娘回答說。「不過，你要是願意藉這個機會給我講個故事的話，倒是可以坐下來。」

「講個故事，孩子！」海絲特說。「關於什麼的故事呢？」

「噢，講個關於黑男人的故事吧，」珠兒回答著，一邊抓住她母親的袍子，一邊又眞誠又調皮地抬頭盯著母親的臉孔。「講講他怎麼在這座林子裡走動，還隨身帶著一本書——一本又大又重的冊子，上面還有鐵箍；講講這個長得挺醜的黑男人，怎麼向在這林子裡遇到的每一個人拿出他的冊子和一支鐵筆，讓他們用自己的血寫下他們的名字，然後他就在他們的胸前打上他的記號！你以前遇到過這個黑男人嗎，媽媽？」

「誰給你講的這個故事，珠兒？」她母親問著，心裡明白這是當時的一種普遍的迷信。

「就是昨天夜裡你照顧的那家的老太婆，她在屋角的爐灶那兒講的，」那孩子說。「不過她講的時候，還以爲我睡著了呢。她說，有成千成千的人在這兒遇見過他，在他的冊子上寫下了名字，身上也讓他打了記號。那個脾氣挺壞的西賓斯老太太就是一個。還有，媽媽，那個老太婆說，這個紅字，就是黑男人打在你身上的記號，夜裡在這個黑林子裡遇見他時，紅字就會像紅色火苗一樣閃閃發光。這是眞的嗎，媽媽？你是在夜裡去見他的嗎？」

「你夜裡醒來時，可曾發現媽媽出去了？」海絲特問。

「我不記得有過，」孩子說。「要是你害怕把我一個人留在咱們的小屋裡，你可以帶我一塊兒去那兒嘛，我可高興去呢！不過，媽媽，現在就告訴我吧！有沒有這麼一個黑男人？你到底見過他沒有？這紅字是不是他的記號？」

「要是我告訴你，你肯不肯讓我安靜安靜？」她母親問。
「好，但你可得全告訴我。」珠兒回答。
「我活這麼大就見過那黑男人一次！」她母親說。「這個紅字就是他的記號！」
母女倆一邊這麼談著，就走進了樹林挺深的地方，在這兒她們很安全，絕不會被任何隨便走過林中小徑的路人看到。她們這時在一堆繁茂的青苔上坐了下來，這地方在一百多年以前，曾經長過一棵巨松，樹冠高聳入雲，樹根和樹幹遮在濃蔭之中。她們所坐的地方，是個小小的山谷，兩側的緩坡上鋪滿樹葉，中間流著一條小溪，河底淹沒著落葉。懸在溪上的樹木，常年來投下的大樹枝，阻遏了溪流，在一些地方形成了漩渦和深潭；而在溪水暢通、流得歡快的地段，則露出河底的石子和閃光的褐砂。她們放眼沿河道望去，可以看見在林中不遠的地方水面粼粼的反光，但沒多久，就在盤錯的樹幹和灌木中失去了蹤跡，而不時為一些長滿灰色地衣的巨石遮住視線。所有這些大樹和巨石，似乎有意為這條小小的溪流，蒙上一層神秘的色彩；或許是害怕它那喋喋不休的多嘴多舌，會悄悄道出它所流經的古老樹林的內心秘密，或者是害怕它那流過池塘時的光滑水面，會映出其隱衷。確實，當小溪不停地偷偷向前流動時，一直在潺潺作響，那聲音和藹、平靜又親切，但總帶點憂鬱，就像一個嬰兒時期沒有玩痛快的小孩子，仍然不知如何在傷心的伙伴和陰暗的事件中自得其樂。
「啊，小河啊！啊，蠢得煩人的小河啊！」珠兒聆聽了一陣流水的談話後這樣叫著。「你為什麼這樣傷心？打起點精神來，別總是哀聲嘆氣的！」

但在林間流過它短短生命的溪水，其經歷是那樣地肅穆，不可能不把它講出來，而且看來也別無其它可說。珠兒與那溪水就有點相似，她的生命也是湧自一個神秘之泉，並流經同樣陰沉的暗景。但和溪水不同的是，她是一路蹦蹦跳跳地走過來的，她容光煥發、談吐輕快。

「這條傷心的小河都說些什麼啊，媽媽？」她詢問道。

「如果你有自己的憂傷，那麼小溪也可以跟你把它說出來的，」她母親回答，「就像它在對我談我的憂傷一樣！不過，珠兒，這會兒我聽到有腳步聲沿著小路走來，還有撥開樹枝的聲音。我想讓你自己去玩一會兒，留下我和走來的那人談一談。」

「是那個黑男人嗎？」珠兒問。

「你去玩兒好嗎，孩子？」她母親又說了一遍。「可是別在林子裡走得太遠。留心點，我一叫你就回來。」

「好的，媽媽，」珠兒回答說。「不過，要是那個黑男人，你就讓我稍稍待上一會兒，看上他一眼，他還挾著那本大冊子呢，不是嗎？」

「走吧，傻孩子！」她母親不耐煩地說。「他不是黑男人！你現在就能看到他，正在穿過林子走來。那是牧師！」

「原來是他！」孩子說，「他用手捂著心口呢！是不是因爲牧師在冊子上寫下名字的時候，黑男人在那地方打下了記號？可是他幹嘛不像你一樣，把記號戴在胸口外頭呢，媽媽？」

「現在快走吧，孩子，過一會兒再來纏我，」海絲特．白蘭叫喊著。「不過別走遠，就在能聽到流水聲的地方好了。」

那孩子沿著溪流唱著走開了，她想把更明快的歌聲，融進溪水的憂鬱腔調中，但那小溪並沒有因此而得到安慰，仍然不停地嘮叨著在這陰森的樹林中、已經發生的一些十分哀傷的故事——或是預言某些將要發生的事情的傷心之處——訴說著其中莫測的隱密。於是，在她小小的生命中，已經有了太多的陰影的珠兒，便放棄了這條如泣如訴的小溪，不再和它交往。因此，她就一心採集紫羅蘭和木蓮花，以及她發現長在一塊高大石頭的縫隙中的一些猩紅的夢幻草。

海絲特．白蘭等她的小精靈孩子走遠之後，便向那穿過森林的小徑上走了一、兩步，但仍遮在樹木的暗影之中。她看到牧師正沿著小徑走來，他隻身一人，只是手中拄著一根從路邊砍下的手杖。他樣子憔悴無力，露出一種失魂落魄的沮喪神情，這是他在居民區周圍或其它認爲顯眼的地方散步時，從來在他身上看不到的。但在這裡，在這與世隔絕的密林中，在這密林本身就使人深感精神壓力的地方，他這種沮喪精神卻暴露無遺，令人目不忍睹。他無精打采、舉步維艱，彷彿他不明所以、不肯向前，也根本不想再邁一步，如果他還有什麼可高興的，大概就是巴不得在最近的一棵樹下躺倒，無所事事地躺上一輩子。樹葉會撒落在他身上，泥土會逐漸堆積，從而在他身上形成一個小土丘，無需過問他的軀體內還有無生命。死亡這個十分明確的目標，是不必巴望、也不必迴避的。

在海絲特的眼中，丁梅斯代爾牧師先生除了像小珠兒曾經說過的那樣，總用手捂著心口之外，沒有表現出顯而易見的受折磨的徵候。

17 教長和教民

儘管牧師走得很慢，也幾乎要走過去了，但海絲特．白蘭還是提不起聲音喊他。最後，她總算叫了出來。

「亞瑟．丁梅斯代爾！」她說，起初有氣無力，後來聲音倒是放開了，可是有些沙啞。「亞瑟．丁梅斯代爾！」

「是誰在說話？」牧師應聲說。

他立刻提起精神，挺直身子站住了，就像是一個人正處於不想被人看見的心情之中，突然吃了一驚似的。他急切地循聲望去，模模糊糊地看見樹下有個人影，身上的服色十分晦暗，在陰霾的天空和濃密的樹蔭遮得連正午都極爲朦朧的昏幽之中，簡直難以分辨，他根本說不上那兒是個女人還是個影子。也許，在他的人生旅途上，常有這麼一個幽靈，從他的思想裡溜出來糾纏他吧。

他向前邁了一步，發現了紅字。

「海絲特！海絲特．白蘭！」他說。「是你嗎？你是活人嗎？」

「豈止如此！」她回答說。「我已經這樣生活了七年了！而你呢，亞瑟．丁梅斯代爾，你還活著嗎？」

他倆這樣互相詢問對方肉體的實際存在，甚至懷疑自己還活著，是不足爲奇的。他們在這幽暗的樹林中如此不期而遇，簡直像是兩個幽靈，出了墳墓之後，在世上首次邂逅：他們的前世曾經關係密切，但如今，卻站在那裡打著冷顫，都讓對方給嚇壞了；似乎既不熟悉自己的狀態，又不慣於與脫離了肉體的存在爲伴。雙方都是鬼魂，但又被對方的鬼魂嚇得不知所措！他們其實也被自己嚇得不知所措；因爲這一緊急關頭，又重新勾起他們的意識，並向各自的心頭，揭示了自己的歷史和經歷，那是除去這種令人窒息的時刻，平常的人生中所從來沒有的。靈魂在逝去的瞬間鏡子中，看到了自己的模樣。亞瑟．丁梅斯代爾恰恰是心懷恐懼、周身顫抖，並且事實上，正緩慢而勉強地伸出他那死人般冰冷的手，觸摸到海絲特．白蘭發涼的手。這兩手的相握雖然冷漠，但卻驅散了相會時最陰沉的東西。他們此時至少感到雙方是同一天地中的居民了。

他倆沒再多說，哪一個也沒有引路，只是憑著一種默契，便一起退到海絲特剛才走出的樹蔭中，雙雙坐在她和珠兒坐過的那堆青苔上。他們好不容易才開口講話，起初只是像兩個熟人那樣搭訕兩句，說說天空陰沉，就要有暴風雨了，後來便談到各自的健康情況。他們就這樣談下去，小心翼翼地，一步一步地，扯到深深埋藏在心底的話題。由於命運和環境這多年來將他們相互隔絕，他們就需要些輕鬆的閑談來開頭，然後再敞開交談的大門，把他們的眞實思想領進門限。

過了一會兒，牧師的目光緊緊盯住海絲特．白蘭的眼睛。

「海絲特，」他說，「你得到平靜了嗎？」

她淒楚地笑了笑，垂下眼睛看著自己胸前。

「你呢？」她反問。

「沒有！——除了絕望再無其它！」他回答說。「作爲我這樣一個人，過著我這樣的生活，我又能指望什麼呢？如果我是個無神論者——一個喪盡良心的人——一個本性粗野的惡棍——或許我早就得到了平靜。不，我本來就不該失去它的！不過，就我的靈魂而言，無論我身上原先有什麼好品質，上帝所賜予的一切最精美的天賦，已經全都變成了精神折磨的執行者。海絲特，我實在太痛苦了。」

「人們都尊重你，」海絲特說。「而且說實在的，你在他們之間確實做著好事！這一點難道還不能給你帶來慰藉嗎？」

「益發痛苦，海絲特！——只能是益發痛苦！」牧師苦笑著回答說。「至於我表面上做的那些好事，我也毫無信念可言。那不過是一種幻覺罷了。像我這樣一個靈魂已經毀滅的人，又能爲拯救他人的靈魂做出什麼有效之舉呢？——或者說，一個褻瀆的靈魂，能夠淨化他人嗎？至於別人對我的尊重，我寧願統統變成輕蔑與憤懣！我不得不站在佈道壇上，迎著那麼多仰望著我的面孔的眼睛，似乎我臉上在發散天國之光！我不得不看著我那群渴望眞理的羔羊聆聽我的話語，像是一隻『火焰的舌頭』在講話！可是我再向自己的內心一看，卻辨出了他們所崇拜的東西中醜陋的眞相！海絲特，你能認爲這是一種慰藉嗎？我曾在內心的極度辛酸悲苦之中，放聲嘲笑我的表裡不一！撒旦也是這樣嘲笑的！」

「你在這一點上冤枉了自己，」海絲特溫和地說。「你已經深刻而痛徹地悔過了。你的罪過早已在逝去的歲月中，被你拋棄在身後了。說實在的，你目前的生活，並不比人們心目中神聖的你差什麼。你這樣大做好事來彌補和證實你的悔過，難道還不是眞心誠意、實實在在的嗎？爲什麼還不能給你帶來平靜呢？」

「不成，海絲特，不成啊！」牧師應道。「其中並沒有實實在在的東西！那是冰冷與死寂的，對我毫無用處！懺悔嘛，我已經做得夠多了！可是悔過呢，還一點也沒有！不然的話，我早就該拋掉這貌似神聖的道袍，像人們在最後審判席上看到我的那樣，袒露給他們看了。你是有幸的，海絲特，因爲你能把紅字公開地戴在胸前！但我的紅字卻在秘密地灼燒！你簡直想像不出，在經過七年之久的欺騙折磨之後，看到一雙眼睛能夠認清我是什麼貨色，我的內心有多麼輕鬆！假如我有一個朋友——或者說，哪怕他是我最惡毒的敵人！——能夠讓我在受到別人讚揚得難過的時候，隨時到他那兒去一下，讓他知道我是一切罪人中最可恥的，我想，這樣我的靈魂，或許還可得以生存。只消這小小的一點眞誠就可以挽救我！可是，如今呢，一切全是虛僞！——全是空虛！——全是死亡！」

海絲特．白蘭凝視著他的臉孔，遲遲沒有開口。不過，他如此激烈地說出長期壓抑的情感，這番話倒給了她一個機會，正好藉以說出她來此想談的事。她克服了內心的畏懼，終於啓齒了。

「像你此時所希望有的那樣一個朋友，」她說，「以便可以哭訴一下你的罪過，不是已經有了我嘛——我是你的同案犯啊！」——她又遲疑了，但還是咬了咬牙，把話說了出來。——「你也早就有了那樣一個敵人，你還和他同住在一所房子裡呢！」

牧師猛地站起身來，大口喘著粗氣，緊緊抓住胸口，像是要把心樞出來。

「啊！你說什麼？」他叫道。「一個敵人！而且跟我住在一起！你是什麼意思？」

海絲特．白蘭如今才充分意識到，這個不幸的男人所受的傷害有多深，她對此是有責任的，她不該允許那個一心抱著惡毒動機的人，在他身邊擺布他這麼些年，其實，即使只是一瞬間也是不該的。那個心懷叵測的人，不管蒙上什麼面具來遮掩，僅僅接近一下像亞瑟．丁梅斯代爾那樣敏感的人，就足以擾亂他的方寸了。有一段時間，海絲特沒怎麼動腦筋考慮這一點；也許是因爲她自己痛不欲生，而把他的厄運看得比較容易忍受，也就沒去過問他。但自從他那天晚上夜遊以來，最近她對他的全部同情，都變得又溫柔又有力了。如今，她對他的心看得更準了。她毫不懷疑，羅傑．齊靈渥斯沒日沒夜地守在他身邊，他那不可告人的險惡用心，毒化了他周圍的氣氛，他那醫生的身分對牧師的身心瘋疾具有權威性的影響——這一切都構成了達到殘酷目的的可乘之機。凡此種種，使那個受苦人的良心，始終處於一種煩躁狀態，長此以往，不但不會以有益健康的痛苦治癒他，反而會紊亂和腐蝕他的精神生命。其結果，他在世間難以不弄得精神錯亂，之後，則與「眞」和「善」永遠絕緣，其現世的表現就是瘋狂。

這就是她帶給那個男人的毀滅，而那個男人正是她一度——唉，我們何必不直說呢？——而且至今仍滿懷激情地愛戀著的！海絲特覺得，正如她最近對羅傑·齊靈渥斯所說，犧牲掉牧師的好名聲，甚至讓他死掉，都比她原先所選擇的途徑要強得多。如今，與其把這極其嚴重的錯誤坦白出來，她寧可高高興興地躺在這林中落葉之上，死在亞瑟·丁梅斯代爾的腳旁。

「啊，亞瑟，」她叫道，「原諒我吧！不管我有什麼不好，我可一直想努力作一個誠實的人！誠實是我可以僅守的美德，而且不管有什麼艱難險阻，我也確實牢牢守住了這一美德；只有一條例外，那就是當你的利益、你的生命、你的名譽受到挑戰的時候！只有在這種時候，我才同意採取欺騙的手段。但說謊永遠不能算是好事，哪怕退路是死亡的威脅！你難道還不明白我要說的話嗎？那個老人！——那個醫生——就是人們叫他羅傑·齊靈渥斯的那個人！——他是我過去的丈夫！」

牧師以他激情的全部衝動，看了她一會兒，這種激情，以各種形態同他那比較高尙、比較純潔、比較溫柔的品德混雜在一起，事實上是惡魔在他身上所占領的陣地，並藉以戰勝其它的那部分。海絲特還從來沒見過這麼陰暗、這麼凶猛的臉色。在那蹙額皺眉的剎那間，那可眞是一種陰森的變臉。但他本人已經給折磨得十分虛弱，即使這種較低劣的表現，也只能是轉瞬即逝的掙扎。他一屁股坐在地上，把臉埋在雙手之中。

「我早就該明白了，」他訥訥地說。「我其實早就知道了！從我第一眼看到他起，直到後來每次見到他，我的心都會退縮，這難道不是向我洩露了秘密嗎？我怎麼還沒明白呢？噢，海絲特·白蘭，你簡直，你根本不懂這件事有多可怕！有多無恥！有多粗鄙！竟然把一顆病弱和犯罪的心，暴露給幸災樂禍地盯視著的眼睛，醜得有多可怕啊！女人啊，女人啊，你要對此負責的！我不能原諒你！」

「你應當原諒我！」海絲特一邊叫著，一邊撲倒在落葉上，躺在他身邊。「讓上帝來懲罰吧！你得原諒我！」

她懷著突然和絕望的柔情，猛地伸出兩臂摟住了他，並且把他的頭靠在她胸前：她沒有顧及這樣一來，他的面頰恰好貼在那紅字上。他本想抽身出來，但是動彈不得。海絲特不肯放鬆他，以免看見他盯望著她臉孔的那種嚴厲表情。整整七年，全世界都曾經對她，對她這孤苦無依的女人，皺起眉頭，但她還是挺過來了，從來沒有一次掉轉開她那堅定而傷心的目光。上天也同樣向她皺眉，但她活了過來。然而，這個蒼白虛弱、負罪而傷透心的男人的皺眉，卻是海絲特所忍受不了，會讓她死掉的！

「你還得原諒我！」她一遍又一遍地重覆著。「你別皺眉好嗎？你肯原諒我嗎？」

「我一定原諒你，海絲特，」牧師終於回答了，同時深深地嘆了一口氣，那是發自悲傷而非氣憤的深淵。「我現在就原諒你，願上帝饒恕我們倆吧！海絲特，我們並不是世上最壞的罪人。還有一個人，甚至比受到玷污的教士還要壞！那老人的復仇，比我的罪過更見不得人。他陰險地凌辱一顆神聖不可侵犯的心靈。你和我，海絲特，從沒幹過這種事！」

「從來沒有，從來沒有！」她悄聲說。「我們所作所爲的本身是一種神聖的貢獻，我們是這樣看的！我們在一起說過的！你忘了嗎？」

「噓，海絲特！」亞瑟．丁梅斯代爾說著，從地上站起身來。「沒有，我沒忘！」

他倆重新坐下，肩併著肩，就這樣坐在長滿青苔的倒下的樹幹上。這是生命賦予他們的最陰鬱的時刻；這是生命旅途早就引導他們走來的地方，而且在他們的不知不覺之中，越走越黑暗；然而，此時此地卻包含著一種魅力，叫他們流連忘返，期望著能夠再停留一會兒，再停留一會兒，終歸仍是再停留一會兒。四下的森林朦朧一片，一陣風吹過，響起劈啪之聲。粗大的樹枝在他們的頭上沉重地搖晃，一棵肅穆的老樹對另一棵樹悲聲低吟，彷彿在傾訴樹下坐著的這一對人兒傷心的故事，或是在不得不預告那行將到來的邪惡。

然而，他們仍然不肯回去。那通往居民區的林中小路，看來有多麼沉悶，一回到那居民區，海絲特．白蘭就得重新負起她那恥辱的重荷，而牧師則要再次戴上他那好名聲的空虛的面具！因此他們就又多待了一會兒。金色的光輝，從來沒有像在這黑樹林的幽暗中這麼可貴。在這裡，紅字只有他一個人的眼睛能夠看見，也就不必燒進那墮落的女人的胸膛中去了！在這裡，對上帝和人類都虛僞的亞瑟．丁梅斯代爾也只有她一人的眼睛能夠看見，也就在這片刻之間變得誠實了！他爲突然閃現的一個念頭而驚跳起來。

「海絲特，」他叫道，「如今又有了一種新的可怕之處！羅傑．齊靈渥斯既然知道了你有意要揭示他的眞實身分，那麼，他還肯繼續保持我們的秘密嗎？今後，他又將採取什麼途徑來復仇呢？」

「他生性喜歡詭秘從事，」海絲特沉思著回答說；「而且這一秉性，已經隨著他悄悄行使他的復仇計劃而益發牢固了。我認爲他大概不會洩露這個秘密，他肯定會謀求另外的手段，來滿足他那不可告人的感情。」

「可是我啊！——和這樣一個死對頭呼吸同一處的空氣，我又怎麼能夠活得長久呢？」亞瑟．丁梅斯代爾驚呼著，心裡一沉，神經質地用手去捂住心口——他的這種姿勢，已經變得不由自主了。「爲我想一想吧，海絲特！你是堅強的，替我想個辦法吧！」

「你不能繼續跟他住在一起了，」海絲特說，語氣緩慢而堅定。「你的心再也不能處於他那雙邪惡眼睛的監視之下了！」

「這可比死還要糟糕得多！」牧師應道。「但是怎麼來避免呢？我還有什麼選擇呢？你剛才告訴我他是什麼人時，我就一屁股坐在了這些枯葉上，可是我還要倒在這裡嗎？我應該沉淪於此，並且馬上死掉嗎？」

「天啊！你已經給毀成什麼樣子啦！」海絲特說著，淚水湧進了她的眼睛。「你難道就因爲軟弱而要死嗎？此外再沒有別的原因了！」

「上帝的裁判正落在我身上，」那位受到良心震撼的牧師回答說。「那力量太強大，我掙扎不動了！」

「上帝會顯示仁慈的，」海絲特接口說，「只要你有力氣來接受就成。」

「你幫我振作吧！」他回答說。「給我出個主意該怎麼辦。」

「你說，這世界是這麼狹小嗎？」海絲特．白蘭一邊高聲說著，一邊用她那深沉的目光注視著牧師的眼睛，她的目光本能地有一種磁石般的效力，作用在那渙散消沉得簡直無法撐持自己的精神之上。「難道整個天地，就只在那邊那小鎮的範圍之內嗎？只在不久之前，那裡還是一片撒滿落葉的荒野，和我們現在待的這地方差不多淒涼。那林中小徑是通往何處的呢？你會說，是返回居民區的！不錯；但是還可以再往前走啊。它越往深處去，就更深深地通向蠻荒野地，每走一步，人們就會越看不清它，直到再走不多久，枯黃的落葉上，便不見白人的足跡了。到那裡，你就自由了！只消走這短短的一程路，就可以把你從使你萬分苦惱的世界，帶到你仍可享受幸福的地方！在這無邊無際的大森林裡，難道還沒有一處樹蔭足以將你的心隱藏起來，不讓羅傑．齊靈渥斯監視嗎？」

「是有的，海絲特；不過只是在這些落葉之下！」牧師苦笑著回答說。

「何況還有海上的寬闊航道！」海絲特繼續說。「是它把你帶到了這裡。只要你願意，它還可以把你再送回去。在我們的祖國，不管是在偏僻的農村，還是在大城市倫敦——或者，當然還有德國、法國、以及令人愉快的義大利——你都會超出他努力所及，並且不爲他所知曉！到那時，你與這些鐵石心腸的人們，還有他們的看法，又有什麼關係呢？他們已經盡其所能把你禁錮這麼久了！」

「那可不成！」牧師回答，聽他那口氣，就像是要他去實現一場夢。「我根本沒力氣去。像我這樣一個悲慘的罪人，只有一個念頭，就是在上天已經安排給我的地域裡了此殘生。既然我已經失去了自己的靈魂，我只有繼續盡我所能，來拯救別的靈魂！雖說我是個不忠於職守的哨兵，等到這種沉悶的守望終了的時候，我所能得到的報酬，只能是不光彩的死亡，但我仍不敢擅離崗位！」

「你已經給這長達七年的不幸重荷壓垮了，」海絲特應著，熱心地用自己的精力給他鼓舞。「但是你應該把這一切都拋在身後！當你沿著林中小徑走去時，你不該讓它拖累你的腳步，如果你想跨海東歸，你也不該把它帶到船上。把你遭受到的一切損害，都留在發生地吧。不要再去理睬它！一切從頭開始！這次嘗試失敗了，你就不可能再幹了嗎？不是這樣的！未來還是充滿嘗試和成功的。還有幸福待你去享有！還有好事要你去做！把你虛僞的生活變成眞實的生活吧。如果你的精神召喚你去從事這一使命，就到紅印第安人中間去作牧師使徒吧。或者——也許更符合你的秉性——在有教養的世界的那些最聰明和最著名的人們中間，去作一名學者和聖哲吧。你可以去佈道！去寫作！去有一番作爲！你可以做任何事情，只要不躺下死掉！放棄亞瑟．丁梅斯代爾這個姓名，給你自己另起一個，換一個更高貴的，好使你在那姓名下，不會感到恐懼和恥辱。你何必還要一天天陷在蠶食著你生命的痛苦之中！——它已經削弱了你的意志和行動！——它已經折磨你甚至無力去悔改了！挺身起來，離開這裡吧！」

「噢，海絲特！」亞瑟．丁梅斯代爾喊道，她的熱情在他的眼中燃起一道閃光，亮了一下就又熄滅了，「你是在鼓勵一個兩膝發抖的人去賽跑！我身上已經沒有力量和勇氣獨自到那廣袤、陌生和困難的天地去闖蕩了！」

這是一顆破碎的心完全沮喪的最後表示。他沒有力氣去抓住那似是唾手可得的幸福。

他又重複了一遍那個字眼。

「獨自一人啊，海絲特！」

「不會叫你獨自一人前往的！」她深沉地悄聲回答說。

這樣，話就全講明了！

18 一片陽光

亞瑟·丁梅斯代爾凝視著海絲特的臉孔，他的神情中確實閃爍著希望和欣喜，但其中也夾雜著畏縮，以及對她的膽識的一種驚懼，因爲，她說出了他隱約地暗示而沒敢說出的話。

但是，海絲特·白蘭天生具有勇敢和挑戰的氣質，加之這多年來不僅被人視如陌客，而且爲社會所摒棄，所以就形成了那樣一種思考問題的高度，對牧師來說，簡直難以企及。她一直漫無目標地在道德的荒野中徘徊；那荒野同這荒林一樣廣漠、一樣錯綜、一樣陰森，而他倆如今正在這幽暗的林中，進行決定他們命運的會談。她的智慧和心靈，在這裡適得其所，她在荒漠之處自由漫遊，正如野蠻的印第安人以林爲家。在過去這些年中，她以陌生人的目光看待人類的風俗制度，以及由教士和立法者所建立的一切；她幾乎和印第安人一樣，以不屑的態度批評牧師的絲帶、法官的黑袍、頸手枷、絞刑架、家庭或教會。她命運發展的趨向，始終是放縱她自由的。紅字則是她進入其他婦女不敢涉足的禁區的通行證。恥辱，絕望，孤寂！——這些就是她的教師，而且是一些嚴格粗野的教師，他們既使她堅強，也教會她出岔子。

而在牧師那一方面，卻從來沒有過一種經歷，會引導他跨越雷池一步：雖說只有一例，他曾經那麼可怕地冒犯了其中最爲神聖的戒條。但那只是情感衝動造成的罪過，並非原則上的對抗，甚至不是故意而爲。從那倒楣的時日起，他一直以病態的熱情，小心翼翼地監視著自己的，不是他的行爲——因爲這很容易調整——而是他的每一絲情緒和每一個念頭。當年，牧師們是身居社會首位的，因此他只能更受戒律、原則甚至偏見的束縛。身爲牧師，他的等級觀必然也會限制他。作爲一個一度犯罪、但又因未癒的傷口的不斷刺激而良心未泯並備受折磨的人，他或許會認爲，比起他從未有過罪孽，反倒在道德上更加保險。

這樣，我們似乎就明白了：就海絲特．白蘭而言，這備受摒棄和恥辱的整整七年時間，只不過是爲此時此刻做好準備而已。但亞瑟．丁梅斯代爾可不同！倘使像他這樣一個人再次墮落的話，還能爲減輕罪行作何辯白呢？沒有了；除非可以勉強說什麼：他被長期的劇烈痛苦壓垮了；他的頭腦已經被自責折磨得陰暗和混亂了；他要嘛承認是一名罪犯而逃走，要嘛繼續充當一名僞君子而留下，但他的良心已難以從中取得平衡；爲了避免死亡和恥辱的危險，以及一個敵人莫測的詭計，出走原是合乎情理的；最後，還可以說，這個可憐的朝聖者，在他淒涼的旅途中，倍感昏迷、病痛和悲慘的折磨，卻瞥見一道充滿仁愛和同情的閃光，其中有嶄新和眞實的生活，可以取代他目前正在贖罪的沉重的命運。如果把那嚴酷而傷感的眞理說出來，那就是：罪孽一旦在人的靈魂中造成一個罅隙，今世便萬難彌合。當然，你盡可以用心守望，以防敵人再度闖進禁地，甚至還可以預防他在隨後的襲擊中選擇另一條比他原來成功的突破口更好的途徑。但是，那斷壁頹垣仍然存在，敵人就在附近暗中移動，試圖再次獲得難忘的勝利。

如果這是一場激爭，那就無需描述，只消一句話就足夠了：牧師決心出走，但不是一個人。

「在這過去的七個年頭中，」他想著，「如果我還能回憶起有過瞬間的寧靜或希望，我也會看在上天仁慈的誠意上忍受下去。可是如今，我既已命中注定無法挽回，又何必不去捕捉已經定罪的犯人臨刑前所能得到的那點慰藉呢？或者說，像海絲特規勸我的那樣，如果這是一條通往美好生活的途徑，我踏上它，肯定不是捨棄什麼光明的前程！何況，沒有她的陪伴，我再也活不下去了；她對我的支撐是肌樣有力，她對我的撫慰是那麼溫柔！啊！我不敢抬眼仰望的天神啊，你還肯再饒恕我吧！」

「你就走吧！」海絲特說。當他迎到她的目光時，她是那麼安詳。

這決定一旦做出之後，一股欣喜異常的色彩，便將其跳動的光輝，投射到他胸中的煩惱之上。這種振奮人心的決定，對於一個剛剛逃脫自己心靈禁錮的囚犯來說，有如踏上一片未受基督教化的、尚無法律管理的荒土，讓他呼吸到那曠野的自由空氣。他的精神就此一下升騰起來，比起被悲慘心境壓得匍匐在地時，更近地看到了天空的景色。他是一個深具宗教氣質的人，因此他的情緒上，便必然會染上虔敬的色調。

「我重新嘗到喜悅了嗎？」他對自己詫異地叫道。「我還以爲喜悅的胚胎已經在我心中死掉了呢！噢，海絲特，你可眞是我的好天使呢！我似乎已經把我這個疾病纏身、罪孽玷污和憂愁滿腹的人，拋到了這林中落葉之上，再站起來時已經脫胎換骨，周身充滿新生的力量，來爲仁慈的上帝增光！如今，我這條生命已經好得多了！我們怎麼沒有早點想到這一步呢？」

「咱們不要回頭看了，」海絲特．白蘭回答說。「過去的已經一去不復返了！現在，我們又何必去留戀呢？瞧！我取下這個標誌，也就同時取下了與此相關的一切，就像從來沒發生過這件事一樣！」

她一邊這樣說著，一邊解開別著紅字的胸針，從胸前取下紅字，遠遠地拋到枯葉之中。那神秘的標誌，落在離小溪不遠的地方，只消再飛過幾指寬的距離，紅字就會落進水裡，那樣的話，小溪除了連續不斷地喃喃訴說著莫測的故事之外，又要載著另一段哀怨流淌了。但那個刺繡的紅字落在岸邊，像一顆遺失的珠寶似的閃閃發光，某個倒楣的流浪者可能會把它撿起來，從此便會被神秘的罪惡幽靈、沉淪的心靈和難言的不幸所縈繞了。

海絲特除掉那恥辱的標誌之後，深深長嘆一聲，她的精神就此解脫了恥辱和苦悶的重荷，輕鬆得簡直飄然欲仙了！她如今感到了自由，才明白那重荷的份量！隨著另一次衝動，她摘下了那頂束髮的正正經經的帽子；滿頭烏黑濃密的秀髮，立刻飄灑在肩頭，厚實之中顯出光影婆娑，爲她的容貌平添了柔和之美。她的嘴角和眼波中，散發出溫柔的嫣然笑意，似是湧自她女性的心頭。長期以來十分蒼白的面頰，也泛起紅潮。她的女性，她的青春，和她各方面的美，都從所謂的無可挽回的過去中恢復了，伴隨而來的，是她少女時期的希望和一種前所不知的幸福，都在此時此刻的魔圈中蒼萃一堂。而且，那種天昏地暗，似乎是這兩個人心中流洩出來的，此時，也隨著他們憂傷的消逝而消散了。突然之間，天空似乎一下子綻出微笑，立時陽光四射，將燦爛的光芒灑向朦朧的樹林，使每一片綠葉都興高采烈，把所有枯黃的落葉染成金黃，連肅穆樹木的灰色樹幹也閃出亮光。原先造成陰影的東西，如今也成了發光體。小溪的河道，也愉快地戴鄰閃光，溯源而上可以直抵樹林的那神秘心臟，此時也已成爲一種歡樂的神秘。

這就是大自然——從未被人類法律管制過的、也從未被更高的眞理照射過的蠻荒的、異端的、森林中的大自然——對這兩個人精神的祝福所表示的同情！無論是新誕生的、抑或是從昏死般沉睡中醒來的愛情，總要產生一種陽光，將內心充滿，並洋溢而出，噴薄到外界。此時，即使林中仍然幽暗如故，在海絲特的眼中，在亞瑟．丁梅斯代爾的眼中，也仍然會是光芒四射的！

海絲特望著他，心頭又是一陣喜悅的震顫。

「你應該認識一下珠兒！」她說。「我們的小珠兒！你已經見過她了——是啊，我知道的！——但現在你要用另一副目光來見她。她是一個怪孩子！我簡直不理解她！但你會像我一樣親親熱熱地愛她，還要給我出出主意怎麼對付她。」

「你看孩子會高興認識我嗎？」牧師有點不安地問。「我躲著小孩子已有好長時間了，因爲他們常常對我表示不信任——一種迴避和我親近的態度。我甚至一直害怕小珠兒！」

「唉，那可太讓人難過了！」做母親的回答說。「但是她會親親熱熱地愛你的，你也會一樣愛她的。她就在不遠的地方，我來叫叫她！珠兒！珠兒！」

「我看見孩子了，」牧師說。「她就在那邊，站在一道陽光下，離這兒還有一段路，在小溪的對岸。你認爲這孩子會愛我？」

海絲特莞爾一笑，又叫了一聲珠兒，這時可以看見她了，就在一段距離之外，正如牧師所說，她站在透過樹穹照到她身上的一道陽光之中，像是個披了一層燦爛衣裝的幻影。那陽光來回抖動，使得她的身影忽明忽暗——一會兒像是個活生生的孩子，一會兒又像是孩子的精靈 隨著陽光去而復返。她聽到了她母親的呼喚，慢慢穿過樹林走了過來。

她母親坐在那兒和牧師談話的時候，珠兒並不覺得時間過得無聊。那座陰森森的大樹林——對那些把世間的罪孽和煩惱都裝進胸扉的人們來說，雖然顯得那麼嚴厲，但卻成了那孤獨幼兒的玩伴，而且懂得怎麼陪著她玩。大森林儘管陰沉憂鬱，卻露出最親切的心情來歡迎她。向她提供了紅樹漿果，那是去年秋天長出、今年春天才成熟的，此時紅得像珠珠血滴，襯在枯葉上。珠兒採集了這些漿果，很喜歡那種野果的滋味。那些野生的小動物，都不肯從她的小徑上走開。一隻身後隨著十隻雛鳥的雌鷓鴣，確曾衝上前來威嚇她，但很快就後悔那麼凶，還咯咯叫著她的孩子不必害怕。一隻獨棲在低枝上的野鴿，在珠兒來到樹下時沒有飛開，只是發出一聲既像問候又像驚訝的叫聲。一隻松鼠從它作巢的高樹的密葉中嘰嘰咕咕，不知是生氣還是高興——因爲松鼠本是愛發怒又逗人愛的小傢伙，它的脾氣實在讓人捉摸不定——它邊向那孩子嘰嘰咕咕，還扔下一顆堅果在她的頭上。那是一顆去年結下的堅果，已經被它的利齒咬嚙過了。一隻狐狸被她踏在落葉上的輕輕腳步聲所驚醒，探頭探腦地望著珠兒，似乎拿不定主意，是悄悄溜走，還是待在原地繼續它的瞌睡。據說——故事敘述到這裡確實有些荒唐了——還有一隻狼走上前來，嗅了嗅珠兒的衣服，還把它那野獸的頭仰起來讓她拍拍。不過，實情大概是：那森林母親及其養育的這些野獸，全都在這人類的孩子身上，辨出了一種親切的野味。

而她在這林中，也要比在居民區兩邊鋪了草的街道上，或是她母親的茅屋中，顯得溫和些。花朵像是明白這一點；在她經過時，就會有那麼一、兩朵悄聲低語：「用我來打扮打扮你自己吧，你這漂亮的孩子，用我來打扮打扮你自己吧！」——而為了讓它們高興，珠兒也就摘了幾朵紫羅蘭、銀蓮花和夢幻草，以及一些從老樹上垂到她眼前的翠綠的嫩枝。她用這些花枝編成花環，戴在頭髮上，纏在腰枝間，於是便成了一個小仙子，或是林中小仙女，或是同古老樹林最為親密無間的什麼精靈。珠兒把自己這樣打扮好了，便聽到她母親的呼喚，慢慢地往回走去。

她走得很慢；因為，她看到牧師了。

19 溪邊的孩子

「你會十分喜愛她的，」海絲特．白蘭又說了一遍。這時，她和牧師正坐在那裡瞅著小珠兒。「你難道不認爲她很美嗎？你看，她天生有多大的本事，用那些普通的花朵來裝扮自己啊！就算她能在林中採到珍珠、鑽石和紅寶石，也不會把自己打扮得比這更漂亮了。她是一個十分出色的孩子！但我知道她的額頭長得像誰！」

「你知道，海絲特，」亞瑟．丁梅斯代爾帶著不安的微笑說，「這個總是在你身邊蹦蹦跳跳的可愛的孩子，曾經多次引起我心驚肉跳嗎？我認爲——噢，海絲特，這是個什麼樣的念頭，而且產生這種顧慮，又是多麼可怕啊！——我自己的一部分面容，重現在她的臉上，而且那麼酷似，我眞怕人們會認出來！不過，她主要還是像你！」

「不，不！不是主要像我！」做母親的露出溫柔的微笑回答說。「過不多久，你就不必擔心人們會追究她是誰的孩子了。她頭髮上戴著那些野花，顯得她的模樣漂亮得多麼不平凡啊！彷彿有個被我們留在我們親愛的老英格蘭的仙子，把自己打扮好，跑來迎接我們了。」

他倆坐在那裡，正是懷著一種他們誰也沒有體驗過的感情，來注視著珠兒慢慢走來。在她身上能夠看出把他倆聯繫在一起的紐帶。過去這七年裡，她作爲如同有生命的象形文字，被奉獻給人類社會，在她身上，揭示了他們竭力要隱藏的秘密，要是有一位先知或法師有本領破解這個火焰般的文字的話，就會懂得一切全都寫在這個象徵之中，一切全都顯示得明明白白！而珠兒就是他倆生命的合而爲一。不管以往的邪惡可能是什麼，當他們一起看到，由他們交會並將永在一起共存的肉體結晶和精神概念時，他們怎麼可能會懷疑，他們在凡世的生命和未來的命運，已經密不可分呢？像這樣的想法，以及其它一些他們沒有承認或尚未定形的可能的想法，當那孩子向前走著的時候，在她身上投射出一種使人敬畏的色彩。

「你跟她搭話的時候，別讓她看出什麼不同尋常的地方，既不要太熱情，也不要太急切，」海絲特輕聲說。「我們的珠兒，有時候是個讓人捉摸不定的小精靈，尤其是在她還不大明白緣由的時候，很難接受別人的激情。不過，這孩子有著強烈的愛！她愛我，而且也會愛你的！」

「你難以想像，」牧師說著，偏過頭來瞥了一眼海絲特·白蘭，「我又害怕這次見面，又盼著這次見面的那種心理！不過，說實話，就像我剛才跟你說的，孩子們是不大樂於和我親近的。他們不會爬上我的膝頭，不肯和我說悄悄話，也不願回報我的微笑，而只是遠遠地站著，奇怪地打量著我。連小小的嬰兒都一樣，我把他們抱在懷裡時，他們就使勁地哭。但珠兒長這麼大，竟有兩次對我特別好！頭一次——你知道得很清楚！第二次就是你領她到板著臉孔的老總督的那所房子裡去的時候。」

「那次你大膽地爲了她和我進行了申辯！」做母親的回答。「我記得清清楚楚，小珠兒也會記得的。別怕！她開頭也許會認生、害躁，但很快就會愛起你來的！」

這時，珠兒已經來到小溪對岸，站在那兒不出聲地瞅著海絲特和牧師，他倆依舊並肩坐在長滿青苔的樹幹上，等著見她。就在她停下腳步的地方，小溪恰好聚成一個池塘，水面平靜而光滑，把珠兒那小小的身影，完滿地映現出來：她腰纏嫩枝編的花帶，使她的美貌絢麗如畫，比本人還要精美，更像仙女。那映像幾乎與眞的珠兒分毫不差，似乎將其自身某種陰影般莫測的品性，傳遞給孩子本人了。

奇妙的是，珠兒站在那裡，不眨眼珠地透過林中的幽暗盯視著他們；與此同時，她全身都沐浴在彷彿是被某種感應吸引到她身上的一道陽光中。在她腳下的小溪中，站著另一個孩子——是另外一個，但又一模一樣——身上同樣灑滿陽光。海絲特模糊而心痛地感到，她自己好像和珠兒變得陌生起來；好像那孩子獨自在森林中遊蕩時，走出了她和她母親同居的範圍，如今正在徒勞地想回來。

這種印象，有正確的一面，也有錯誤的一面；孩子和母親是變得生疏了，但那要歸咎於海絲特，而不是珠兒。自從孩子從她身邊走開，另外一個親人來到了母親的感情圈內，從而改變了他們三人的位置，以致珠兒這個歸來的流浪兒，找不到她一向的位置，幾乎不知自己身在何方了。

「我有一種奇怪的幻想，」敏感的牧師說，「這條小溪，是兩個世界之間的分界線，你永遠不會再和珠兒相會了。要不，說不定她是個小精靈，像我們兒時的童話所教的，她是不准渡過流淌的溪流的吧？盛謂你趕快催催她；這麼耽擱著，已經把我的神經弄得顫抖起來了。」

「過來，乖寶貝兒！」海絲特給孩子鼓勵說，同時伸出了雙臂。「你走得太慢慢騰騰了！你什麼時候像現在這樣懶洋洋過？這兒有我的一個朋友，他也該是你的朋友。從今以後，你就不只有你媽媽一個人的愛了，你要得到雙倍的愛的！跳過小溪，到我們這兒來。你不是可以像一頭小鹿一樣地跳嗎？」

珠兒對這些甜蜜的話語不理不睬，仍然待在小溪的對岸。此時，她那一對明亮而狂野的眸子，時而盯著她母親，時而盯著牧師，時而同時盯住他們兩個；彷彿要想弄清並給自己解釋他們兩人之間的關係。出於某種難以名狀的原因，亞瑟·丁梅斯代爾，感到孩子的目光落在他身上時，他的手以習慣成自然的姿勢，悄悄捂到了心口上。最後，珠兒作出一副獨特的不容置辯的神情，伸出她小小的食指，顯然是指著她母親的胸部。在她腳下，映在鏡面般的溪水中的那個戴著花環、浴滿陽光的小珠兒的影像，也指著她的小小的食指。

「你這個怪孩子，為什麼不到我身邊來呢？」海絲特叫道。

珠兒依舊用她的食指指點著；眉間漸漸皺起；由於這姿態表情來自一個滿臉稚氣、甚至像嬰兒般臉孔的孩子，就給人印象尤深。而由於她母親仍在不斷呼喚她，而且臉上堆滿非比尋常的笑容，那孩子便以更加專橫的神情和姿態使勁跺著兩腳。同樣，在小溪中那個美得出奇的形象，也映出了皺著的眉頭、伸出的手指和專橫的姿態，爲小珠兒的模樣平添了效果。

「快點，珠兒；要不我可要生氣了！」海絲特．白蘭嚷道。她平時儘管已經熟悉了這小精靈似的孩子的這種舉止，但此時，自然巴不得她能表現得更懂規矩些。「跳過小溪來，頑皮的孩子，跑過來！要不我就過去了！」

珠兒剛才對她母親的請求無動於衷，此時母親的嚇唬也毫不驚惶；卻突然大發脾氣，做出激烈的姿態，把她小小的身軀弄得七扭八歪。她一邊這樣狂暴地扭動著，一邊厲聲尖叫，震得四下的樹木一起回響；因此，雖說她只是獨自一人毫無道理地大發小孩脾氣，卻像是有群不露面的人，在同情地給她助威。此時，在小溪中，又一次看到珠兒惱怒的身影：頭戴花冠，腰纏花帶，腳下使勁地跺著，身子狂暴地扭著，同時那小小的食指，也始終指著海絲特的胸口！

「我明白這孩子是怎麼回事了，」海絲特對牧師低聲說著，由於強按心中的憂煩，而變得面色蒼白。「孩子們對於每日在眼前司空見慣的東西容不得有絲毫改變。珠兒是看不見我不離身地佩戴的東西了！」

「我懇求你了，」牧師回答說，「如果你有什麼辦法能讓這孩子安靜下來，趕緊拿出來吧！除了像西賓斯太太那樣的老妖婆發瘋式的憤怒，」他強笑著補充說，「再沒有比看到這孩子發脾氣更讓人不情願的了。在年幼、美麗的珠兒身上，和那滿臉皺紋的老妖婆一樣，準有一種超自然的力量。要是你愛我，就讓她安靜下來吧！」

海絲特又轉向珠兒，這時她臉上泛起紅潮，故意斜睨了牧師一眼，然後重重地嘆了口氣；但她還沒來得及開口，紅潮就褪成死一般的蒼白了。

「珠兒，」她傷心地說，「往你腳下瞧！就在那兒！——在你跟前！——在小溪的這邊岸上！」那孩子的目光，轉向指給她看的地方；紅字就躺在那裡，緊靠著岸邊，金絲刺繡還在溪中反著光。

「把它撿回來！」海絲特說。

「你過來拾吧！」珠兒回答道。

「哪有這樣的孩子！」海絲特回頭對牧師評論著。「噢，我有好多她的事要告訴你呢！不過，的的確確，她對這可恨的標記的看法是沒錯的。我還得再忍受一下這折磨人的玩意兒，——也就是幾天吧——到那時，我們就已經離開這塊地方，再回頭看看，就只是一塊我們曾經夢想過的土地了。這片森林還藏不住它！但汪洋大海可以從我手中把它取走，並且永遠把它吞沒！」

她一邊這樣說著，一邊走到小溪邊上，把紅字撿起來，重新釘到胸前。僅僅片刻之前，海絲特還滿懷希望地談到，要把紅字沉進深深的海底，但當她從命運之神的手中，重新接過這死一般的象徵時，就感到一種難以避免的陰沉籠罩著她。她已經把它拋進了無限的空間！——她曾經吸進了一小時的自由空氣！——可現在，那紅色的悲慘，又重新在老地方閃閃發光了！事情從來如此，一種邪惡的行爲不管有否這種表徵，從來都帶有這種厄運的品性。接著，海絲特挽起她濃密的髮絲，用帽子罩了起來。似乎在這令人哀傷的字母中，有一種枯萎的符咒，她的美麗，她那女性的豐滿和溫暖，都像落日般地離去了；一抹灰濛濛的陰影，似是落在了她的身上。

這一陰鬱的變化完成之後，她向珠兒伸出了手。

「現在你認識你媽媽了吧，孩子？」她壓著聲音責問說。「現在，你媽媽又戴上了她的恥辱，她又悲傷了，你願意走過河來，認她了吧？」

「是啊；現在我願意過去了！」孩子回答著，跳過小溪，抱住了海絲特。「現在你才眞是我媽媽了！而我也是你的小珠兒了！」

珠兒以一種她不常有的溫柔勁，往下拽著她母親的頭，親了她母親的額頭和雙頰。可是，似乎有一種必要推動著這孩子，在她偶然給人的某種安慰中，融進一陣極度的苦惱，接著，珠兒抬起她的嘴唇，也把那紅字親吻了一下。

「這可不好！」海絲特說。「你對我表示出一點點愛的時候，卻要嘲弄我！」

「牧師幹嘛坐在那兒？」珠兒問。

「他等著歡迎你呢，」她母親回答。「你過來，懇求他的祝福吧！他愛你，我的小珠兒，而且也愛你媽媽。難道你不肯愛他嗎？來啊！他可想問候你呢！」

「他愛我們嗎？」珠兒說著，目光中流露出明察秋毫的聰慧，抬起眼睛啾著她母親的臉孔。「他會跟我們手拉著手一起回去——我們三個人一起進鎮上去嗎？」

「這會兒還不成，我的乖孩子，」海絲特回答說。「但是在未來的日子裡，他會跟我們手拉手一起走的。我們會有我們的一個家和壁爐；你呢？將要坐在他的膝頭；而他會教給你許多事情，會親親熱熱地愛你。你也會愛他的；不是嗎？」

「那他還會用手捂著心口嗎？」珠兒探詢著。

「傻孩子，這算什麼問題啊！」她母親驚訝地大聲說。「過來請他祝福吧！」

但是，不知是出於一切受寵的小孩，那種似乎是本能地對危險的對手的嫉妒，還是她那種異想天開的天性又發作了出來，珠兒不肯對牧師表示絲毫好感。只是在她母親連拉帶拽之後，才總算把她領到了他跟前，可她還是往後墜著，臉上還做著怪樣，表示她的不情願；從她還是嬰兒時期起，她就會做出各色各樣的怪模樣，把她那活潑的面容，變成一系列的不同表情，每一種表情中，都帶有一種新的惡作劇。牧師給弄得既難過又尷尬，但他想，一次親吻，或許可以起到一種奇異的效果，讓孩子能把他看得親近些。抱著這樣的希望，他彎腰向前，在她的額頭上親了一下。珠兒立刻掙脫她母親拉著她的手，跑到小溪邊上，彎下身子，洗起她的額頭，直到那不受歡迎的親吻完全給洗淨，散進潺潺流逝的溪水之中。然後，她便遠遠地待在一邊，默默地望著海絲特和牧師；此時，兩個大人正在一起談著，根據他們很快要去實現的新目標和新處境，做出種種安排。

這次命運攸關的會見，此時已接近尾聲。那小小的山谷，將被遺棄在幽暗和古老的樹木之中，孤獨而寂寞地聆聽著那些樹木眾多舌頭長時間地悄聲議論著在這裡發生過的不為人知的事情。而這條憂鬱的小溪，也將在它那已經過於沉重的小小心靈中，再加上另一個神秘的故事，它將繼續潺潺向前，悄聲低語，其音調比起先前的多少世紀，絕不會有半點歡愉。

20 迷惘中的牧師

牧師先回去了。他一面在前面走著，一面回過頭來望著海絲特．白蘭和小珠兒，懷著幾分期望，想透過林中暮靄，再看看逐漸模糊的母女二人的身影或臉孔。他的生活中發生了如此巨大的變遷，他一時還無法相信是眞的。但是海絲特就在那兒，身穿灰袍，仍然站在樹幹的旁邊——那是多年前被一陣疾風吹倒的，之後年深日久就長滿了青苔，於是，他們這兩個承受著世上最沉重負擔的同命人，才得以一起坐在上面，安享那難得的一小時的休憩與慰藉。那兒還有珠兒，又輕巧地從溪邊蹦跳著回到了母親身邊她的老位置，因爲那闖來的第三者，已經離去了。這麼看來，牧師剛才並沒有昏昏睡去，並非在夢中才見到這一切的！

爲了擺脫那攪得他莫名其妙地心煩意亂的說不清、道不明的印象，他回憶並更加徹底地澄清了一下，他和海絲特爲出走所安排的計劃。他倆已經商妥，比起只在沿海一帶疏落地散布著印第安人的茅屋，或歐洲移民聚居區的新英格蘭或全美洲的荒野，舊大陸人煙稠密、城市輳集，更適合於他們隱蔽或隱居式的生活。不消說，牧師的健康狀況，極不宜於忍受森林中的艱苦條件，何況他的天賦才能、他的文化教養以及他的全部前程，也只有在文明和優雅的環境中，才能找到歸宿；地位越高，他才越有用武之地。促使他們作出這一抉擇的，還是因爲剛好有一條船停在港灣；這是那年月中時常有的一種形跡可疑的航船，雖說在深海中並非絕對地非法，卻是帶有極不負責任的性質，在海面上遊蕩的。這艘船最近從拉丁美洲北部海域開來，準備在三天之內，駛往英國的布利斯托爾。海絲特．白蘭作爲婦女慈善會的志願人員，有機會結識了船長和海員，她可以有把握爲兩個大人和一個孩子弄到艙位，而且那種環境，還提供了求之不得的一切保密要求。

牧師曾經興致勃勃地向海絲特詢問了那艘船可能啓航的準確時間。大概是從那天算起的第四天。「那可太幸運了！」他當時曾經這樣喃喃自語。那麼，爲什麼丁梅斯代爾牧師先生認爲很幸運呢？我們本不想公之於眾；然而，爲了對讀者無所隱瞞，我們不妨說說，因爲在第三天，他要在慶祝選舉的佈道會上宣教；由於這樣一個機緣，構成了新英格蘭牧師一生中的榮譽時期，因此，也就成了他結束牧師生涯難得且最恰當的方式和時機。「至少，他們在談起我時，」這位一向是爲人楷模的人自忖，「會認爲我並非未盡公職或草草了事！」像這位可憐的牧師如此深刻和一絲不苟的自省，居然會遭到被人欺騙的悲慘下場，委實令人傷心！我們已經說過，也許還會說到他這個人的過失；但就我們所知，沒有一件事比這更軟弱得可憐的了；眼前也沒有任何證據比這更微不足道卻無可辯駁地說明：一種微妙的疾病，早已開始蠶食他性格的實體了。在相當長的時期內，誰也無法對自己裝扮出一副面孔，而對眾人又裝扮出另一副面孔，其結果必然是，連他本人都弄不清到底哪一副是眞實的了。

丁梅斯代爾先生和海絲特會面之後的歸途中，他激動的感情賦予了他所不習慣的體能，催促著他大步地向前走去。那林間小路在他看來，比他記憶中來時的途徑，似是更加蠻荒，由於天然的高低不平而更加坎坷，而且更少有人跡了。但他跨越了積水的坑窪，穿過了絆腿的灌木，爬上了高坡，步入了低谷。總而言之，以他自己都不解的不知疲倦的活力，克服了路上的一切障礙。他不禁憶起僅僅在兩天之前，在他一路辛辛苦苦地沿著這同樣的途徑走來時，他是多麼地周身無力、氣喘吁吁，走不上兩步，就要停下來喘上一口氣。在他走近鎮上的時候，一系列熟悉的東西呈現在眼前，卻給了他一種似是而非的印象。好像不是昨天，不是一天、兩天，而是許多天，甚至好幾年之前，他就離開此地了。確實，那裡還有那條街道的每一個原有的痕跡，這和他記憶中是一致的，而房舍的各個獨特之處，諸如眾多屋頂的山牆，各個尖頂上都有的風信雞，凡是他記得的都應有盡有。然而，那種起了變化的突出感覺，仍然絲毫不減地糾纏著他。這小鎮上人們生活的種種熟悉的景象，他所遇到的熟人，本來也一成未變。他們現在的樣子既沒有變老，也沒有年輕；長者的鬍鬚並沒有更白，那些昨天還只會爬來爬去的嬰兒，今天也沒有直立行走；實在說不出這些在他最近離去時還瞥過一眼的人，到底在哪些方面與原來不同了；然而，牧師最深層的感覺，似乎在告訴他，他們已經變了。當他走過他自己教堂的牆下時，這種類似的印象，給他的感觸最爲突出。那建築的外觀，看來是那麼陌生，可又那麼熟悉，丁梅斯代爾先生在兩種念頭之間猶豫徘徊：到底只是他先前在夢中見過呢？還是他現在正在夢中觀看？

這一變幻得千姿百態的現象，並非表明外觀上起了變化，只是說明觀察這些熟悉景觀的人，內心發生了重要的突變，以致在他的意識上有了「一日不見、如隔三秋」之感。是牧師本人的意志和海絲特的意志，以及他倆之間出現的命運，造成了這一變形。城鎮還是原來的城鎮；但從林中歸來的牧師，卻不同了。他很可能對向他打招呼的朋友們說：「我不是你們心目中的那個人了！我把他留在那邊那座林子裡了，他退縮到一個秘密的山谷裡，離一條憂鬱的小溪不遠，就在一棵長滿青苔的樹幹旁邊！去找找你們的牧師吧，看看他那憔悴的身形，他那消瘦的面頰，他那蒼白、沉重、爬滿痛苦皺紋的前額，是不是像一件扔掉的衣袍一樣，給遺棄在那裡了！」而他的朋友們，不消說，還會繼續堅持對他說：「你自己就是那個人！」——但弄錯的恐怕是他們，而不是他。

在丁梅斯代爾先生到家之前，他內心的那個人，又給了他一些別的證據，說明在他的思想感情領域中，已發生了徹底的變革。的確，若不是他內心的王國已經改朝換代、綱常全非的話，實在無法解釋如今支配著不幸而驚懼的牧師的種種衝動。他每走一步，心中都想作出這樣或那樣的出奇的、狂野的、惡毒的事情，他感到這種念頭既非心甘情願，卻又有意為之；一方面是不由自主，然而，另一方面又是發自比反對這種衝動更深層的自我。比如說，他遇見了他的一名執事，那位好心腸的老人，用一種父輩的慈愛和家長般的資格跟他打招呼，那老人是由於具備受人尊敬的高齡、正直聖潔的品性和在教會中的地位所賦予的權利，才這麼做的；而與此相應的是，牧師則應報以深切並近乎崇拜的敬意，這同樣是出於他的職業和個人品德所要求的作法。像這樣社會地位較低和天賦能力較劣的人，對高於自己的人的必恭必敬，是年高德劭者如何使自己既有尊嚴又有相應禮敬的前所未有的絕好範例。此時，當丁梅斯代爾牧師先生和這位德高望重、鬚髮灰白的執事談話的片刻之間，牧師只是極其小心翼翼地控制自己，才不致把湧上心頭的有關聖餐的某些褻瀆神明的意思，說出口來。他緊張得周身顫抖，面色灰白，生怕他的舌頭會不經他的許可，就自作主張地說出那些可怕的言辭。然而，儘管他內心如此懼怕，但一想到，假若他當眞說出那番大不敬的話來，那位聖潔的父輩老執事會嚇得何等瞠目結舌，他還是禁不住要笑出聲來！

此外，還發生了另一件性質相同的事情。就在丁梅斯代爾先生匆匆沿街而行的時候，遇上了他教堂中一位最爲年長的女教友，一位最虔誠和堪當楷模的老夫人；這位孤苦無依的寡婦的內心中，就像排滿名人墓碑的塋地似地滿懷對她已故丈夫和子女、以及早已逝去的朋友的回憶。這一切，本該成爲深沉的悲哀的，但由於在長達三十餘年的時間裡，她不停地以宗教的慰藉和《聖經》的眞理來充實自己，她在虔誠、年邁的心靈中，已經將這些回憶，幾乎視作一種肅穆的歡愉了。而由於丁梅斯代爾先生已經對她負起責任，這位好心的老太婆在世上的主要安慰——若不是這種今世的安慰，也是一種天國的安慰，也就算不得數了——就是同她的牧師會面；不期而遇也罷，專程拜訪也罷，只要能從他那可愛的雙唇中說出片言隻語的、帶有溫馨天國氣息的福音眞諦，送進她那雖已半聾卻喜聞恭聽的耳朵中，她就會精神煥然一新。然而，這一次，直到丁梅斯代爾先生把嘴唇湊近老婦人的耳畔之前，他竟如人類靈魂的大敵所願，想不起《聖經》上的經文，也想不起別的，只是說了一句簡練的反對人類靈魂不朽的話，他當時覺得這是無可辯駁的論點。這番話若是灌輸到這位上了年紀的女教友的頭腦之中，可能會像中了劇毒一樣，讓她立刻倒地死去。牧師到底耳語了些什麼，他自己事後無論如何也追憶不起來了。或許，幸好他語無倫次，未能使那好心的寡婦聽明白什麼清晰的含義，或許是上天按照自己的方式作出了解釋。反正，當牧師回頭看去時，只見到一副感謝天恩的狂喜神情，似乎天國的光輝，正映照在她那滿是皺紋的灰白色面孔之上。

還有第三個例子。他在告別了那位老教友之後，便遇到了最年輕的一位女教友。她是新近才皈依的一位少女，而且就是在聆聽了丁梅斯代爾牧師先生夜遊後那個安息日所作的佈道才皈依的。她要以世間的短暫歡樂，來換取天國的希望，當她周圍的人生變得黯淡時，這希望便會益發明亮，以最後的榮光，包圍四下的一片昏黑。她如同天堂中開放的百合一樣嬌好純眞。牧師深知，他本人就供奉在她心靈無暇的聖殿之中，並用她雪白心靈的帷幔，罩著他的肖像，將愛情的溫暖融進宗教，並將宗教的純潔融進愛情。那天下午，一定是撒旦把這可憐的少女，從她母親身旁引開，並將她拋到那個被誘惑得心旌神搖的，或者——我們不妨這樣說吧，那個迷途和絕望的人的路上。就在她走近的時候，魔王便悄聲要他縮小形體，並在她溫柔的心胸中，投入一顆邪惡的種子，很快便會陰暗地開花，到時一定會結出黑色的果實。牧師意識到自己有權左右這個十分信任他的少女的靈魂，他感到只消他不懷好意地一瞥，她那無邪的心田，就會立即枯萎；只消他說一個字，她那純潔的心靈，就會走向反面。可是，在經歷了一番前所未有強有力的內心博鬥之後，他抬起他那黑色法衣的寬袖遮住臉孔，匆匆向前走去，裝作沒人認出她的樣子，任憑那年輕的女教友，隨便解釋他的無禮。她遍察她的良心——那是和她的衣袋或針線盒一樣，滿裝著各種無害的小東西的——這可憐的姑娘，就用數以千計的想像中的錯誤，來責備自己；次日天明，去幹家務時，她兩眼都哭得紅腫了。

牧師還沒來得及慶賀他剛剛戰勝了誘惑，便又覺察到了一次衝動，這次衝動如前幾次一樣可怕，只是更加無稽。那是——我們說起來都臉紅——那是，他想在路上停下來，對那些正在玩耍、剛剛開始學語的一夥清教徒小孩子們，教上幾句極難聽的話。只是由於他身穿的法衣不相稱，他才沒有去做這反常之舉。他又看到一個醉醺醺的水手，正是來自拉丁美洲北部海域的那艘船上的；此時，可憐的丁梅斯代爾先生，既然已經勇敢地克制了前幾次邪惡，卻想，至少要和這渾身沾滿油污的粗人握一握手，並用幾句水手們掛在嘴邊放蕩下流的俏皮話，和一連串十分圓滑、令人開心的褻瀆神明的詛咒來尋尋開心！讓他得以平安地度過這次危機的，倒不是因爲他有什麼更高的準則，而是因爲他天生具有優雅的情趣，更主要的，是因爲他那形成牢固習慣的教士禮儀。

「到底有什麼東西如此糾纏和誘惑著我啊？」最後，牧師停在街心，用手拍著前額，對自己這樣喊著。「我是不是瘋了？還是我讓魔鬼完全控制了？我剛才在樹林裡是不是和魔鬼訂了契約，並且用我的血簽了字？現在，他是不是傳喚我按照他那最惡毒的想像力所設想出來的每一個惡行，去履行契約呢？」

就在丁梅斯代爾牧師先生這樣一邊自言自語、一邊用手拍著前額的時候，據說，那有名的妖婆西賓斯老太太正好走過。她神氣十足地頭戴高帽，身穿富麗的絲絨長袍，頸上圍著用著名的黃漿漿得筆挺的縐領，那種黃漿是按她的摯友安·特納因謀殺托瑪斯·奧佛白利爵士而被絞之前，教給她的秘方配製的。不管那老妖婆是否看出了牧師的想法，反正她一下子停住了腳步，機靈地盯著他的臉孔，狡黠地微笑著，並且開始和她從不打交道的牧師攀談了起來。

「可敬的牧師先生，原來你去拜訪了樹林，」老妖婆對他點點戴著高帽的頭，開口說。「下一次，請你務必跟我打個招呼，我將十分自豪地陪你前往。不是我自吹，只消我說上一句好話，你知道的那位有權勢的人，準會熱情接待任何生客的！」

「老實講，夫人，」牧師回答說，還鄭重其事地鞠了一躬——這是那位夫人的地位所要求的，也是他的良好教養所必需的，「老實講，以我的良心和人格擔保，我對您這番話的含義實在莫名其妙！我到樹林裡去，絕不是去找什麼有權勢的人，而且在將來的任何時刻，我也沒有去那兒拜訪、謀求這樣一個人歡心的意圖。我唯一的目的，是去問候我一位虔誠的朋友，艾略特使徒，並和他一起歡慶他從邪教中爭取過來的眾多可貴的靈魂！」

「哈，哈，哈！」那老妖婆咯咯地笑著，還向牧師一勁兒點著戴高帽的頭。「好啦，好啦，我們在這光天化日之下是得這麼講話！你倒像個深通此道的老手！不過，等到夜半時分，在樹林裡，我們再在一起談些別的吧！」

她擺出一副德高年邁的姿態走開了，但仍不時回頭朝他微笑，像是要一心看出他們之間不可告人的親密關係似的。

「這樣看來，我是不是已經把自己出賣給那個惡魔啦？」牧師思忖著，「如果人們所說屬實，這個漿著黃領、穿著絨袍的老妖婆，早就選了那惡魔作她的王子和主人啦！」

這個不幸的牧師！他所作的那筆交易，與此極其相似！他受著幸福夢境的誘惑，經過周密的選擇，居然前所未有地屈從於明知是罪大惡極的行徑。而那樁罪孽的傳染性毒素，已經就此迅速擴散到他的整個道德體系，愚弄了一切神聖的衝動，而將全部惡念喚醒，變成活躍的生命。輕蔑、狠毒、無緣無故的惡言穢行和歹意；對善良和神聖的事物妄加嘲弄，這一切全都給喚醒起來，雖說把他嚇得要命，卻仍在誘惑著他。而他和西賓斯老太太的不期而遇，如果當眞是巧合的話，也確實表明他已和惡毒的人們及墮落的靈魂的世界，同流合污了。

此時，他已走到墳場邊上的住所，正在匆忙地踏上樓梯，躲進他的書齋中去避一避。牧師能夠進到這個庇蔭之地，暗自高興，因爲這樣一來，他就無需向世人暴露他在街上一路走來時、那不斷慫恿他的種種離奇古怪的邪念了。他走進熟悉的房間，環顧四周，看著室內的書籍、窗子、壁爐、掛著壁毯的賞心悅目的牆壁，但從林中谷地進城來一路糾纏著他的同樣奇異的感覺，依然存在。他曾在這裡研讀和寫作；他曾在這裡齋戒和夜禱，以致弄得半死不活；他曾在這裡盡心盡意地祈禱；他曾在這裡忍受過成千上萬種的折磨！這裡有那本裝潢精美的《聖經》，上面用古老的希伯來文，印著摩西和諸先知們對他的訓誡，從頭到尾全是上帝的聲音！在桌上飽蘸墨水的鵝毛筆旁，擺著一篇未完成的佈道詞，一個句子寫到中間就中斷了，因爲兩天前，他的思路再也湧不到紙上。他明知道那是他本人，兩頰蒼白、身材消瘦的牧師做的這些事、受的這些苦，寫了這些慶祝選舉的佈道文的！但他卻像是站在一邊，帶著輕蔑和憐憫，而又懷著一些羨慕的好奇心，審視著先前的自己。那個自我已經一去不復返了，是另一個人從林中歸來了，是具有神秘知識的另一個益發聰明的人了——那種知識，是原先那人的簡單頭腦從來不可能企及的。那種知識眞讓人哭笑不得！

就在牧師沉浸在這些冥思苦想之中的時候，書齋房門那兒傳來一聲敲門聲，牧師便說道：「請進！」——並非完全沒有料到他可能又要看到一個邪魔了。果不其然！進來的正是老羅傑·齊靈渥斯。牧師面色蒼白、默默無言地站在那裡，一手放在希伯來文的《聖經》上，另一隻手則捂住心口。

「歡迎你回到家中，可敬的牧師先生，」醫生說。「你看那位聖潔的艾略特使徒可好嗎？可是我看你的樣子很蒼白，親愛的先生；看來，你在荒野中的這次旅行過於疲憊不堪了。要不要我來幫忙你恢復一下身心健康，以便在慶祝選舉的佈道中祈禱呢？」

「不，我看不必了，」丁梅斯代爾牧師先生接口說。「我這次旅行，同那位聖潔使徒的會面，以及我所呼吸到的自由空氣，對我大有好處，原先我悶在書齋裡的時間太長了。我想我已經不再需要你的藥了，我的好心醫生，雖說那些藥很好，且又是一隻友好的手給的。」

在這段時間裡，老羅傑始終用醫生審視病人的那種嚴肅而專注的目光盯著牧師。他雖然表面上不動聲色，但幾乎確信，那老人已經知道了，或者至少暗中猜測到了他和海絲特．白蘭已經會過面。那麼，醫生也就知道了，在牧師的心目中，他已不再是個可信賴的朋友，而是個最惡毒的敵人了。事情既然已經昭然若揭，自然要有所流露。然而奇妙的是，往往要經過好長一段時間，才能一語道破事實；而二人爲了避免某一話題，又要何等小心翼翼地剛剛觸到邊緣，便又馬上退縮回去，才不致點破。因此，牧師不必擔心老羅傑會公然說出他們彼此維持的眞正地位。不過，醫生以他那不爲人知的手段，已經可怕地爬近了秘密。

「今天夜裡，」他說，「你再採用一下我這微不足道的醫術，是不是更好呢？眞的，親愛的先生，我們應該盡心竭力使你精力充沛地應付這次慶祝選舉的宣講。人們對你期望極大呢；因爲他們擔心，明年一到，他們的牧師就會不在了。」

「是啊，到另一個世界去了，」牧師帶著一切全都聽天由命的神情回答說。「但願上天保佑，那是個更好的世界；因爲，說老實話，我認爲我難以再和我的教衆度過轉瞬即逝的另一個年頭了！不過，親愛的先生，至於你的藥品嘛，就我目前的身體狀況而言，我並不需要了。」

「我很高興聽到這一點，」醫生回答說。「或許是，我提供的治療長時間以來未起作用，但如今卻開始生效了。我當眞能成功地治好了你，我會深深感到幸福，並且對新英格蘭的感激之情受之無愧！」

「我衷心地感激你，我最盡心的朋友，」丁梅斯代爾牧師先生說著，鄭重地一笑。「我感激你，只有用我的祈禱來報答你的善行。」

「一個好人的祈禱如同用黃金作酬謝！」老羅傑．齊靈渥斯一邊告別、一邊接口說：「是啊，那都是些新耶路撒冷通用的金幣，上面鑄著上帝本人的頭像！」

牧師剩下獨自一人後，便叫來住所的僕人，吩咐擺飯。飯菜放到眼前後，他就狼吞虎嚥起來。然後，他把寫好的慶祝選舉佈道詞拋進爐火，提筆另寫，他的思緒和激情，源源湧到筆尖，他幻想著自己受到了神啓，只是不明所以爲何上天會看中他這樣一件骯髒的管風琴，去傳送他那神諭的崇高而肅穆的樂曲。管它呢，讓那神秘去自行解答或永無解答吧，他只顧欣喜若狂地奮筆疾書。那一夜，就這樣像一匹背生雙翼的駿馬般飛馳而去，而他就騎在馬背上；清晨到來了，從窗帘中透進朝霞的紅光；終於，旭日將一束金光投入書齋，正好照到牧師暈眩的雙目上。他坐在那裡，指間還握著筆，紙上已經寫下洋洋灑灑的一大篇文字了。

21 新英格蘭的節日

在新總督從人民手中接受他職位的那天早晨，海絲特．白蘭和小珠兒來到市場。那地方已然擠滿了數量可觀的工匠和鎮上的其他黎民百姓；其中也有許多粗野的身形，他們身上穿的鹿皮號衣，表明他們是這個殖民地小都會周圍的林中居民。

在這個公共假日裡，海絲特和七年來的任何場合一樣，仍然穿著她那身灰色粗布作的袍子。這身衣服的顏色，尤其是那說不出來的獨特的樣式，有一種使她輪廓模糊、不引人注目的效果；然而，那紅字，又使她從朦朧難辨之中跳出來，以其自身的閃光，把她顯示在其精神之下。她那早已為鎮上居民所熟悉的臉孔，露出那種常見的大理石般的靜穆，儼如一副面具，或者更像是個亡婦臉上那種僵死的恬靜；如此令人沮喪的類比，是因為事實上，海絲特無權要求任何同情；猶如實際上死去一般，她雖然看來似混跡於人間，而確已經離開了人世。

這一天，她臉上或許有一種前所未見的表情，不過此時尚未清晰可察；除非有一個具備超自然秉賦的觀察者，能夠首先洞悉她的內心，然後才會在她的表情和舉止上，找到相應的變化。這樣一個能夠洞悉內心的觀察者，或許可以發現，歷經七年的痛苦歲月，她將眾目睽睽的注視，視作爲一種必然、一種懲罰和某種宗教的嚴峻，而煎熬忍受著，如今，已是最後一次了，她要自由且自願地面對人們的注視，以便把長期的苦難，一變而爲勝利。「再最後看一眼這紅字和佩戴紅字的人吧！」人們心目中的這個犧牲品和終身奴僕會對他們這樣說。「不過再過一段時間，她就會遠走高飛了！只消幾個小時，那深不可測的大海，將把你們在在她胸前灼燒的標記，永遠淹沒無存！」假如我們設想，當海絲特此時此刻即將從與她深深相連的痛苦中贏得自由時，心中可能會升起一絲遺憾之感，恐怕也並不有悖於人之本性。既然自從她成爲婦人以來的多年中，幾乎始終品嘗著苦艾和蘆薈，難道這時就不會有一種難以遏止的欲望，要最後一次屏住氣吸上一大杯這種苦劑嗎？今後，舉到她唇邊的、盛在雕花的金色大杯中的生活的美酒，肯定是醇厚、馥郁和令人陶醉的；不然的話，在她喝慣了具有強效興奮劑式的苦酒渣之後，必然會產生一種厭煩的昏昏然之感。

她把珠兒打扮得花枝招展。人們簡直難以猜測，這個如陽光般明媚的精靈，竟然來自那灰暗的母體；或者說，人們簡直難以想像，設計那孩子服飾所需的華麗與精巧，與賦予海絲特那件簡樸長袍以明顯特色的——這任務或許更困難，竟然同時出自一人之手。那身衣裙穿在小珠兒身上恰到好處，儼如她個性的一種流露，或是其必然發展和外部表現，就像蝴蝶翅膀上的絢麗多彩或燦爛花朵上的鮮艷光輝一樣無法與本體分割開來。衣裙之於孩子，也是同一道理，完全與她的本性渾自天成。更何況，在這事關重大的一天，她情緒上有一種特殊的不安和興奮，極像佩在胸前的鑽石，會隨著心口的種種悸動而閃光生輝。孩子們與和他們相關人們的激動總是息息相通；在家庭環境中出現了什麼麻煩或迫在眉睫的變動時，尤其如此；因此，作為懸在母親不安的心口上的一顆寶石，珠兒以她那跳動的神情，暴露了從海絲特眉間磐石般的平靜中，誰都發現不了的內心感情。

她與高采烈得不肯安分地走在她母親身邊，而且像鳥兒一樣地蹦跳著。她不停地狂呼亂叫，也不知喊些什麼，有時還尖著嗓子高唱。後來，她們來到了市場，看到那裡活躍喧鬧的氣氛，她就愈發不得安寧了；因為那地方，平時與其說是鎮上的商業中心，不如說像是村會所前寬闊而孤寂的綠草地。

「咦，這是什麼啊，媽媽？」她叫道。「大夥兒幹嘛今天都不幹活兒啦？今天全世界都休息嗎？瞧啊，鐵匠就在那兒！他洗掉了滿臉煤煙，穿上了過星期日的衣服，像是只要有個好心人教教他，就要痛痛快快的玩玩哪！那位老獄吏布萊基特先生，還在那兒朝我點頭微笑呢。他幹嘛要這樣呢，媽媽？」

「他還記得你是個小小嬰兒的樣子呢，我的孩子。」海絲特回答說。

「那個長得又黑又嚇人、眼睛很醜的老頭兒，才不會因為這樣就對我點頭微笑呢！」珠兒說。「他要是願意，倒會向你點頭的；因為你穿一身灰，還戴著紅字。可是瞧啊，媽媽，這兒有多少生人的面孔啊，裡邊還有印第安人和水手呢！他們都到市場上來幹嘛？」

「他們等著看遊行隊伍經過，」海絲特說。「因爲總督和官員們要從這裡走過，還有牧師，以及所有的大人物和好心人，前面還要有樂隊和士兵開路呢！」

「牧師會在那兒嗎？」珠兒問。「他會朝我伸出雙手，就像你從小河邊領著我去見他的時候那樣嗎？」

「他會在那兒的，孩子，」她母親回答。「但是他今天不會招呼你，你也不該招呼他。」

「他是一個多麼奇怪、多麼傷心的人啊！」孩子說，有點像是自言自語。「在那個黑夜裡，他叫咱們到他跟前去，還握住你和我的手，陪他一起站在那邊那個刑台上。而在深深的樹林裡，只有那些老樹能夠聽見、只有那一線青天可以看見的地方，他跟你坐在一堆青苔上談話！他還親吻了我的額頭，連小河的流水都洗不掉啦！可是在這兒，天上晴晴的，又有這麼些人，他卻不認識我們；我們也不該認識他；他眞是個奇怪又傷心的人，總是用手捂著心口。」

「別作聲，珠兒！你不明白這些事情，」她母親說。「這會兒別想著牧師，往周圍看看吧，看看大夥今天臉上有多高興，孩子們都從學校出來了，大人也都從店鋪和農田裡走出來了，爲的就是要高興一下子。因爲，今天要有一個新人來統治他們了；自從人類第一次湊成一個國家就有這種習慣了，所以嘛，他們就痛痛快快地來歡慶一番；就像又老又窮的世界，終於要過上一個黃金般的好年景了！」

海絲特說得不錯，人們的臉上，確實閃耀著不同凡響的歡樂。過去已然這樣，在隨後兩個世紀的大部分年月裡依然如此，清教徒們把自認爲人類弱點所能容忍的一切歡樂和公共喜慶，全都壓縮在一年裡的這一節日中；因此，他們總算撥開積年的陰霾，就這獨一無二的節日而言，他們的精神，才不致比大多數別處居民倒楣時的面容要嚴峻些。

不過，我們也許過於誇張了這種灰黑的色調，儘管那確實是當年的心情和舉止的特色。此刻，在波士頓市場上的人們，並非生來就繼承了清教徒的陰鬱。他們本來都生在英國，其父輩曾在伊麗莎白時代的明媚和豐饒中生活；當時英國的生活，大體上看，堪稱世界上前所未見的莊嚴、壯麗和歡樂。假若新英格蘭的定居者們遵依傳統的趣味，他們就會用篝火、宴會、表演和遊行，來裝點一切重大的公共事件。而且，在隆重的典禮儀式中，把歡樂的消遣和莊重結合起來，就像國民在這種節日穿戴的大禮服上飾以光怪陸離的刺繡一樣，也就沒什麼不實際的了。在殖民地開始其政治年度的這一天慶祝活動中，還有這種意圖的影子。

在我們祖先們所制定的每年一度的執政官就職儀式中，還能窺見他們當年在古老而驕傲的倫敦——我們姑且不談國王加冕大典，只指市長大人的就職儀式——所看到的痕跡的重現，不過這種反映已經模糊，記憶中的餘輝，經多次沖淡，已然褪色。當年，我們這個合衆國的奠基人和先輩們——那些政治家、牧師和軍人，將注重外表的莊嚴和威武視爲一種職責，按照古老的風範，那種打扮，正是社會賢達和政府委員的恰當裝束。他們在人們眼前按部就班地一一走來，以使那剛剛組成的政府的簡單機構，獲得所需的威嚴。

在這種時刻，他們平日視如宗教教義一般嚴加施行的種種勤儉生活方式，即使沒有受到鼓勵，總還可以獲准稍加放鬆。誠然，這裡沒有伊麗莎白時代或詹姆斯時代，在英國比比皆是的通俗娛樂設施，沒有演劇之類的粗俗表演，沒有彈著豎琴唱傳奇歌謠的吟遊詩人，沒有奏著音樂耍猴的走江湖的人，沒有變戲法的民間藝人，也沒有逗得大家哄堂大笑的「快樂的安德魯」❶說那些由於笑料迭出、雖已流傳上百年、仍讓人百聽不厭的笑話。從事這種種滑稽職業的藝人們，不僅為嚴格的法律條文所嚴厲禁止，也遭到使法律得以生效的人們感情上的厭惡。

然而，普通百姓那一本正經和老成持重的面孔上，依然微笑著，雖說可能有點不自然，卻也很開心。競技活動也不算缺乏，諸如移民們好久以前在英國農村集市和草地上看到和參加的格鬥比賽，由於本質上發揚了英武和陽剛精神，被視為應於這片新大陸上加以保留。在康沃爾和德文郡的種種形式的角力比賽，在這裡的市場周圍隨處可見；在一個角落裡，正在進行一場使用鐵頭木棍作為武器的友誼較量；而最吸引大家興趣的，是刑台上——這地方在我們書中已經頗為注目了，有兩位手執盾牌和寬劍的武士，正在開始一場公開表演。但是，使大家掃興的是，刑台上的這場表演，因遭到鎮上差役的干涉而中斷，他認為，對這祭獻之地妄加濫用，是侵犯了法律的尊嚴，是絕對不能允許的。

❶一個小丑、弄臣或江湖醫生侍者的形象，據說源出亨利八世的醫生安德魯．博爾德。

當時的居民還是第一代沒有歡樂活動的人，而且又是那些活著時深諳如何行樂的父輩們的直接後裔，就過節這一點而言，比起他們的子孫，乃至相隔甚久的我們這些人，算是懂得快活的了。我們作這種一般性的結論，恐怕並不過分。早期移民的子嗣，也就是他們的下一代後人，受清教主義陰影籠罩最深，從而使國家的形象黯淡無光，以致在隨後的多年中，都不足以清洗乾淨。我們只好重新學習這門忘卻已久的尋歡作樂的本領。

市場上的這幅人生圖畫，雖說基調是英國移民憂傷的灰色、褐色和黑色，也還因間有一些其他色彩而顯得活躍。一群印第安人，身穿著有野蠻人華麗的、繡著奇形怪狀圖案的鹿皮袍，腰束貝殼綴成的帶子，頭戴由紅色和黃色赭石及羽毛做成的飾物，背挎弓箭，手執石尖長矛，站在一旁。他們臉上那種嚴肅剛毅的神情，比清教徒們有過之而無不及。但這周身塗得花花綠綠的野蠻人，還算不上當場最粗野的景象；更能充分表現這一特色的，是一批從那艘來自拉丁美洲北部海域的船上的水手，他們上岸來就是爲了觀看慶祝選舉日的熱鬧的。他們是一夥外貌粗魯的亡命之徒，個個面孔曬得黝黑，蓄著大鬍子，又肥又短的褲子，在腰間束著寬腰帶，往往用一片粗金充當扣子，總是插著一柄長刀，偶爾是短劍。寬沿棕櫚葉帽子下面閃著的那雙眼睛，即使在心情好、興致高的時候，也露出一股野獸般的凶光。他們肆無忌彈地違犯著約束著衆人的行爲準則；公然在差役的鼻子底下吸煙，儘管鎮上人每這樣吸上一口就要被罰一先令；他們還隨心所欲地從衣袋裡掏出酒瓶，大口喝著葡萄酒或烈酒，並且隨隨便便地遞給周圍那些目瞪口呆的人們。這充分說明了當年道德標準的缺欠，我們雖然認爲十分嚴格，但對那些浪跡海洋的人，卻網開一面，不僅容忍人們在陸上爲所欲爲，而且聽憑他們在自己的天地裡，更加無法無天。當年的那些水手，幾乎與如今的海盜無異。就以這艘船上的船員爲例吧，他們雖然不是海上生涯中那種聲名狼藉的人物，用我們的話說，肯定犯有劫掠西班牙商船的罪行，在今天的法庭上，都有處以絞刑的危險。

但是那時候的大海，洶湧澎湃、掀浪捲沫，很大程度上是我行我素，或僅僅臣服於狂風暴雨，從來沒有過接受人類法律束縛的念頭。那些在風口浪尖上謀生的海盜們，只要心甘情願，可以洗手不幹，立刻成爲岸上一名正直誠實的君子；而即使在他們任意胡爲的生涯中，人們也並不把他們視爲不屑一顧或與之稍打交道就有損自己名聲的人。因此，那些穿著黑色禮服、挺著漿過的環狀縐領、戴著尖頂高帽的清教徒長者們，對於這幫快活的水手們的大聲喧嘩和粗野舉動，反倒報以慈愛的微笑，而當人們看到老羅傑·齊靈渥斯這樣一個德高望重的居民和醫生走進市場、同那艘形跡可疑的船長親密而隨意交談的時候，既沒有引起驚訝之感，也沒有人議論紛紛。

就那位船長的服飾而言，無論他出現在人群中的什麼地方，都是一個最顯眼、最英武的人物。他的衣服上佩戴著各色奢華的緞帶，帽子上纏著一圈金色絲條，還綴著一根金鏈，上面插著一根羽毛。他腰下挎著一柄長劍，額頭上留著一塊傷痕——從他蓄的髮式來看，似乎更急切地要顯露出來而不是要加以掩蓋。一個陸地上的人，若是周身這般穿戴、露出這副尊容，而且還得意洋洋地招搖過市，恐怕很難不被當官的召去傳訊，甚至會被課以罰金或判處監禁，也許會枷號示衆。然而，對於這位船長而言，這一切都和他的身份相依相附，猶如魚身上長著閃光的鱗片。

準備開往布利斯托爾的那艘船的船長，和醫生分手後，就悠閑地踱過市場；後來，他剛好走近海絲特·白蘭站立的地方，他好像認識她，徑直上前去打招呼。

和通常一樣，凡是海絲特所站之處，周圍就會形成一小塊空地，似乎有一種魔圈圍著，圈外的人儘管在附近摩肩擦背地擠作一團，也沒人甘冒風險或樂於闖進那塊空地。這正是紅字在注定要佩戴它的人四周所形成的一種強制性的精神上的孤立；這固然是由於她自己的迴避，但也是由於她的同胞們本身的退縮，儘管這種退縮早已不那麼不友好了。如果說這種隔離圈以前毫無裨益的話，此時倒是大有好處，因爲海絲特能夠和那位船長交談而不致冒被人聽到的風險；何況，海絲特·白蘭在衆人間的聲名已經大有改變，即使是鎮上以恪守婦道最爲著稱的婦人進行這種談話，都不會比她少受風言風語的指責。

「啊，太太，」船長說，「我得讓船員在你要求的席位之外，再多安排一個！那就不必擔心路上得壞血症或斑疹傷寒這類疾病了！有了船上的外科醫生和另外這位醫生，我們唯一的危險，就差藥劑或藥丸了；其實，我船上還有一大批藥物，是跟一艘西班牙船換的。」

「你這是什麼意思啊？」海絲特問道，臉上禁不住露出了驚詫神色。「你是說——還有另一位乘客嗎？」

「怎麼，你還不知道？」船長大聲說：「這兒的這位醫生——他自稱齊靈渥斯——打算同你一道嘗嘗我那船上飯菜的滋味呢，唉，唉，你準已經知道了；因爲他告訴我，他是你們的一夥，還是你提到的那位先生的密友呢——你不是說那位先生，正受著這些討厭的老清教徒統治者的迫害嗎？」

「的確，他們彼此很了解，」海絲特表面神色平靜地回答說，儘管內心十分驚愕。「他們已經在一起住了好久了。」

船長和海絲特·白蘭沒有再說什麼。但就在此時，她注意到老羅傑·齊靈渥斯本人，正站在市場遠遠的角落裡，朝她微笑著，那副笑容越過寬闊熙攘的廣場，穿透一切歡聲笑語以及人群中的一切念頭、情緒和興趣，傳達著詭秘而可怕的含義。

22 遊行

海絲特・白蘭還沒來得及集中她的思路，考慮採取什麼確實的措施，來應付這剛剛出現的驚人局面，已經從毗鄰的街道上傳來了越來越近的軍樂聲。這表示官民們的遊行隊伍，正朝著議事廳前進；按照早已確立並一直遵照執行的規矩，丁梅斯代爾牧師先生將在那裡進行慶祝的佈道。

不久就可看到遊行隊伍的排頭，正緩慢而莊嚴地前進著，轉過街角，朝市場走來。走在最前面的軍樂隊，由各式各樣的樂器組成，或許彼此之間不很和諧，而且演奏技巧也不高明；然而，那軍鼓和銅號的合奏對大眾來說，卻達到了要在他們眼前通過的人生景象上增添更加崇高和英雄的氣氛這一偉大目標。小珠兒起初拍著手掌，但後來，卻忽而失去了整個上午她始終處於的那種興奮不安的情緒；她默不作聲地注視著，似乎像一隻盤旋的海鳥，在洶湧澎湃的聲濤中扶搖直上。但在樂隊之後接踵而來、充當隊伍光榮的前衛的軍人們，他們那在陽光下閃閃發光的明亮甲冑和武器，又使她回到了原來的心情之中。這個士兵組成的方陣，裡面沒有一個是僱傭兵，因此仍然保持著一個整體而存在，他們從擁有古老而榮譽的聲名的過去歲月中齊步走來。隊列中有不少紳士，他們體會到尚武精神的衝動，謀求建立一種軍事學院，以便在那裡像在「聖堂騎士」那種社團那樣，學習軍事科學，至少能在和平時期學會演習戰爭。這支隊伍中人人趾高氣昂，從中可以看到當年對軍人是多麼尊崇。其中有些人也確實由於在低地國家❶服役和在其它戰場上作戰，而贏得了軍人的頭銜和高傲。何況，他們周身裡著銓亮的鏡甲，耀眼的鋼盔上還晃動著羽毛，那種輝煌氣概，實非如今的閱兵所能媲美。

而緊隨衛隊而來的文職官員們，卻更值得有頭腦的旁觀者矚目。單從舉止外貌來說，那種莊嚴神情，就使那群高視闊步的武夫們，即使沒有顯得怪模怪樣，也是俗不可耐了。那個時代，我們所說的天才，遠沒有今天這樣備受重視，但形成堅定與尊嚴人格的多方面因素，卻要大受青睞。人們透過世襲權而擁有的受人尊敬的緣由，在其後裔身上，即使仍能僥倖存在，其比例也要小得多，而且由於官員需要公選和評估，他們的勞力也要大大減少。這一變化也許是好事，也許是壞事，也許好壞兼而有之。在那舊時的歲月，移民到這片荒灘上的英國定居者，雖然已經把王公貴族以及種種令人生畏的顯要拋在腦後，但內心中仍有很強的敬畏本能和需要，便將此加諸老者的蒼蒼白髮和年邁的額頭，加諸久經考驗的誠篤，加諸堅實的智慧和悲哀色彩的經歷，加諸那種莊重制度中的才能——那種制度來自「體面」的一般涵義，並提供永恆的概念。因此，早年被人們推舉而當政的政治家——勃萊斯特里特、恩狄柯特、杜德萊、貝林漢以及他們的同輩，似乎

---

❶ 指荷蘭、比利時和盧森堡。

並非十分英明，但卻具備遠勝睿智行動的老練沉穩。他們堅定而自信，在困難和危險的時刻，為了國家利益挺身而出，猶如一面危崖迎擊拍岸的怒濤。這裡提及的性格特點，充分體現在這些新殖民地執政官們的四方臉龐和大塊頭體格上。就這些生就的當權者的舉止而論，這些實行民主的先驅們，即使被接受為貴族式的成員，或委以樞密院顧問之要職，也無愧於他們的英格蘭祖國的。

跟在官員們後面依次而來的，是那位聲名顯赫的青年牧師，人們正期待著從他嘴裡聽到慶祝日的宗教演說。在那個時代，他從事的職業所顯示出的智能，要遠比從政生涯為多。撇開更高尚的動機不談，這種職業在引起居民們近乎崇拜的這一點上，就具有極強的誘惑力，足以吸引最有抱負的人側身其間，甚至連政權都會落在一個成功牧師的掌握之中，像英克利斯．馬瑟❷就是一例。

此時，那些殷殷望著他的人注意到，自從丁梅斯代爾先生初次踏上新英格蘭海岸以來，他還從沒顯示過這樣充沛的精力，人們看到他精神抖擻地健步走在隊伍之中。他的步履不像平時那樣虛弱，他的軀幹不再彎曲，他的手也沒有病態地捂在心口。然而，如果沒有看錯的話，牧師的力

❷ 英克利斯．馬瑟（一六三九～一七二三），美國教士和神學家，曾出任哈佛學院院長，在薩萊姆驅巫案審訊中起過重要作用。

量似乎並不在身體上，倒是在精神上，而且是由天使透過宗教儀式賦予他的。那力量，可能是潛在熱情的興奮表現，是從長期不斷的誠摯思想的熔爐中蒸餾出來的。或者，也許是，他敏感的氣質，受到了那向天升騰並把他托著飛升的響亮而尖利的音樂的鼓舞。然而，他的目光是那麼茫然，人們不禁納悶，丁梅斯代爾先生到底聽見了那音樂沒有。只見他的軀體，正在以一種不同尋常的力量向前移動，但他的心靈何在呢？他的心靈正深深地蘊藏在自己的領域，忙不迭地進行著超自然的活動，以便安排那不久就要源源講出的一系列莊嚴的思想，因此，他對於周圍的一切，全都視而不見、聽而不聞，也毫不知曉；但這精神的因素，正提攙著那虛弱的軀體向前行進，不但毫不感到它的重量，而且將它變成像自身一樣的精神。擁有非凡智力而且已經病體纏身的人，透過巨大努力而獲得的這種偶然的能力，能夠把許多天凝聚於一時，而隨後的那麼多天，卻變得沒有生命力了。

眼睛緊盯著牧師的海絲特．白蘭，感到一種陰沉的勢力滲透她的全身，至於這種勢力，是出於什麼原因和從何而來，她卻無從知曉；她只覺得他離她自己的天地十分遙遠，已經全然不可及了。她曾經想像過，他倆之間需要交換一次彼此心照的眼色。她回憶起那陰暗的樹林、那孤寂的山谷，那愛情，那極度的悲痛，那長滿青苔的樹幹，他們攜手並坐，將他們哀傷而熱情的談話，交融在小溪憂鬱的低語之中。當時，他倆是多麼息息相通啊！眼前的這個人就是他嗎？她此時簡直難以辨認他了！他在低沉的樂聲中，隨著那些威嚴而可敬的神父們，高傲地走了過去，他在塵世的地位已經如此高不可攀，而她此時所看到的他，正陷入超凡脫俗的高深莫測的思緒之中，益發可望而不可及了！她認爲一切全都是一場夢幻，她雖然夢得如此眞切，但在牧師和她本人之間，卻不可能有任何眞實的聯繫，她的精神隨著這種念頭而消沉了。而由於海絲特身上存在著那麼多女性的東西，她簡直難以原諒他——尤其是此時此刻，當他們面臨的命運之神的沉重腳步已經可以聽得見是越走越近的時候！——因爲他居然能夠從他倆的共同世界中一乾二淨地抽身出去，卻把她留在黑暗中摸索，雖伸出她冰冷的雙手，卻遍尋他而不得見。

珠兒對她母親的感情，或者是看出了，或者是感應到了，要不就是她自己也覺得牧師已經籠罩在遙不可及之中了。當遊行隊伍走過時，珠兒就像一隻躍躍欲飛的鳥兒般，不安地跳起又落下。隊伍全部過完之後，她抬頭盯著海絲特的臉孔。

「媽媽，」她說，「他就是那個在小溪邊親吻過我的牧師嗎？」

「別出聲，親愛的小珠兒！」她母親悄悄地說。「我們在市場這兒，可不准談我們在樹林裡遇到的事。」

「我弄不清那是不是他；他剛才的樣子眞怪極了，」孩子接著說。「要不我就朝他跑過去，當著所有人的面要他親我了——就像他在那片黑黑的老樹林裡那樣。牧師會說些什麼呢，媽媽？他會不會用手捂著心口，對我瞪起眼睛，要我走開呢？」

「他能說什麼呢，珠兒？」海絲特回答說，「他只能說，這不是親你的時候，而且也不能在市場上親你。總算還好，傻孩子，你沒跟他講話！」

對於丁梅斯代爾牧師，還有一個人也表達了同樣的感覺，那人居然荒唐——或者我們應該說是瘋狂——到幹出鎮上絕少有人做得出的事情：在大庭廣眾之下，與紅字的佩戴者講起話來。那個人就是西賓斯太太。她套著三層縐領，罩著繡花胸衣，穿著華麗的絨袍，還握著根金頭手杖，打扮得富麗堂皇地出來看遊行。在當年巫術風行一時之際，這位老太婆因在其中擔任主角而頗有名氣（後來竟爲此付出了生命作代價）；人們紛紛趨避，彷彿唯恐碰上她的衣袍，就像是那華麗的褶襞中夾帶著瘟疫似的。雖說目前已有好多人對海絲特．白蘭懷有好感，但人們看到西賓斯太太和她站到一起，由那老太婆引起的恐懼便更增加了一倍，於是便從她倆站立的地方紛紛後撤。

「瞧啊，這些凡夫俗子是絕對想像不出的！」那老太婆對海絲特耳語著悄悄話。「瞧那神聖的人！人們都把他看作世間的聖者，而且連我都得說，他的樣子眞像極了！眼睜睜看著他在遊行隊伍中走過的人們，誰會想得到，就在不久之前，他還走出他的書齋——我擔保，他嘴裡還念念有詞地誦著希伯來文的《聖經》——到森林中去逍遙呢！啊哈！我們清楚那意味著什麼，海絲特．白蘭！不過，說老實話，我簡直不敢相信他就是同一個人呢。我看見這麼多教堂裡的人跟在樂隊後面遊行，他們都曾隨著我踏著同樣的舞步，由某個人物演奏著提琴，或許，還有一個印第安人的祭司或拉普蘭人❸的法師，同我們牽著手呢！只要一個女人看透了這個世界，這原本是小事一樁。但這個人可是牧師啊！海絲特，你說他是不是在林間小路和你相遇的那同一個人呢？」

「夫人，我實在不明白你講的話，」海絲特．白蘭覺得西賓斯太太有點老糊塗了，就這麼回答說；然而，聽老太婆說這麼多人（包括她本人在內）和那個邪惡的傢伙發生了個人聯繫，她異常吃驚並且嚇得要命。「我可沒資格隨便亂談像丁梅斯代爾牧師先生那樣有學問又虔信《聖經》的牧師！」

「呸，女人，呸！」那老太婆向海絲特搖著一個指頭喊道。「你以爲我到過那樹林裡那麼多次，居然還沒本領判斷還有誰去過那兒嗎？我當然有。雖說他們在跳舞時戴的野花環沒有在他們的頭髮上留下葉子！我可認識你，海絲特，因爲我看見了那個標記。我們在光天化日之下全都可以看見它，而在黑暗中，它像紅色火焰一樣閃光。你是公開戴著它的，因此絕不會弄錯。可是這位牧師！聽我在你耳根上告訴你吧！當那個黑男人看見一個他簽過名、蓋了章的僕人，像丁梅斯代爾先生那樣羞怯地不敢承認有這麼個盟約時，他便有一套辦法，把那標記在大庭廣衆之下，暴露在世人面前。牧師總用手捂著心口，他想掩藏什麼呢？哈！海絲特．白蘭！」

「到底是什麼啊，好西賓斯太太？」小珠兒急切地問著。「你見過嗎？」

❸ 居住在斯堪地那維亞半島和科拉半島北部的拉普蘭人。

「別去管這個吧，乖孩子！」西賓斯太太對珠兒必恭必敬地說。「總有一天，你自己會看到的。孩子，他們都說你是『空中王子』的後代呢！你願意在一個晚上，和我一起駕雲上天去看你父親嗎？到那時你就會明白，牧師總把手捂在心口上的原因了！」

那怪模怪樣的老夫人尖聲大笑著走開了，惹得全市場的人都聽到了。

此時，議事廳中已經作完場前祈禱，可以聽到丁梅斯代爾牧師先生開始佈道的聲音了。一種不可抑制的情感，促使海絲特向近處靠去。由於神聖的大廈中擠得人山人海，再也無法容納新的聽講人，她只好在緊靠刑台的地方占了個位置。這地方足以聽到全部說教，雖說不很響亮，但牧師那富有特色的聲音，像是流水的低吟，緩緩送入她的耳鼓。

那發聲器官本身是一種圓潤的天賦；對一個聽講人來說，哪怕全然不懂牧師佈道的語言，仍然可以隨著那聲調的抑揚頓挫而心往神馳。那聲音如同一切音樂般，傳達著熱情與悲愴，傳達著高昂或溫柔的激動，不管你在何地受的教育，聽起來內心都會感到親切熟悉。那聲音雖因穿過教堂的重重牆壁而顯得低沉，但海絲特．白蘭聽得十分專注，產生了息息相通的共鳴，那佈道對她有著一種與其難以分辨的詞句全然無關的完整的含義。這些話如果聽得分明些，或許只是一種粗俗的媒介，反倒影響了其精神意義。如今她聆聽著那低低的音調，猶如大風緩吹，逐漸平息一般；然後，她又隨著那步步上升的甜美和力量飛騰，直到那音量似乎用敬畏和莊嚴的宏偉氛圍，將她包裹起來。然而，儘管那聲音有時變得很威嚴，但其中始終有一種娓娓動聽的本色。那聽起來時而如輕聲低語、時而如高昂激動的忽低忽高地表達出來的極度痛苦和受難的人生，觸動著每個人心扉！那低沉而悲愴的旋律，時時成爲你所能聽到的全部聲音，隱約地在淒涼的沉默之中哀嘆。但是，甚至當牧師的聲音變得高亢而威嚴，當他的聲音不可遏止地直衝雲霄，當他的聲音達到了最爲寬厚有力的音量，以致要充斥整個教堂，甚至要破壁而出，瀰漫到戶外的空氣之中的時候，如果一個聽講人洗耳恭聽，他仍然會由此而得以清晰地分辨出同樣痛苦的呼號。那是什麼呢？那是一顆人心的哀怨，悲痛地，或許是負疚地向人類的偉大胸懷訴說著深藏的秘密，不管是罪孽還是悲傷；它無時無刻不在透過每一個音符，祈求著同情或諒解，而且從來都不是徒勞無益的！牧師正是靠了這種深邃而持續的低沉語調，而獲得了恰到好處的力量。

在整個這段時間，海絲特都如泥塑木雕般地僵立在刑台腳下。如果不是牧師的聲音把她吸引在那裡的話，就必然還有一個不可或缺的磁力，讓她離不開這塊她經受了恥辱生活第一個小時的地方。她內心有一種感覺，雖說難於明晰地表現爲一種思想，但卻沉重地壓在她心頭，那就是，她的全部生活軌道，無論過去還是未來，都和這地方密不可分，似乎是由這一點，才把她的生活連成一體。

與此同時，小珠兒早已離開了她母親的身邊，隨心所欲地在市場裡到處玩耍。她以自己閃爍不定的光輝，使憂鬱的人群歡快起來，就像是一隻長著光彩奪目羽毛的鳥兒般跳來跳去，在幽暗的葉簇中時隱時現，把一棵樹的枝枝葉葉全都照亮了。她行蹤飄忽，時常會作出突然而意外的動作，這表明了她那永不止歇的精神活力；而今天，由於受到她母親不平靜的心情的撥弄和挑動，她那足尖舞跳得益發不知疲倦。珠兒只要看到有什麼激勵她的永遠活躍的好奇心，就會飛到那兒，只要她願意，我們可以說，她會把那個人或物，當作自己的財產一般，抓到手裡，而絕不因此而稍稍控制一下自己的行動。那些看著她的清教徒們，只見到那小小的軀體，發射著難以言狀的美麗和古怪的魅力，並且隨著她的動作而閃著光芒，他們即使笑容滿面，依然不得不把這孩子說成是妖魔的後裔。她跑去緊盯著野蠻的印第安人的臉孔；那人便意識到一種比他自己還要狂野的天性。然後，她出於天生的放肆，但仍然帶著特有的冷漠，又飛進了那夥水手之中。這些黑臉膛的漢子，猶如陸地上的印第安人一樣，是海上的野蠻人。他們驚羨地啾著珠兒，似乎她是變成小姑娘模樣的海上泡沫，被賦予了海中發光生物的靈魂，於夜晚在船下閃爍。

這些水手當中有一個人就是和海絲特·白蘭談過話的那位船長，他被珠兒的容貌深深吸引，試圖把一雙手放在她頭上，並且打算親親她。但他發現想碰到她，簡直像抓住空中飛鳴而過的鳥兒一樣根本不可能，於是，他就從他的帽子上取下纏在上邊的金鏈，扔給了那孩子。珠兒立刻用巧妙的手法，把金鏈繞在頸上和腰間，使人看上去覺得那金鏈本來就是她的一部分，難以想像她怎麼能夠沒有它。

「你媽媽就是那邊那個戴紅字的女人嗎？」那船長說。「你替我給她捎個口信好嗎？」

「要是那口信討我喜歡，我就捎。」珠兒回答說。

「那就告訴她，」他接著說，「我又跟那個黑臉、駝背的老醫生談了，他保證要帶他的朋友，也就是你媽媽認識的那位先生，隨他上船。所以嘛，你媽媽除了她和你，就不必操別的心了。你把這話告訴她好嗎，你這小妖精？」

「西賓斯太太說，我爸爸是『空中王子』！」珠兒帶著調皮的微笑大聲說。「要是你叫我這麼難聽的名字，我就跟他告你的狀，他就會用暴風雨追你的船！」

孩子沿著一條彎彎曲曲的路線穿過市場，回到她母親身邊，把船長的話轉告給她。海絲特那種堅強、鎮定、持久不變的精神，在終於看到那不可避免的命運的陰森面目之後，幾乎垮了；就在牧師和她自己掙出悲慘的迷宮，眼前似乎有一條通路向他們敞開的時候，這副帶著無情微笑的陰森面孔，卻出現在他們通路的中間。

船長的這一通知，將她投入了可怕的困惑之中，折磨得她心煩意亂，可這時，她還要面對另一個考驗。市場上有許多從附近鄉下來的人，他們時常聽人談起紅字，而且由於數以百計的虛構和誇張的謠傳，紅字對他們已經駭人聽聞，但他們誰也沒有親眼目睹過。這夥人在看膩了諸色開心事之後，此時已粗魯無禮地圍在海絲特．白蘭的身邊。然而，他們儘管毫無顧忌地擠過來，卻只停在數步之遙的圈子之外。他們就這樣站在那個距離處，被那神秘的符號所激起的反感離心力釘住了。那幫水手們也注意到了人群擁到了一處，並且弄明白了紅字的涵義，便也湊近來，把讓太陽曬得黑黑的亡命徒的面孔伸進了圈子。連那些印第安人都受到了白人好奇心無聲的影響，也瞇起他們那蛇一般的黑眼睛，把目光穿過人群，斜睨著海絲特的胸前；他們或許以為，佩戴這個光彩動人的刺繡徽記的人，準是她那一夥人中德高望重的人士。最後，鎮上的居民們（他們自己對這陳舊的題目的興趣，由於看到了別人的反應，也無精打采地恢復了）也慢吞吞地挪到這一角落，用他們那冰冷而慣見的目光，凝視著海絲特．白蘭的熟悉的恥辱標記，這或許比別人對她折磨尤甚。海絲特看見並認出了七年前，等著她走出獄門的那夥人中同一副女監督式的面孔；其中只缺少一人，就是她們當中最年輕又是唯一有同情心的姑娘，海絲特後來給她做了葬服。就在她即將甩掉那灼人的字母之前的最後時刻，它居然莫名其妙地成為更令人矚目和激動的中心，因而，也使她自從第一天佩戴它以來，此時最為痛苦地感到它在燙燒著她的胸膛。

就在海絲特站在那恥辱的魔圈中，似乎被對她作出的狡詐而殘忍的判決永遠釘住了的時候，那位令人讚美的牧師，正在從那神聖的祭壇上俯視他的聽眾，他們最內在的精神，已經完全被他攫住了。那位教堂中神聖的牧師！那位市場中佩戴紅字的女人！誰能夠竟然大不敬到猜想出，他倆身上會有著同樣灼熱的恥辱烙印呢！

23 紅字的顯露

猶如洶湧的海濤般載著聽眾的靈魂高高升起的雄辯話音，終於告一段落。那一剎那的靜穆，如同宣告了神論之後一般深沉。隨後，便是一陣竊竊私語和壓低嗓門的喧嘩，似乎聽眾們從把他們帶到另一種心境去的高級咒語中解脫出來，如今依然懷著全部驚懼的重荷，重新蘇醒了。過了一會兒，人群便開始從教堂的大門蜂擁而出。如今佈道已經結束，他們步出被牧師化作火一般語言的、滿載著他思想的香馥氣氛，需要換上另一種空氣，才更適合支持他們的世俗生活。

來到戶外，他們如癡如醉的狂喜迸發成語言。街道上、市場中，到處都翻騰著對牧師的腴美之詞。他的聽眾們滔滔不絕地彼此訴說著每個人所知道的一切，直到全都說盡聽夠爲止。他們異口同聲地斷言，從來沒有誰像他今天這樣講得如此睿智、如此崇高、如此神聖；也沒有哪個凡人的口中，能夠像他這樣吐出如此鮮明的啓示。顯而易見，那啓示的力量降臨到他身上，左右著他，不斷地把他從面前的講稿上提高，並以一些對他本人和對聽眾都妙不可言的觀念，充實著他。他所講的主題音樂，是上帝與人類社會的關係，尤指他們在這裡墾荒播種的新英格蘭。當他的佈道接近尾聲的時候，似是預言的一種精神降臨在他身上，如同當年支配著以色列的老預言家一樣強有力地迫使他就範；唯一不同的是，猶太人預言家當年宣告的是他們國內的天罰和滅亡，而他的使命，則是預示新近在這裡集結起來的上帝的臣民們崇高而光榮的命運。但是，貫穿佈道詞始終的，一直有某種低沉、哀傷的悲調，使人們只能將其解釋爲一個即將告別人世的人自然的懺悔。是啊；他們如此愛戴、也如此熱愛他們的牧師，不能不嘆息一聲，就離開他們飛向天國啊！他們的牧師，已經預感到那不合時宜的死亡的降臨，很快就要在他們的哭聲中離他們而去了！想到牧師彌留世上的時間已經不長，他那番佈道詞所產生的效果，就更增加了最終強調的力量；如同一個天使在飛往天國的途中，在人們的頭上扇動了一下明亮的翅膀，隨著一片陰影和一束光彩，向他們灑下了一陣黃金般的眞理。

於是，丁梅斯代爾牧師先生來到了他一生中空前絕後的最輝煌也是最充滿勝利的時期，許多人在他們不同的領域裡，也曾有過這樣的時期，只是往往經過好久以後他們才意識到。此時，他是站在最驕傲的卓越地位之上，在早期的新英格蘭，牧師這一職業本身，已然是個高高的基座，而一個牧師要想達到他如今那種高度，還有賴於智慧的天賦、豐富的學識、超凡的口才和無瑕的聖潔名聲。當我們這位牧師，結束了他在慶祝選舉日的佈道，在講壇的靠墊上向前垂著頭時，所處的正是這樣一個高位。與此同時，海絲特．白蘭卻站在刑台的旁邊，胸前依然灼燒著紅字！

這時，又聽到了鏗鏘的音樂和衛隊整齊的步伐聲，從教堂門口傳出。遊行隊伍從那裡走到鎭議事廳，以廳中的一個莊嚴的宴會來結束這一天的慶典。

於是，人們又一次看到，由令人肅然起敬的威風凜凜的人士組成的隊伍，走在寬寬的通道上，夾道觀看的群衆，在總督和官員們、賢明的長者、神聖的牧師以及一切德高望重的人們走到他們身邊時，紛紛敬畏地向後退避。這支隊伍出現在市場時，人群中迸發出一陣歡呼，向他們致意。這種歡呼，無疑額外增加了聲勢，表明了當年人們對其統治者孩提式的忠誠，但也讓人感到，仍在聽衆耳際迴蕩的高度緊張的雄辯佈道所激起的熱情藉此而不可遏止的爆發。每一個人不但自身感到了這種衝動，而且也從旁邊的人身上，感受到了程度相當的衝動。在教堂裡的時候，這種衝動已經難以遏制；如今到了露天，便扶搖直衝雲霄。這裡有足夠多的人，也有足夠高的激昂交會的情感，可以發出比狂風的呼嘯、閃電的雷鳴或大海的咆哮更爲震撼人心的聲響；衆心結成一心，形成一致的衝動；衆聲融成一聲，發出巨大的浪濤聲。在新英格蘭的土壤中，還從未迸發出這樣響徹雲霄的歡呼！在新英格蘭的土地上，還從未站立過一個人像這位佈道師那樣受到他人間兄弟如此的尊崇！

那麼，他本人又如何呢？他頭上的空中，不是有光環在光芒四射嗎？他既然被神靈感化得如此空靈，爲崇拜者奉若神明，他那在隊伍中移動著的腳步，當眞是踏在塵埃之上嗎？

軍人和文官的隊伍向前行進的時候，所有的目光，全都投向牧師在大隊中慢慢走來的方向。隨著人群一部分又一部分的人瞥見了他的身影，歡呼聲漸漸平息爲一種喃喃聲。他在大獲全勝之際，看來是多麼虛弱和蒼白啊！他的精力——或者毋寧說，那個支撐著他傳達完神約的福音、並由上天藉此賦予他該福音本身的力量的神啓——在他忠誠地克盡厥責之後，已經被撤回去了。人們剛才看到的、在他面頰上燒灼的紅光，已經黯淡，猶如在餘燼中無可奈何地熄滅的火焰。他臉色那樣死灰，實在不像個活人的面孔；他那樣無精打采地跟鎗著，實在不像個體內尚有生命的人；然而，他還在跌跌撞撞地前進著，居然沒有倒下！

他的一位擔任教職的兄弟，就是年長的約翰．威爾遜，觀察到了丁梅斯代爾先生在智慧和敏感退潮之後陷入的狀況，慌忙邁步上前來攙扶他。而丁梅斯代爾牧師卻哆嗦地斷然推開了那老人的胳臂。他還繼續朝前「走」著——如果我們還把那種動作說成是「走」的話。其實更像個嬰兒看到了母親在前面伸出雙手來鼓勵自己前進時那種搖搖晃晃的學步。此時，牧師已經茫茫然，不知移步邁向何方，他來到了記憶猶新的那座因風吹日曬雨淋而發黑的刑台對面，在相隔許多淒風苦雨的歲月之前，海絲特．白蘭曾經在那上面遭到世人輕辱的白眼。現在，海絲特就站在那兒，手中領著小珠兒！而紅字就在她胸前！牧師走到這裡停下了腳步，然而，音樂依然莊嚴地演奏著，隊伍合著歡快的進行曲，繼續向前移動。樂聲召喚他向前進，樂聲召喚他去赴宴！但是他卻停了下來。

貝林漢在這幾分鐘裡，始終焦慮地注視著他。此時，貝林漢離開了隊伍中自己的位置，走上前來幫助他，因爲從丁梅斯代爾先生的面容來判斷，不去扶他一把，就一定會摔倒的。但是，牧師的表情中有一種拒絕之意，令這位達官不敢向前，儘管他並不是那種樂於聽命於人與人之間心息相通的隱約暗示的人。與此同時，人群則懷著驚懼參半的心情觀望著。在他們看來，這種肉體的衰竭，只不過是牧師神力的另一種表現；假若像他這樣神聖的人，就在衆人眼前飛升，漸暗又漸明，最終消失在天國的光輝中，也不會被視爲難以企及的奇蹟。

他轉向刑台，向前伸出雙臂。

「海絲特，」他說，「過來呀！來，我的小珠兒！」

他盯著她們的眼神十分可怖；但其中馬上就映出溫柔和奇異的勝利的成分。那孩子，以她特有的鳥兒般的動作，朝他飛去，還摟住了他的雙膝。海絲特．白蘭，似乎被必然的命運所推動，但又違背她的堅強意志，也緩緩向前，只是在她搆不到他的地方，就站住了。就在此刻，老羅傑．齊靈渥斯從人群中衝出——由於他的臉色十分陰暗、十分慌亂、十分邪惡，或許可以說他是從地獄的什麼地方鑽出來的——想要抓住他的犧牲品，以免他會做出什麼舉動！無論如何吧，反正那老人衝到前面，一把抓住了牧師的胳臂。

「瘋子，穩住！你要幹什麼？」他小聲說。「揮開那女人！甩開這孩子！一切都會好的！不要玷污你的名聲，不光彩地毀掉自己！我還能拯救你！你願意給你神聖的職業蒙受恥辱嗎？」

「哈，誘惑者啊！我認爲你來得太遲了！」牧師畏懼而堅定地對著他的目光，回答說。「你的權力如今已不像以前了！有了上帝的幫助，我現在要逃脫你的羈絆了！」

他又一次向戴紅字的女人伸出了手。

「海絲特・白蘭，」他以令人撕心裂肺的真誠呼叫道，「上帝啊，他是那樣的可畏，又是那樣的仁慈，在這最後的時刻，他已恩准我——爲了我自己沉重的罪孽和悲慘的痛楚——來做七年前我規避的事情，現在過來吧，把你的力量纏繞到我身上吧！你的力量，海絲特；但要讓那力量遵從上帝賜於我的意願的指導！這個遭受委屈的不幸老人正在竭力反對此事！竭盡他自己的，以及魔鬼的全力！來吧，海絲特，來吧！扶我登上這座刑台吧！」

人群嘩然，騷動起來。那些緊靠在牧師身邊站著的有地位和身分的人，萬分震驚，對他們目睹的這一切實在不解：既不能接受那顯而易見的解釋，又想不出別的什麼涵義，只好保持沉默，靜觀上天似乎就要進行的裁決。他們眼睜睜地看著牧師靠在海絲特的肩上，由她用臂膀攙扶著走近刑台，跨上台階；而那個由罪孽而誕生的孩子的小手，還在他的手中緊握著。老羅傑・齊靈渥斯緊隨在後，像是與這齣他們幾人一齊參加演出的罪惡和悲傷的戲劇密不可分，因此也就責無旁貸地在閉幕前亮了相。

「即使你尋遍全世界，」他陰沉地望著牧師說，「除去這座刑台，再也沒有一個地方更秘密——高處也罷、低處也罷，使你能夠逃脫我了！」

「感謝上帝指引我來到了這裡！」牧師回答說。

然而，他卻顫抖著，轉向海絲特，眼睛中流露出疑慮的神色，嘴角上也同樣明顯地帶著一絲無力的微笑。

「這樣做，」他咕噥著說，「比起我們在樹林中所夢想的，不是更好嗎？」

「我不知道！我不知道！」她匆匆地回答說。「是更好嗎？是吧；這樣，我們就可以一起死去，還有小珠兒陪著我們！」

「至於你和珠兒，聽憑上帝的旨意吧，」牧師說；「而上帝是仁慈的！上帝已經在我眼前表明了他的意願，我現在就照著去做。海絲特，我已經是個垂死的人了，就讓我趕緊承擔起我的恥辱吧！」

丁梅斯代爾牧師先生一邊由海絲特．白蘭撐持著，一邊握著小珠兒的手，轉向那些年高望重的統治者；轉向他的那些神聖的牧師兄弟；轉向在場的黎民百姓——他們的偉大胸懷已經給徹底驚呆了，但仍然氾濫著飽含淚水的同情，因爲他們明白，某種深邃的人生問題——即使充滿了罪孽，也同樣充滿了極度的痛苦與悔恨——即將展現在他們眼前。剛剛越過中天的太陽正照著牧師，將他的輪廓分明地勾勒出來，此時，他正高高佇立在大地之上，在上帝的法庭的被告欄前，申訴著他的罪過。

「新英格蘭的人們！」他的聲音沉著高昂、莊嚴而雄渾，一直越過他們的頭頂，但其中始終夾染著顫抖，有時甚至是尖叫，因爲那聲音，是從痛苦與悔恨的無底深淵中掙扎出來的，「你們這些熱愛我的人！——你們這些敬我如神的人！——同這兒看，看看我這個世上的罪人吧！終於！——終於！——我站到了七年之前就該站立的地方；這兒，是她這個女人，在這可怕的時刻，以她無力的臂膀，卻支撐著我爬上這裡，攙扶著我不致撲面跌倒在地！看看吧，海絲特佩帶著的紅字！你們一直避之猶恐不及！無論她走到那裡，無論她肩負多麼悲慘的重荷，無論她可能多麼巴望能得到安靜的休息，這紅字，總向她周圍發散出使人畏懼、令人深惡痛絕的幽光。但是就在你們之間，卻站著一個人，他的罪孽和恥辱並不為你們所迴避的！」

牧師講到這裡，彷彿要留下他其餘的秘密不再揭示了。但他擊退了身體的無力，尤其是妄圖控制他內心的軟弱。他甩掉了一切支持，激昂地向前邁了一步，站到了那母女二人之前。

「那烙印就在他身上！」他激烈地繼續說著，他是下定了決心要把一切全盤托出了。「上帝的眼睛在注視著它！天使們一直都在指點著它！魔鬼也知道得一清二楚，不時用他那燃燒的手指的觸碰，來折磨它！但是，他卻在人們面前狡猾地遮掩著它，神采奕奕地走在你們之間；其實他很悲哀，因為在這個罪孽的世界上，人們竟把他看得如此純潔！——他也很傷心，因為他思念他在天國裡的親屬！如今，在他瀕死之際，他挺身站在你們面前！他要求你們再看一眼海絲特的紅字！他告訴你們，她的紅字雖然神秘而可怕，只不過是他胸前所戴的紅字的影像而已，而即使他本人的這個紅色的恥辱烙印，仍不過是他內心烙印的表象罷了！站在這裡的人們，有誰要懷疑上帝對一個罪人的制裁嗎？看吧！看看這一個駭人的證據吧！」

他哆哆嗦嗦地猛地扯開法衣前襟的飾帶。露出來了！但是要描述這次揭示，實在是大不敬。剎那問，驚慌失措的人們凝視的目光，一下子聚集到那可怖的奇蹟之上；此時，牧師卻面帶勝利

的紅光，站在那裡，就像一個人在備受煎熬的千鈞一髮之際，卻贏得了勝利。隨後，他就癱倒在

刑台上了！海絲特撐起他的上半身，讓他的頭靠在自己的胸前。

老羅傑．齊靈渥斯跪在他身旁，表情呆滯，似乎已經失去了生命。

「你總算逃過了我！」他一再地重複說。「你總算逃過了我！」

「願上帝饒恕你吧！」牧師說。「你，同樣是罪孽深重的！」

他從那老人的身上，取回了失神的目光，緊緊盯著那女人和孩子。

「我的小珠兒，」他有氣無力地說——他的臉上泛起甜蜜而溫柔的微笑，似是即將沉沉酣睡；甚至，由於卸掉了重荷，他似乎還要和孩子歡蹦亂跳一陣呢——「親愛的小珠兒，你現在願意親親我嗎？那天在那樹林裡你不肯親我！可你現在願意了吧？」

珠兒吻了他的嘴唇。一個符咒給解除了。連她自己都擔任了角色的這一偉大的悲劇場面，激起了這狂野孩子全部的同情心；當她的淚水滴在她父親的面頰上時，那淚水如同在發誓：她將在人類的憂喜之中長大成人，她絕不與這世界爭鬥，而要在這世上作一個婦人。珠兒作為痛苦使者的角色，對她母親來說，也徹底完成了。

「海絲特，」牧師說，「別了！」

「我們難道不能再相會了嗎？」她俯下身去，把臉靠近他的臉，悄聲說。「我們難道不能在一起度過我們永恆的生命嗎？確確實實，我們已經用這一切悲苦彼此贖救了！你用你那雙明亮垂

死的眼睛遙望著永恆！那就告訴我，你都看見了什麼？」

「別作聲，海絲特，別作聲！」他神情肅穆，聲音顫抖地說。「法律，我們破壞了！這裡的罪孽，如此可怕地揭示了！──你就只想著這些好了！我怕！我怕！我怕啊！或許是，我們曾一度忘卻了我們的上帝，我們曾一度互相冒犯了各自靈魂的尊嚴，因此，我們希望今後能夠重逢，在永恆和純潔中結爲一體，恐怕是徒勞的了。上帝洞察一切，而且仁慈無邊！他已經在我所受的折磨中，最充分地證明了他的仁慈。他讓我忍受這胸前灼燒的痛楚！他派遣那邊那個陰森可怖的老人來，使那痛楚一直火燒火燎！他把我帶到這裡，讓我在衆人面前，死在勝利的恥辱之中！若是這些極度痛苦缺少了一個，我就要永世沉淪了！讚頌他的聖名吧！完成他的意旨吧！別了！」

隨著這最後一句話出口，牧師吐出了最後一口氣。到此時，始終保持靜默的人們，迸出了奇異而低沉的驚懼之聲，他們實在還找不出任何言辭，只是用這種沉沉滾動的聲響，伴送著那辭世的靈魂。

24 尾聲

過了許多天，人們總算有了充分的時間，來調整有關那件事的看法，於是對於他們所看到的刑台上的情景，就有了多種說法。

許多在場的人斷言，他們在那個不幸的牧師的胸前，看到了一個嵌在肉裡的紅字，與海絲特·白蘭所佩戴的十分相似。至於其來源，則有著種種解釋，當然都是些臆測。一些人一口咬定，丁梅斯代爾牧師先生從海絲特·白蘭戴上那恥辱徽記的第一天開始，就進行他的苦修，隨後一直用各色各樣勞而無功的方法，對自己施加駭人的折磨。另一些人則爭論說，那烙印是經過很長時間之後，由那個有法力的巫師老羅傑·齊靈渥斯，靠著魔法和毒劑的力量，才把它顯示出來的。還有一些人，是最能理解牧師特殊的敏感和他的精神對肉體的奇妙作用的，他們悄悄提出看法，認爲那可怕的象徵，是悔恨的牙齒從內心向外不停咬嚙的結果，最後才由這個有形的字母，宣告了上天可怕的裁決。讀者可以從這幾種說法中自行選擇。關於這件怪事，我們所能掌握的情況已經全都披露了，既然這一任務已經完成，而長時間的思考，已在我們的頭腦中印下了並非我們所願的清晰印象，我們倒很高興把這深深的印記抹掉。

不過，也有一些從頭至尾都在場的人持有異議，他們聲明，他們的眼睛始終沒離開過丁梅斯代爾牧師先生，但他們否認曾經在他胸脯上看到任何表記，那上面和新生嬰兒的胸脯一樣光潔。據他們講，他的臨終致辭，既沒有承認，也沒有絲毫暗示，他和海絲特．白蘭長期以來戴著的紅字所代表的罪過有過些微的牽連。按照這些極其值得尊敬的證人的說法，牧師意識到自己形將辭世，也意識到了衆人已經把他尊崇到聖者和天使之間，於是便希望能在那墮落的女人的懷抱中咽氣，以便向世界表明，一個人類的精英的正直，是多麼微不足道。他在竭力爲人類精神的美好耗盡了生命之後，又以他自己死的方式作爲一種教諭，用這個悲慟有力的教訓，使他的崇拜者深信：在無比純潔的上帝的心目中，我們都是相差無幾的罪人。他要教育他們；我們當中最神聖的人，無非比別人高得能夠更清楚地分辨俯視下界的仁慈上帝，能夠更徹底地否定一般翹首企望的人類功績的幻影。對這樣一個事關重大的眞理，我們毋庸爭辯，不過，應該允許我們把有關丁梅斯代爾先生的故事的這種說法，僅僅看作是那種墨守忠誠的實例，證明一個人的朋友們——尤其是一個牧師的朋友們，即使在證據確鑿得如同正午的陽光照在紅字上一般，指明他是塵埃中一個虛僞和沾滿罪惡的生物時，有時還是要維護他的人格的。

我們這篇故事所依據的權威性素材，是記載了許多人口述的一部古舊書稿，其中有些人曾經認識海絲特．白蘭，另一些人則從當時的目擊者口中，聽說了這個故事，該書稿完全證實了前者諸頁所取的觀點。從那可憐的牧師的悲慘經歷中，我們可以汲取許多教訓，但我們只歸結爲一句話：「要眞誠！要眞誠！一定要眞誠！即使不把你的最壞之處無所顧忌地顯示給世人，至少也要流露某些跡象，讓別人藉以推斷出你的最壞之處！」

最引人注目的是，丁梅斯代爾先生死後不久，在被叫作羅傑·齊靈渥斯的那老人容貌和舉止上所發生的變化。他的全部體力和精力——他的全部活力和智力，像是立即拋棄了他；以致他明顯地凋謝了、枯萎了，幾乎如同拔出地面、給太陽曬蔫的野草般，從人們眼界中消失了。這個不快樂的人給自己的生活確立的準則，是不斷按部就班地執行他的復仇計劃；但是，當他取得了徹底的勝利和完滿的結果、那一邪惡的準則再也沒有物質來支撐的時候——簡言之，當他在世上再也沒有魔鬼給的任務可進行的時候，這個沒有人性的人，只有到他的主子那裡去謀職並領取相應的報酬了。然而，對於所有這些陰影式的人物，只要是我們的熟人——不管是羅傑·齊靈渥斯，抑或是他的伙伴，我們還不得不顯示點仁慈。

一個值得探討的、引人入勝的課題是：恨和愛，歸根結底是不是同一的東西。二者在發展到極端時，都必須是高度的密不可分和息息相通；二者都可以使一個人向對方謀求愛慕和精神生活的食糧；二者在完成其課題之後，都能夠將自己熱愛的人或痛恨的人同樣置於孤寂淒涼的境地。因此，從哲學上看，這兩種感情在本質上似乎是相同的，只不過一種剛好顯現於神聖的無光中，而另一種則隱蔽在晦暗的幽光裡。老醫生和牧師這兩個事實上相互成爲犧牲品的人，在神靈的世界中，或許會不知不覺地發現，他倆在塵世所貯藏的怨恨和厭惡，變成了黃金般的熱愛。

我們先把這一討論撇在一旁，把一件正事通報給讀者。不出一年，老羅傑·齊靈渥斯便死了；根據他的最後意願和遺囑──貝林漢總督和威爾遜牧師先生是其執行人──他把一筆數目可觀的遺產，包括在此地和英國的，都留給了海絲特·白蘭的女兒──小珠兒。

於是，小珠兒──那個小精靈，那個直到那時人們還堅持認爲是惡魔的後裔，就成了當年新大陸最富有的繼承人。自然，這種情況引起了公衆評價很實際的變化；如果母女倆留在當地，小珠兒在到達結婚年齡之後，很可能會把她那野性的血液，同那裡最虔誠的清教徒的血統結合起來。但是，醫生死後不久，紅字的佩戴者就消失了，而珠兒也跟著她走了。多年之後，雖然不時有些模糊的傳聞跨過大洋──猶如一塊不成形的爛木頭漂到岸上，上面只有姓氏的第一個字母，但從未接到過有關她們的可靠消息。紅字的故事漸漸變成了傳說。然而，它的符咒的效力依舊，使那可憐的牧師死在上面的刑台，和海絲特·白蘭居住過的海邊茅屋，都令人望而生畏。一天下午，有些孩子正在那茅屋的近旁玩耍，他們忽然看見一個身穿灰袍的高個子女人走進了屋門。這些年來，屋門從來沒有打開過一次；不知是那女人開了鎖，還是那腐朽了的木頭和鐵鍊在她手裡散落了，或是她像影子一般穿過這重重障礙，反正她是進了屋。

她在門限處停下腳步，還側轉了身體，或許，隻身一人走進以往過著提心吊膽生活、如今已經面貌全非的家，連她都受不了那種陰森淒涼的感覺。但她只遲疑了片刻，不過人們還是來得及看到她胸前的紅字。

海絲特．白蘭又回來了，又撿起了久已拋棄的恥辱！可是小珠兒在哪裡呢？如果她還活著，如今應該是個楚楚動人的少女了。誰也不知道，誰也沒有得到十足確切的消息，那個小精靈般的孩子，是不是早已過早地埋進了少女的墳墓，還是她那狂野而多彩的本性，已經被軟化和馴服，而得以享受一個女人溫雅的幸福。不過，從海絲特後半世的生活來看，有跡象表明，這位佩戴紅字的幽居者，是居住在另一片國度裡的某個人熱愛和關懷的對象。寄來的信件上印有紋章，不過那是英格蘭家系上所沒有記載的。在那間茅屋裡，有一些奢侈的享受品，這些東西海絲特是從來不屑一用的，但這些東西只有富人才買得起，只有對她充滿感情的人才會想得到。還有一些小玩意兒，一些小小的飾物，以及一些表示持續懷念的精美紀念品，想必是一顆愛心衝動之時，用一雙纖手製作成的。有一次，人們看到海絲特在刺繡一件嬰兒的袍服，那種華美的樣式和奢侈的色彩，如果有哪個嬰兒穿在身上，在我們這晦暗的居民區中招搖，一定會引起軒然大波的。

總而言之，當年那些愛講閑話的人相信，一個世紀後，對此作過調查的海關督察普先生相信，而最近接替他職務的一個人（指作者本人）益發忠實地相信，珠兒不但活在世上，而且結了婚，生活很幸福，一直惦記著她母親，要是她孤淒的母親能夠給接到她家裡，她將無比高興。

但對海絲特．白蘭而言，住在新英格蘭這裡，比起珠兒建立了家園的陌生異鄉，生活更加眞實。這裡有過她的罪孽，這裡有過她的悲傷，這裡也還會有她的懺悔。因此，她回來了，並且又戴上了使我們講述了這篇如此陰暗故事的象徵，此舉完全出於她自己的自由意志，因爲連那冷酷時代的最嚴厲的官員，也不會強迫她了。從那以後，那紅字就再也沒離開過她的胸前。但是，隨著那構成海絲特生活的含辛茹苦、自我奉獻和對他人體貼入微的歲月的流逝，那紅字不再是引起世人嘲笑和毒罵的恥辱烙印，卻變成了一種引人哀傷、令人望而生畏又起敬的標誌。而由於海絲特．白蘭毫無自私的目的，她的生活既非爲自己謀私利又非貪圖個人的歡愉，人們就把她視爲飽經憂患的人，帶著他們的所有哀傷和困惑，來尋求她的忠告。尤其是婦女們，因爲她們會不斷經受感情的考驗；受傷害、被濫用、遭委屈、被玩弄、入歧途、有罪過，或是因爲不受重視和未被追求而無所寄託的心靈憂鬱的負擔，而來到海絲特的茅屋，詢問她們爲什麼這麼淒涼，要如何才能得到解脫？海絲特則盡其所能安慰和指點她們。她還用她自己堅定的信仰使她們確信，到了更光明的時刻，世界就會爲此而成熟，也就是到了天國降臨的時刻，就會揭示一個新的眞理，以便在雙方幸福更可靠的基礎上，建立起男女之間的全部關係。海絲特年輕時也曾虛妄地幻想過，她本人或許就是命定的女先知，但從那以後，她早已承認了：任何上界神秘眞理的使命，是不可能委託給一個爲罪孽所玷污、爲恥辱所壓倒，或者甚至爲終生的憂愁而沉悶的女人的。將來宣示眞理的天使和聖徒必定是個女性，但應是一個高尚、純潔和美麗的女性；尤其應是一個其聰慧並非來自憂傷、而是來自飄渺的喜悅的女性；而且還應是一個通過成功地到達這一目的的眞實生活的考驗，顯示出神聖的愛將如何使我們幸福的女性！

海絲特．白蘭就一邊這麼說著，一邊垂下雙眸瞅著那紅字。又經過許多許多年之後，在一座下陷的老墳附近，又挖了一座新墳，地點就是後來在一旁建起王家教堂的那塊墓地。這座新墳靠近那座下陷的老墳，但中間留著一處空地，彷彿兩位長眠者的骨殖（編按．屍體腐爛後剩下的骨頭）無權相混。然而，兩座墳卻共用一塊墓碑，周圍全是刻著家族紋章的碑石；而在這一方簡陋的石板上——好奇的探索者仍會看見，卻不明所以了——有著類似盾形紋章的刻痕。上面所刻的銘文，是一個專司宗譜紋章的官員的詞句，可以充當我們現在結束的這個傳說的箴言和簡短描述；這傳說實在陰慘，只有一點比陰影還要幽暗的永恆的光斑，稍稍給人一點寬慰——

「一片墨黑的土地，一個血紅的A字。」

血紅的A字——永恆的光斑

胡允桓

納撒尼爾．霍桑（Nathaniel Hawthorne，一八〇四～一八六四）出生於美國麻薩諸塞州塞勒姆鎮。祖父約翰．霍桑是著名的一六九二年塞勒姆驅巫案的三大法官之一，父親是位船長小納撒尼爾四歲時，做船長的父親便病死在外，全靠才貌雙全的母親把他和兩個姊妹撫養成人。家庭和社會環境中濃重的喀爾文教氣氛，深深地影響了霍桑，使他自幼性格陰鬱、耽於思考；而祖先在驅巫案中擔任審判者，則使他產生了負罪感，以致入大學後在自己的姓氏中加了一個「W」，表示有別於祖先。從他十二歲以來的日記判斷，他在觀察及寫作上，都是早熟的。

霍桑十四歲時，到祖父的莊園上住了一年。那附近有個色巴果湖，霍桑經常到那裡打獵、釣魚、讀書，充分領略自然風光。據他晚年回憶，他的一生以這段時間最為自由愉快，而他的孤癖個性和詩人氣質，也是在這裡形成的。

霍桑在緬因州的博多因大學讀書時，深為同學所推崇。他在這裡結識了後來成為著名詩人的朗費羅、當了總統的皮爾斯和投身海軍的布里奇。這幾位學友，都對他後來的生活和創作產生過影響。

一八二四年霍桑大學畢業後，回到塞勒姆故居一住就是十二年，把時間全都用在了思考、讀書和寫作上。由於不滿意自己的作品，他最初的幾篇短篇小說，都是匿名發表的，他甚至還焚毀了一些原稿。一八三六年霍桑在海關任職，一八三七年他以本名出版了第一個短篇小說集《重講一遍的故事》，從此便以善於寫短篇小說而著稱。

一八四二年婚後，霍桑便遷到康科德居住。這裡不但是愛默生的家鄉，而且是梭羅「返回自然」的基地，堪稱是那一代超驗主義文人薈萃的大本營。可想而知，霍桑後半生多在此地居留，與那裡的哲學和文學氛圍大有關係。

《紅字》是霍桑的第一部長篇小說，一八五〇年該書問世後，霍桑一舉成名，成爲當時公認的最重要的作家。

《紅字》故事的背景，是一六五〇年前後的波士頓，當時的居民是一六二〇至一六三〇年間來此定居的第一代移民。他們都是在英格蘭故土受詹姆斯一世迫害，而抱著創建人間樂土的理想，來到新大陸的清教徒（即喀爾文教），史稱「朝聖的教父」。清教徒在英國最初是反抗羅馬教皇專制、反對社會腐敗風氣的，他們注重理智、排斥感情，推崇理想、禁絕欲望；後來，卻發展到極端，不但迫害異端，甚至連婦女在街上微笑，都要處以監禁，兒童嬉戲也要加以鞭笞。

霍桑熟諳新英格蘭的歷史，他的大部分作品寫的都是這類故事。讀者在《紅字》中所看到的情節和人物，在他的一些短篇中都可見端倪。如《教長的面紗》中牧師和少女的隱情，《恩狄柯特與紅十字》中胸佩紅字示衆的美婦，《年輕小伙子布朗》中人們偷偷到黑暗的森林裡與魔鬼密約，《拉伯西尼醫生的女兒》（故事假托在意大利）中那位學識淵博、醫術精湛但滅絕人性的醫生等等。作者大概爲了說明《紅字》故事有根有據，居然在正文前面難脫流俗地寫了一個楔子。這個楔子在原文各版本中都有，約三萬七千餘字，名爲《海關》，主要是敘述作者在一八四六至一八四九年間任海關督察時的一些軼事，文筆幽默流暢。因與本書關係不大，故各中譯本均略去不譯；但其中有一部分涉及本書的源起，或許讀者會感興趣，現摘譯如下——

> 一個雨天，我閑來無事，卻有幸今現了一些有趣的東西。我在翻閱堆在角落裡的廢棄文獻時，我的注意力被一個神秘的包裹所吸引。那包裹是一塊紅色細布所做，已經磨損褪色，上面依稀尚有金線刺繡的痕跡，但已朽得不見原樣，看不出光澤了。顯而易見，那是極其美妙的針線活，那種針甫手藝現在已經失傳。仔細辨認，便可看出這塊猩紅的破布片呈字母「A」型。精確量來，每個筆劃恰好是三又四分之一英寸長。毫無疑問，原先是用作衣裙上的裝飾品的？至於當年怎樣佩戴，或是表示什麼等級、榮譽和尊嚴，我卻無從猜測。但它卻奇怪地引起我的興趣？使我目不轉睛地盯視不已。誠然？其中必有深意，頗值琢磨。

我邊看邊想，或許這字母是白人設計出來飾在身上，以引起印第安人注目的，便拿起在胸前一試。當時我似乎感到——讀者盡可以發笑，但務又不要懷疑我的話 既不完全是、又幾乎就是肉體上的一陣燒灼，似乎那字母不是紅布做的，而是一塊滾燙的尉鐵。我一驚之下，便不自主地鬆手把它掉在了地上。

由於我專心注意那紅字，卻忽略了紅布包著的幾小張爛紙。此時我打開一看，竟滿意地發現上面是老督察普先生的筆跡，相當詳盡地記述了事情的始末。其中有著一位名叫海絲特·白蘭的婦女的言行，她在我們先輩的心目中，是個令人頗爲矚目的人物。她生活的年代，約在麻薩諸塞初創至十七世紀末葉之間。普督察所記的是一些老人的口述，他們小時候曾經見過她：雖然上了年紀，但並非老態龍鍾，而是外貌端莊。她慣於在鄉間四出助人，像是個志願看護……再往下讀，我還發現了有關這一奇特女性的其它情況和所遭苦難的記載，讀者自會從本書中一一讀到。請大家牢記，本書所寫的主要事實均證據確鑿，自有普督察的文獻足資證明。原件及紅字本身，仍存於我手中，可供對本書感興趣的讀者隨意驗看……

這一番聲明原是作者故弄玄虛，實在不足爲憑。不過，一六五八年普利茅斯殖民當局制定的法律中，確實有這樣一款：凡犯有姦淫罪者，「當於袖上及背部佩戴布製AD二大寫字母，本政府治下若發現其未佩此二字母者，立即予以逮捕並當衆施以鞭笞。」可見，當年罹此羞辱者會大有人在，霍桑並非杜撰。而書中的貝林漢總督和威爾遜牧師也是實有其人，作者本想用來增添作品的眞實氣氛，卻弘起一些人去考證丁梅斯代爾牧師是否影射約翰．科頓❶，這恐怕違背了作者的初衷。

像《紅字》這樣題材的故事，如果由一個平庸之才去寫，很容易流於兒女私情的淺薄傳奇，充其量也只能寫成主人公抗爭逆境之類的通俗作品。但霍桑畢竟是個勤於思考、長於挖掘的大手筆。他一方面深受清教主義的影響，擺脫不掉「原罪」、「贖罪」及「命定論」之類的宗教迷信，一方面又從家族的負罪感出發，反過來對清教的專制統治痛心疾首；他一方面接受了愛默生的超驗主義哲學觀，相信客觀的物質世界，只是某種隱蔽的神秘力量的象徵；一方面又受個人宗教意識的左右，去探尋固有的、抽象的「惡」。因此，他在作品中特意描繪荒謬可怖的現象，竭力挖掘陰暗怪誕的心理。然而，正因爲這種晦澀的神秘主義傾向，反而使他的作品產生了一種曲徑通幽的意境和餘音繞樑的效果，引導我們透過種種象徵，去探究人物深藏的心理和主題背後的

❶科頓（John Cotton，一五八四～一六五二）生於英國，一六三三年移居麻薩諸塞，遂成爲波士頓有權勢的清教牧師，以善寫訓誡文著稱，後捲入驅逐安妮．哈欽遜及羅傑．威廉斯的事件中。

哲理。

爲了表達深邃的主題，霍桑在他自稱爲「心理羅曼史」的小說中，極盡諷示隱喻和象徵比擬之能事。

《紅字》的故事一開篇，映入讀者眼簾的，首先是「新殖民地的開拓者們」在萬事草創之時，忘不了與墓地同時修建的監獄，這株「文明社會的黑花」，「從來不曾經歷過自己的青春韶華」，因爲它「與罪惡二字息息相關」，它那猙獰陰森的外貌，連同門前草地上「過於繁茂地簇生著的不堪入目的雜草」，都增加了晦暗淒楚的色調。然而在這一片灰黑之中，卻傲然挺立著一叢玫瑰，「盛開著寶石般的花朵」，象徵著人類的道德……接下來，便出現了女主人公海絲特·白蘭，懷抱初生的珠兒，「她煥發的美麗，竟把籠罩著她的不幸和恥辱凝成一輪光環」，令人聯想起「聖母的形象」。這樣一段栩栩如生的文字，不但爲我們展現了人物活動的舞台背景，而且啓發讀者去思考作蔭開的主題。

這種用略帶神秘色彩的自然景象烘托環境、渲染氣氛和映襯人物心理的手法俯拾皆是，最突出的便是丁梅斯代爾牧師和海絲特及珠兒在夜晚和密林中的兩次會見：由紅字連繫在一起的幾個主要人物的同時出場，如同戲劇中迭起的高潮，把全書緊織在一個嚴密的結構之中。

作者還把這種手法用於刻畫人物。在他的筆下，次要人物的是非善惡和他們之間的恩恩怨怨，寫得十分含蓄，而幾個主要人物則透過個別的心理挖掘、成雙組合中的衝突和同時出場亮相的交會，交代出各人與紅字相關的象徵。

全書寫到的人物不過十多個，其中有姓名的不超過十個。値得注意的是貝林漢總督、威爾遜牧師、西賓斯老夫人，和那位最年輕且唯一有同情心的姑娘這四個次要人物，他們分別是珠兒、丁梅斯代爾牧師、羅傑·齊靈渥斯和海絲特這四個主要人物的反襯或影子。而四名主要人物又形成兩對，使他們的個性在相得益彰之中，予以酣暢淋漓的表現。

海絲特·白蘭是「有形的紅字」。她出身沒落的世家，父母貧窮而正直。她不幸的婚姻，加之兩年中丈夫音訊全無，謠傳他已葬身海底，這個孤苦無依的少婦與才貌相當的丁梅斯代爾的愛情，便顯得合情合理。事情敗露後，她被迫終身佩戴紅字，爲了愛人的名聲，她獨自承擔了全部罪責與恥辱。出於對他的眷戀之情，她不但在他生前不肯遠離他所在的教區，就是在他死後，仍然放棄了與女兒共享天倫之樂的優越生活，重返埋有他屍骨的故地，重新戴上紅字，直到死後葬在他身邊，以便永遠守護、偎依著他。

這個勇敢的女性，還精心刺繡那紅字，著意打扮她的小珠兒，不僅出面捍衛自己教養她的權利，而且尊重孩子狂野的天性，努力培養她成人。在作者的筆下，海絲特不只是個爭取個性解放的女人，她還汲取了「比紅字烙印所代表的罪惡還要致命」的精神，把矛頭指向了「與古代準則密切相關的古代偏見的完整體系——這是那些王室貴胄眞正的藏身之地」，稱得起是一位向愚昧的傳統宣戰的鬥士了。

這樣的高度，是很多文學作品中的婦女形象所難以企及的。她的這種精神境界，儘管沒有爲她的那些清教徒鄉親和愚不可及的長官們所理解（否則，不知要招來何等橫禍），但無論如何，由於她的含辛茹苦、助人爲樂等種種美德，使她胸前的紅字不再是「通姦」（Adultery）的恥辱徽記，而成了「能幹」（Able），甚至「値得尊敬」（Admirable）的標誌了。

丁梅斯代爾是「無形的紅字」。與海絲特相比，他顯得怯懦，但這是他受宗教束縛彌重的結果。他並非不想公開懺悔自己的「罪孽」，但他的這種願望，過多地同「贖罪」、「內省」等宗教意識糾纏在一起，因此行動上也只能處處受其羈絆。他既要受內心的譴責，又要防外界的窺測；他明明有自己的愛，卻偏偏要把這種感情視同邪魔。他在痛苦中掙扎了七年，最終雖然以袒露胸膛上的「罪惡」烙印，完成了道德的淨化與靈魂的飛升，但他始終沒勇氣承認自己愛的正當，更談不到與舊的精神體系徹底決裂。與海絲特相比，似乎更加映襯出後者的偉大。

齊靈渥斯是「紅字的製造者」。他那醜陋的外貌和畸形的軀體，正是他醜陋和畸形的靈魂的寫照。他選擇了讓丁梅斯代爾活著受煎熬的復仇手段，實際上成了阻止他贖罪的惡魔。他和海絲特的結合，雖然出於他追求家庭溫暖和個人幸福的一己之私，但畢竟是一種愛，原也無可厚非；但當這種愛轉變成恨，把復仇作爲生活目標，不惜拋棄「博愛」的基督精神，以嚙噬他人的靈魂爲樂之後，反倒由被害者墮落成「最壞的罪人」，不但在失去復仇這一生活目標時，結束了自己的生命，而且死後也不會得到新生。

小珠兒則是「活的紅字」，「是另一種形式的紅字，是被賦予了生命的紅字！」這個私生的小精靈，和她母親胸前的紅字交相輝映，既是「罪惡」的產物，又是愛情的結晶。海絲特把紅字用金色絲線裝飾得十分華美，小珠兒也給打扮得鮮麗異常。她的美和齊靈渥斯的醜，形成強烈的對比：一方面體現了作者的浪漫主義觀點——老醫生的博學多識，使他成爲深受文明污染的社會人，而小女孩肆無忌憚的狂野，則仍保持著自然人的純眞；另一方面又表明了作者的宗教意識——齊靈渥斯既然是撒旦，小珠兒便是「天使」（Angel），「A」字在她身上，從而具備了更積極的含義。恰恰是在這個含義上，寄託了作者對未來美好的理想，也體現了他對宗教的幻想。

霍桑是一位世界觀相當複雜的作家，他選擇愛情悲劇作爲《紅字》的主題，使自己深深陷入難解的矛盾之中。愛情本是人類的天性，但按照基督教義，亞當和夏娃偷吃了伊甸園中的智慧之果，懂得了男歡女愛，不再靠上帝創造而由自己繁衍人類，這本身正是「原罪」，至於私情，更觸犯了基督教的第七誡。霍桑雖深受教會影響，但自從歐洲文藝復興以來，愛情早已成了文藝作品永恆的主題，時時受到歌頌，他即使再保守，也不會不認爲這是天經地義的了。於是，書中便處處可見作者難言的苦衷：他雖然譴責不合理的婚姻，甚至把男女主人公的愛情說成是「神聖的貢獻」，但卻不敢肯定不合「法」的感情，更不肯使有情人終成眷屬。他只能讓齊靈渥斯在死前「良心發現」，把遺產全部留給珠兒。

實際上，霍桑在《紅字》中所要表達的，是社會現狀和人類命運，並藉以進一步探討他所關心的「善」與「惡」的哲理。

那座構成《紅字》故事中心場景的示衆刑台，時而被描述成「像是教堂的附屬建築」，似是要把社會的醜惡及不人道歸咎於宗教，但繼而又被寫作「如同法國大革命時恐怖黨人的斷頭台」，表明了他對社會變革的不解與疑懼。從這一例證中，我們不難看出，作家以敏銳的目光，洞悉了社會的種種弊端，但並不知該何去何從。他從人道主義出發，把社會的不合理現狀和人類的悲慘命運，歸結爲「善」與「惡」之爭，但他的善惡觀，又深受宗教教條的浸染，成了纏夾不清的空泛議論，說什麼「愛總要比恨來得容易，這正是人類本性之所在……恨甚至會透過悄悄漸進的過程變成愛」。還提出「恨和愛，歸根結底是不是同一的東西……」而書中那種厚重的陰鬱色彩，也給人壓抑多於振奮。

然而，我們在閱讀和欣賞文學名著時，既不應苛求作家，也不該囿於他的局限。的確，霍桑本人有保守思想和神秘主義傾向，他的《紅字》也並非革命的教科書，但如果我們讀了這部作品後，能夠看到舊制度的黑暗，並喚起變革社會的理想，願意爲更美好的人類命運去奮爭，不也是積極的嗎？

誠如作者在與全書開篇遙相呼應的結尾中所寫：「這傳說實在陰慘，只有一點比陰影還要幽暗的永恆的光斑，稍稍給人一點寬慰：『一片墨黑的土地，一個血紅的A字。』」霍桑作品的一大長處是引人深思、發人聯想；讓我們就從這一「永恆的光斑」和「血紅的A字」出發，去浮想聯篇吧，「A」字又何嘗不可以代表「前進」（Advance）呢！

作爲十九世紀後期美國浪漫主義作家的傑出代表，霍桑的文學作品及其藝術成就，對當時與後世都有重大影響。在當年英國作家威廉·朗格倫的《農夫彼爾斯》（一三六二）和約翰·班揚的《天路歷程》（一六七八~一八四）這類宗教小說中，就曾把七大罪惡或人的品德，變成具體人物登場。這種把抽象概念人格化並用來直接給人物命名的寫法，顯然比臉譜化更爲原始和粗糙。霍桑所採用的象徵比擬筆法，則是在此基礎上的創新，當時即爲梅爾維爾所師法，經過愛倫·坡的評論，轉而爲法國的波特萊爾所效仿，並開創了現代派文學的象徵主義流派。

至於霍桑那種渲染氣氛、深入探討心理的手法，更爲後世所推崇。亨利·詹姆斯、威廉·福克納，直至猶太作家索爾·貝婁和艾薩克·辛格，黑人女作家托妮·莫瑞森等，無不予以運用。單就這一點而論，霍桑對世界文壇的貢獻也是巨大的。他的代表作《紅字》無愧於不朽巨著。

霍桑與《紅字》

D·H·勞倫斯

霍桑創作的是羅曼史。

什麼樣的作品算是羅曼史呢？一般來說，是一個故事，其中事事讓你如意：雨水永遠不會打濕你的衣衫，蚊蟲永遠不會叮咬你的鼻子，時光永遠極美妙宜人。《如願》❶、《森林愛侶》❷及《亞瑟王之死》❸等作品即是。

可是，霍桑並非此種浪漫小說家；但也沒有人不認爲《紅字》是浪漫小說的。

不過如此罷了。《紅字》並不是一部令人愉悅、嬌美的羅曼史。它是一個寓言，一個實實在在的人間故事，卻內含地獄般的意義。

美國的藝術與藝術思維中一直存在這種分裂。表面上它漂亮、僞善、多情得不得了，就像霍

❶ 莎士比亞的戲劇名。

❷ 莫利斯·休利特（一八六一～一九二三，英國小說家、詩人）的小說名。

❸ 阿爾佛萊德·丁尼生（一八〇九～一八九二，英國詩人）的詩名。

桑本人（碧眼寶貝）或朗費羅等鴿子似的人物。霍桑的妻子說她從來都無法認清他，他身上總籠罩著一層「永恆的微光」。

他們是蛇。請看看他們藝術的內在含義吧，看看他們都是些什麼樣的魔鬼。

你非得透過美國藝術的表面，才能看到其象徵意義之下的內在惡魔，否則它看上去與幼童毫無異樣。霍桑這位碧眼寶貝兒深知自己靈魂中的那些不愉快的東西。他會巧加掩飾後，把它們泄露出來。

總是這樣。美國人總是苦心經營，表面上公允、平淡，但他們的潛意識卻是如此險惡。毀滅！毀滅！毀滅！他們的潛意識在這般吟嗚。愛、創造！愛、創造！他們的清醒意識又在這樣地呼叫。而這個世界聽到的只有「愛、創造！」拒絕傾聽潛意識中毀滅的吟唱。總有一天，這世界非得聽聽毀滅二字不可。

美國人應該去毀滅。他命中注定要這樣做。他命中注定要毀滅白人的心理主體——白人的意識。他得悄悄地這樣做，正如一隻蜻蜓悄悄毀滅蝶蛹和幼體脫穎而出一樣。

但是，不少蜻蜓並未衝破繭殼，而是死在殼裡，美國或許也會這樣的。

《紅字》這隻蝶蛹凶惡地在內部毀滅著舊的心理。

「要善！善良！」霍桑在歌唱。「好好待著，別犯罪！做了壞事是會暴露出來的。」

他的話太令人信服了，連他妻子都無法看清他的眞實面目。

那麼讓我們來聽聽《紅字》的惡魔含意吧。

人吃了禁果，從而爲自己感到羞恥。

你是否知道，在吃禁果之前，亞當和夏娃是否早就同居？是的。他就像隻野獸，同他的伴兒生活在一起。

直到智慧的毒藥潑進來——撒旦引誘他們吃了那蘋果，這事兒方才成爲「罪惡」。我們自身分裂爲二，相互鬥爭。這就是那個「紅字」的意義。

起先，亞當對夏娃就如同一頭野獸對他的伴侶那樣，靠偶然的感知認識她，當然這感知靠的是生命與血液。這是一種血液的認知，而不是智慧的認知。血液的知識，似乎會被全然忘卻，其實不然。血液的知識即本能、直覺，即黑暗中知識的巨大洪波，先於頭腦的知識而產生。

隨後有了那可咒的蘋果，另一種知識將至。

亞當開始審視自己。

「哎呀！」他說。「這是什麼？我的天！見鬼了！夏娃！我對夏娃感到吃驚。」

從此開始了了解，不久，這了解就進入了理解。

吃了蘋果後，亞當再擁有夏娃時，從行爲上說，他跟以前做的沒什麼兩樣。但他這次想的可就完全是另一回事了。夏娃亦是如此。他們都開始注意自己的所作所爲，看著在自身發生的一切。他們要了解。這就是罪惡的開端。罪惡的開端不是行爲，而是對行爲的了解。吃禁果前，他們對此視而不見，頭腦中一片渾沌。現在他們窺視著，想像著。他們在觀看自己。隨後，他們感到不舒服。他們有了自我意識，所以會說：「這行爲就是罪惡。咱們藏起來吧，咱們犯罪了。」

難怪上帝把他們驅逐出了伊甸園。骯髒的僞君子。

這種罪惡來自人的自窺與自我意識。罪惡與滅亡。骯髒的理解。

如今，人們的確恨二元論。這可不好，我們是雙重性格的人。十字架。如果我們接受這種象徵，就等於接受了這個事實。我們自我分裂後自我作對。

比如我們的血液就仇恨被了解，於是我們要有極大的隱私。

而在另一方面，人的頭腦和精神，又仇恨黑暗的血液力量：仇恨那全然黑暗的性高潮。的確，黑暗的性高潮會使頭腦和精神變得一片渾沌，把它們拋入令人窒息的暗流之中。

你無法逃避。

血液意識使理智意識黯然失色，使之銷聲匿跡。

理智意識使血液意識滅亡，它消耗血液。

我們都有這兩種意識，這兩方面在我們體內勢不兩立。

它們永遠會這樣。

這就是我們的十字架。

這種對立太明顯、影響太大，它已波及到最微小的事情。今天，有文化、意識極強的人，都仇視任何形式的「卑下」的體力工作，如洗盤子、掃地或伐木。這種卑下的工作，是對精神的污辱。「我一看到有人背著重擔、幹粗活兒，我幾乎要哭。」一位有文化的女人對我說。

「一聽你說這個，我就想揍你，」我回答說，「當我看到你那漂亮的腦袋裡思想如此沉重，我就要揍你！我恨你！」

我父親仇恨書籍，看到誰讀書寫字他就恨。

而我母親則討厭讓她的任何兒子做卑賤的工作。她的兒子應該比那高雅得多。

她勝利了。可她先於父親死去了。

笑到最後的人笑得最久。

我們所有的人身上，都存在著靈與肉、血液與精神之間的對立。人的頭腦爲自己的血液感到「羞恥」。血液被頭腦所毀滅，從而出現了蒼白的臉。

眼前，理智和所謂精神佔了上風，在美國尤其如此。在美國，沒有人是依照自己的血性做事的，總是依照精神。在美國人的行動中，血液被精神所減少。當一個意大利勞工幹活時，他的頭腦和神經都進入了休眠狀態，只有他的血液在沉重地運行。

美國人做起事來從來不像在眞正幹什麼事，他們在「忙」。他們總是在「忙」什麼事。可是，他們又確實是沉浸其中，只不過他們深刻的血液意識並不活躍。

他們羨慕血液意識的自發衝動。他們想從頭腦中獲得這種自發衝動。「依照肉體的衝動生活。」他們叫著，可這叫聲發自他們的頭腦。協調。

這仍舊是在試圖使肉體和血液理智化。「想想某塊某塊肌肉，」他們說，「讓那兒鬆弛一下。」每次你讓頭腦戰勝你的肉體，你就會造成更爲深刻、更加危險的「情結」，或使某一處更緊張。

美國人的血已不再是血。可怕的美國人。一股黃色的精神流。

墮落。有太多的墮落。

夏娃吃了禁果，從此我們就落入了知識的陷阱，自我意識的知識。人的頭腦從此第一次開始與血液作對。要理解，這等於把血液智識化。

這血非流不可。耶穌說。

流在我們分裂心靈的十字架上。

流了血，你就變得理智。吃肉、喝血，這是自食其身❹，從而你就像一些美國人或印度人一樣，變得十二萬分地理智。即便吃掉你自己，天曉得你會獲得多少知識，你會懂多少事。小心，別噎著。

很久以來，人已深信，他們可以透過理智和精神變得完美起來。他們極其相信這一點。他們

❹ 這裡是在影射聖餐。

在純精神領域內可以獲得無比的狂喜。他們相信純潔、童貞和精神之翼。

美國人很快就獲得了精神之鳥。美國迅速殺死了對精神的信仰，但行動上依舊故我。他們在行動上仍有過之而無不及。美國人儘管內心十分瞧不起人的精神和意識，可仍然像使用毒品一樣，一直習慣性地鼓吹精神、博愛和了解。其實他們內心並不在乎這些。他們這樣只是爲了求得感覺，那美妙絕倫的愛的感覺、愛全世界。他們要的是了解、了解、了解，了解對他們來說，是一架漂亮的小飛機。所有感覺中最漂亮的要算是理解了。哦！他們理解得太多了，寶貝們！他們太會玩這種把戲了。純粹是自做的把戲。

可是，一部《紅字》卻戳穿了這個把戲。

這裡有一位純而又純的年輕牧師丁梅斯代爾。

美麗的清教徒海絲特就拜倒在他腳下。

她做的第一件事就是引誘他。

他做的第一件事就是上了她的鉤。

他們做的第二件事就是隱瞞他們的罪惡。他們自我滿足，試圖相互理解。

這是新英格蘭的神話。

打鹿者拒絕受朱迪絲·哈特的引誘❺。至少撒旦的蘋果未能一讓他上鉤。

---

❺見詹姆斯·庫柏的小說《獵鹿人》。

可是丁梅斯代爾卻甘願受勾引。哦，誘人的罪惡！

他是個多麼純潔的年輕人啊。

他要愚弄清教徒。

美國人的心靈。

當然，這場遊戲的最精彩部分是如何保持純潔的形象。

一個女人，特別是一個美國女人可以取得的勝利，是成功地引誘一個男人，特別是一個純潔的男人。

而他則獲得了最大的快感——墮落——「勾引我吧，赫克利斯❻太太。」

這兩人分享著保持純潔面目的幸福，其實別人早已知道他們是怎麼回事。可是純潔的面目值得他們歡悅。整個美國都這樣。看上去純潔！

引誘一個男人。要讓人們都知道。但還要保持純潔的面目。純潔！

這是女人的巨大勝利。

「A」紅字。通姦婦！這了不起的第一個字母，第一個通姦婦！新亞當和亞當娜！美國人！

「A」通姦婦！這A字繡著金線邊，在她胸上熠熠閃光，這令人驕傲的標誌。

---

❻ 赫克利斯是希臘神話中的大力神。此處可能指海絲特的誘惑力大如赫克利斯。

把她放在斷頭台上讓人們崇拜她，這個女人，這個聖母瑪利亞。「A」，亞伯！❼

亞伯！亞伯！亞伯！令人景仰！

它成了一個笑話。

憤怒的心。「A」，心在流血的聖母瑪利亞，悲哀的聖母！「A」大寫的「A」。繡著金線的紅字。亞伯！通姦。可景仰的人！

或許這是有史以來寫下的最大的諷刺。《紅字》。由一位叫霍桑的碧眼寶貝兒寫就。

當然不是班波❽。

人的精神凝固於一個謊言中，膠固於一個謊言，永遠給自身一個謊言。

一切都始於一個「A」字。

通姦婦。字母表中的頭一個字母。亞伯。A，美國。❾

紅字。

「如果清教徒人群中有一位天主教徒，他就會發現這位如花似玉、風采非凡的美婦人，她懷

---

❼ 亞當和夏娃的次子，被其兄該隱所殺害。此處可能指海絲特被丁梅斯代爾所危害。

❽ 見詹姆斯・庫柏的「皮襪子」系列小說。

❾ 這幾個字的字首字母全是A。

中抱著一嬰兒，其形態令人想起聖母，這幅形象可是許多著名畫家競相描繪的。她確實令人想起什麼，當然是透過對比，想起那聖潔的母親，她的嬰孩將爲這個世界贖罪。」

那嬰孩將爲這個世界續罪，的的確確！世界的罪惡，將會由這個美國嬰孩贖回，一種令人吃驚的贖罪。

「人生最神聖的本質，受到了最難以抹消的玷污。因爲有了這婦人的美，這世界愈顯得黑暗，因爲她的孩子的出生，這世界愈顯得迷惘。」

聽聽這寶貝兒在說什麼。他不是可以算得上辯解大師了嗎？

亦是象徵大師。

他虔誠的譴責，同時也是讚美的一笑。

哦，海絲特，你是一個魔鬼。一個男人必須是純潔的，僅僅是爲了讓你引誘他、讓他墮落。一生中最大的快樂，莫過於把聖人拉入泥坑。把他拉入泥坑，再下賤地用你的頭髮擦乾他身上的泥水，又一個瑪格黛倫❿。然後回家，跳一個女巫勝利舞，然後用金線繡上一個紅字，就像貴婦人自己的頭飾一樣。再往後，就是怯生生地站在斷頭台上愚弄人世。人們都妒嫉你犯了罪，他們會揍你，因爲你搶了先。

---

❿ 指從良的妓女。

海絲特．白蘭是女人中的一大復仇女神。她是又一個從墳墓中復活的魔女莉蓋婭⓫，她要了解。她要找回屬於她的東西。理解。

這一次，該丁梅斯代爾先生死了。她繼續活下來，成爲亞伯。

他的精神戀是個謊言。他像一般的牧師一樣，在高尚的佈道中，讓女人成爲他精神愛的妓女，但這是彌天大謊，終於會不打自招。

我們的精神太純潔了。純潔無瑕！

她搔中了他的要害部位，於是他倒下了。

失敗。

精神戀失敗了。

可是這把戲還要耍下去，保持純而又純的面目。

小心，先生，小心你的女信徒。不管做什麼，別讓她搔癢你。她知道你的弱點。小心保持你的純潔。

海絲特．白蘭引誘了亞瑟．丁梅斯代爾，從此末日就開始了。可是從末日開始到末日結束，卻經過了一、二百年的時間。

⓫見愛倫．坡的小說《莉蓋婭》。

丁梅斯代爾先生並未日暮途窮。起先，他用精神統治自己的肉體。現在他的好時光來了：自己折磨自己的肉體，抽打、用荊棘刺自己的皮肉。這是一種手淫。他是想用自己的頭腦控制自己的肉體，既然他無法全然控制自己的身體，眼看著自己的肉體墮落，於是他就用鞭子抽打它。他的意志要抽打他的肉體，他從痛苦中獲得歡愉。他沈浸在自虐中。對純潔的人來說，一切皆純。

這是自古以來的自我折磨術。人的理智要控制他的血肉。他的自我爲著自身的支離破碎而狂喜。「我」，這個自我，我要戰勝我的肉體。抽！抽！我是個無比自由的精靈。抽！我是我靈魂的主人！抽！抽！抽！我是我靈魂的船長。抽！快抽！

再見，亞瑟。他需要女人做他的精神信徒，精神新娘。於是，這個女人正觸到了他的弱點、他的「阿奇里斯之踵」。注意你的精神新娘，她在尋找你的弱點。

這是一場意志的鬥爭。

「意志不死——」

這佩帶紅字的女人，成了人們憐憫的對象。她不是剛剛經歷了那場戰爭嗎？哦，預言家霍桑！

海絲特慫恿丁梅斯代爾隨她離開，去一個新的國家，奔向一種新生活。可他不。

他知道現今世界上沒有新的國家也沒有新的生活。這是一件古而又古的事，處處皆然，只是程度不同。

海絲特以爲有丁梅斯代爾做他的丈夫，有了女兒珠兒，他們三個到了澳大利亞或許日子會極完美。

可這不可能。丁梅斯代爾這個以傳播福音爲精神的牧師，早已喪失了自己的道德。他失去了自己的丈夫氣。他不願意讓一個女人掌握自己，逃向一個新國家，完全受她控制。她像所有蔑視「墮落」的男人那樣蔑視他，而同時又對他懷有脈脈溫情。

他不再捍衛什麼，那就讓他在原地聽天由命吧。

她挫敗了他和他的精神，爲此他恨她。正像安傑·克萊爾被黛絲挫敗了之後仇恨黛絲那樣，正像裘德終於恨上了蘇一樣——或者說他應該恨⓬。女人愚弄了精神化的男人。男人們一旦精神上被挫敗了，就再也爬不起來了。他們只能爬行，至死都恨女人，是女人讓他們墮落的。

這聖潔的牧師，最終站在斷頭台上向公眾懺悔，總算挽回了點什麼。隨後他死了。但他總算從每個人那兒贖回了點什麼。

「我們不再見面了嗎？」她把頭低向他說。「我們不白頭到老嗎？痛苦已經爲我們贖回了罪惡！你那雙閃亮絕望的眼睛看到了永恆。告訴我，你看到什麼了！」

「噓，海絲特，噓！」他陰鬱、顫抖著說。「我們犯了法！我們的事東窗事發了！我想的就

⓬ 這四人分別是哈代小說《黛絲姑娘》和《無名的裘德》中的兩對戀人。

是這個。我怕！我怕！」

他死了，把「罪惡」甩給了她，他自己躲開了。

我們確實犯了法。

是誰的法!?

但它的確是法，人必得嚴守自己賴以立足的信仰，並服從這信仰之法，否則他就該承認這法的不足，從而準備接受新鮮事物。

信仰不可改變，無論是海絲特、丁梅斯代爾、霍桑還是美國，皆是如此。這是個陳舊危險的信仰——對精神、清教、無私的愛和純潔的思想，其實是不相信。他們是爲了信仰而信仰，可他們一直是在愚弄這信仰，正如伍德羅．威爾遜⑬等現代信徒一樣，他們是現代的救世主，他會試圖愚弄你，特別是如果一位要「理解」的女人向你施以愛情的話，更是如此。

海絲特仍活了下來，顯得極虔誠，當了一名公僕。最終她成了一位衆人皆知的聖女，一位佩帶紅字的亞伯。

作爲一個女人，她會這樣的。她已戰勝了一個男人，所以她樂意參與社會的精神生活。她拚命作假，爲這個社會的緣故，她已經戰勝了神聖的亞瑟。

---

⑬ 美國第二十八任總統。

她變成了一個受人憐憫的聖人。

但想要讓別人承認，可沒那麼簡單。人們一直以為她是個女巫。她的確是。事實上，如果一個女人不被男人所控制著受信仰的約束，她就會不可避免的變成一股破壞力量。她無法控制自己。一個女人幾乎不可能沒有憐憫心。她無法目睹任何人肉體上受損傷。可是，如果一個女人掙脫了男人瘋狂的信仰之網：她不再信他和他自己，這女人就會變成一頭溫柔的魔鬼。她會帶上微妙的鬼氣。女人的精神會滙合成一頭巨大的鬼，女人，德國女人、美國女人或任何別種女人，在一次大戰中顯得可怕極了。哪個男人都知道這一點。

女人成了一個無法自制、具有愛的潛能的魔鬼。她不能自制。她的愛是毒藥。

一個男人如果不眞心實意地相信自己和自己的神——服從自己的神靈，他的女人就會毀了他。對於持懷疑態度的男人來說，女人是復仇女神。她非得這樣不可。

海絲特像莉蓋婭一樣，是男人的復仇女神。她表面上支撐著他，但她卻毀了他的內心，丁梅斯代爾至死都恨她。丁梅斯代爾的精神愛走得太遠了，最終變得虛假起來。他發現女人是復仇女神，從此他就完了。

對男人來說，女人是一個陌生而有點可怕的現象。一旦女人的意識脫離了與男人共同進行創造的聯盟，這潛意識就會變成一種破壞力量。它對男人無形中施助毀滅的影響。女人可能會像莉蓋婭一樣，表面上十分美好，而其實卻會默默地毀滅男人那抖動不穩的精神。他並未意識到這一點。她甚至無法止住自己。她情不自禁要這樣，她心中有個魔鬼。

那些最忙於拯救男人和兒童肉體的女人們：女醫生、護士、教育家之類的女救世主，她們都會使詭計吞食男人的內心，就如同癌症一樣。情況仍會這樣，直至男人意識到這一點並反過來自救。上帝並不能拯救我們。女人是過於凶惡的神。男人必須把自己救出困境，但沒有什麼輕鬆的辦法。

女人可以利用自己的性來搞陰謀、使毒計，而表面上卻裝得極懦弱、極善良。親愛的寶貝兒，她眞是潔白無瑕。可她卻用性來傷害她的男人。她並未意識到這一點。如果你告訴她，她也決不會相信。如果你給她一個耳光，她會氣憤地跑去找國家總統。她決沒有錯，這個魔鬼，寶貝兒，有責任感的女人。給她一大耳光，就在她最像天使的時候，給她一大耳光。當她羞澀地佩帶十字架時，給她一耳光。

哦！一個不受拘束的女人，就是一個魔鬼。但這是男人的過錯。女人從未要求男人把她逐出信仰的伊甸園。男人負有信仰的責任。如果他變成了精神上私通者和撒謊者如同莉蓋婭的丈夫及亞瑟·丁梅斯代爾，女人怎麼相信他呢？信仰是由不得選擇的。如果一個女人連男人都不相信，那她壓根兒就不會相信什麼了。她身不由己地變成了一個魔鬼。

她是個魔鬼，將來也還會是的。大多數男人都會敗在女魔手中。

海絲特·白蘭就是個魔鬼，即使她溫順地盡一個護士之職時，仍是一個魔鬼。可憐的海絲特，她的一半想著擺脫自己的魔鬼，可另一半卻繼續做鬼，爲的是要報復。報復！復仇！就是這東西充滿了今日女人的精神。報復男人，報復男人的精神，是它讓她喪失信仰的。女人最最甜美、最像個救世主時，也還是個魔鬼。她把自己的柔順都獻給她的男人。可一旦男人吞下她這顆甜果，甜果中就會鑽出毒蠍來。他把這個無比可愛的夏娃擁在懷中後，她就會一點點地毀滅他。女人，女人的復仇！她會一直這樣下去，而不會停止復仇的。要想制止她，你就得相信自己和你自己心中的神，你的聖靈。然後，你就要跟她鬥，永不退卻。她是個魔鬼，可她總歸會被戰勝的。她只有一點點願意被征服的本能，因此，你要戰勝她大部分本能，進行殊死博鬥，最終博取她那一丁點解脫的欲望，從而制止她復仇。不過這是最終的事。

「她天性中性欲旺盛，有一種東方性格，美感極強。」這是海絲特。這是美國。可她卻用前面的方式，壓抑自己的天性。她甚至不精心地爲自己縫製奢侈的服飾。她只能把那罪惡之女珠兒打扮得漂漂亮亮，把那紅字繡得極其華美。那是魔女的標記。

「性感，東方性格」，在等待美國的女人。很可能摩門教徒⓮是未來美國先驅。很可能在未來的美國男人，可以有一個以上的妻子。又會出現半東方式的女性存在形式和一夫多妻制。

這陰鬱的女護士，海絲特，這復仇女神，地獄中的貓。這新世紀緩慢進化中淫蕩的女性，她

⓮ 一八三〇年創立於美國的一個教派，初期行一夫多妻制。

對黑暗的費勒斯原則，抱持著一種新的屈從態度。

可是這需要時間，需要一代接一代的護士、女政客和救世主們。最後結果是性崇拜圖像黑暗的勃起和新式溫順的女性。只能達到這種深度。女人在這方面變得深沈起來，我們最終要打破理智 精神意識的瘋狂，女人會選擇再次體驗那了不起的屈從。

「她要施恩的那些可憐人時常辱沒她的這隻拯救他們的手。」

很自然，那些可憐的人仇恨一位救世主的人物。他們可以嗅出救世主身上穩藏的魔氣。

「她很有耐心，像個烈女，她耐心地爲她的敵人祈禱，否則她就是再能寬容忍讓，那些祝福

至少她是極眞誠的。怪不得老巫婆西賓斯說她也算得上另一個巫婆。

「她變得害怕孩子，因爲他們從各自的父母那裡，學到了某種模模糊糊的觀念，他們怕這個只有一個女兒相伴的默默無聞進出的女人。」

「模模糊糊的觀念！」你是否發現她「默默無聞講出」？這不是學到模模糊糊的觀念的問題，而是孩子們直接的感覺。

「有時，她會感到有一雙眼睛在盯著那塊恥辱的標記，於是她感到些許的輕鬆，似乎有人分享了一半的痛苦。可是不一會兒，那更爲難耐的痛苦，又回到了她身上，因爲就在她感到放鬆的那一刻，她又犯了罪。海絲特是獨自犯罪的嗎？」

當然不是。說到重新犯罪，她倒願意一輩子這樣默默地、毫無悔改地犯罪下去。她從不裝假，她才不呢。她爲什麼要裝假呢？她已經害死了亞瑟．丁梅斯代爾那個過於潔白無瑕的人，這是她畢生的工作。

一當她在人群中與兩隻黑眼睛相遇，她就又一次犯了罪。有人像她一樣理解這一切。我一直記得在英國時，我的目光曾與人群中的一位吉普賽女郎的目光相遇。她明白，我也明白。我們明白什麼！我弄不清，可是我們都明白。

或許這皆出於這個精神化的社會中孕育著同樣深刻的仇恨，這個流浪女人和我在這個世界中，像兩頭溫順的狼。兩頭溫順的狼等待甩掉自己溫順的外衣，但是總也甩不掉。

還有那「性欲的旺盛、東方性格」深知費勒斯神的神秘。她決不背叛費勒斯神而投降於這個盡是「情人」的白人社會。只要我能堅持，我也不會這樣。這些誘惑力強、精神化的白人婦女「了解」得太多了。人們時常被引誘，被「了解」。「我可以像讀一本書般的認識他。」我的第一個情人曾這樣說，親愛的，這部書可有好幾集呢。我愈來愈發現這吉普賽女人的眼睛裡，閃耀出黑暗的仇恨與別樣的理解。這理解的目光與白人婦女的目光太不一樣了，白人的目光就像浮著一層渣垢。哦，英國和美國的女人就是這樣，她們憑藉自己的理解力，發出發自肺腑的哀聲，唱出深刻的精神之歌來。呸！

海絲特唯一害怕的惡果是珠兒這孩子。珠兒是紅字的化身。這小女孩兒。女人分娩，生出的或者是魔鬼、或者是心懷聖神的兒子。這是個進化的過程。海絲特這魔鬼卻生出珠兒這麼一個純潔的魔鬼來。珠兒嫁給了一位意大利伯爵，她會生出更爲純潔的魔鬼來。

於是，我們愈來愈成熟。

於是，我們愈來愈墮落。

這孩子的這種氣質，「時常令她母親不無痛苦地捫心自問：這孩子是爲什麼而生？是善還是惡？」

是爲了惡而生的，海絲特。不過別急，惡與善同樣重要。惡行與善行都是必須的，既然你生下了一個小惡種，請一定讓這惡種去同世上猖獗的虛僞作爭鬥。虛僞應該絞死。於是有了珠兒。

珠兒，她的母親以紅字把她比作瘟疫鬼或猩紅熱病，來一場瘟疫是必要的，它可以毀滅腐朽、虛僞的人類。

珠兒，這惡魔般的女孩兒，她是那麼溫順、可人而通情達理，但一旦她明白了什麼，她就會給你一個耳光，隨後極惡作劇地嘲笑你。

這可是你活該，你不該讓人理解，讓人理解是你的罪過。你不該想讓人愛，那樣你就不會挨耳光。珠兒會很愛你的，也會給你一大耳光。你活該。

或許珠兒是所有文學中，頂有現代味的孩子。

舊派文人霍桑，有著孩童般的魅力，他會告訴你一切，當然他會講得很充實。

可以說，海絲特一方面恨她的孩子，另一方面卻視珠兒爲她的寶貝，因爲珠兒是女性對生活報復的繼續。不過女性的報復是兩方面的。首先是報復她的母親。珠兒報復了母親海絲特，海絲特爲此氣得臉色鐵青，很「憂傷」，這事很有意思。

「這孩子無拘無束，要想管住她是不可能的。其結果是造就了她美好動人的性情，可一切都亂了，她只按她自己的那一套行事，她那套花樣簡直讓人弄不明白。」

當然了，她那一套只屬於她自己。她的花招是：「把那可愛、甜美的靈魂拽出來，用絕妙的理解把它拽出，然後對它蔑然視之。」

當她可愛的孩子，以其熱望和深刻的理解拽出海絲特的靈魂並加以蔑視時，海絲特並不高興。但做母親的必須經歷這樣一個過程才行。

珠兒的目光很獨特：「聰穎但難解，極其異樣，時而顯得很刻毒，泄露著靈光。這目光令海絲特常常情不自禁地發問：珠兒是否是人類的孩子？」

一個小魔鬼！可她卻是她母親和聖人丁梅斯代爾所生的孩子呀。珠兒儘管大膽地表示自己與衆人不同，但她比她的父母更直爽。她發現人世間的父母，不過是一個大騙子，因此她公然否認有什麼神聖之父！她任意要弄虛假虔誠的丁梅斯代爾，無情地蔑視他。

可憐、美麗、忍受著折磨的小人兒，她總是畏縮著，一旦她長大，她會成爲男人的魔鬼的。不過男人們也活該，如果他們願意被那可愛的理解所「引誘」，那他們就活該挨她的耳光。一群被捆住的小雞！

現代兒童中的一個小可憐兒，她會成長爲一個魔鬼似的現代婦女。對那些渴望被愛引誘的軟骨頭現代男士來說，她正是一個復仇女神。

這可惡的三角關係中的第三人是海絲特的丈夫羅傑・齊靈渥斯。他是個伊麗莎白時代的老醫生，花白鬍子，身著長毛大衣，縮著肩。又一個用宗教方法治病的人，有點像是個煉丹術士，一個魔術師。他像法蘭西斯・培根一樣，是一位處在現代科學邊緣上的煉丹術士。

羅傑・齊靈渥斯屬於老派知識份子，與中世紀的煉丹術士是一脈相傳的。他對煉丹術士之類的黑暗科學深信不移。他遠非一個基督教徒，遠非一個無私的追求者。他不是一個追求者。他是個獨裁主義者，男性獨裁主義者。但他毫無激情的信仰，他只有理智的信仰，相信自身和大男人主義。

莎士比亞之所以發出悲劇的哀嚎，是因爲眞正的男性獨裁垮了——費勒斯的權威與霸權倒了，它隨著伊麗莎白女王一起倒了，在維多利亞時期被踩在腳下。

但齊靈渥斯卻保持著知識的傳統。他對丁梅斯代爾這種新的精神追求者恨之入骨。他是精神傳統中的舊男性霸主。

你無法靠精神傳統的力量守住你的老婆，於是海絲特才勾引了丁梅斯代爾。

但她嫁的是羅傑，她是老羅傑一起海誓山盟的夫妻。

他們是毀滅精神聖人丁梅斯代爾的同謀。

「你幹嘛這樣衝著我笑？」她問她那復仇的老丈夫。「你是不是像那些黑人在我們周圍的森林中搜尋什麼？難道毀了我的靈魂的不正是你嗎？是你在慫恿我。」

「不是你的靈魂！」他毫無笑意地說：「不是你的！」

他們追捕的是那純潔牧師的靈魂，這虛偽的人。而這位瘸子醫生——另一個用宗教方法治病的人，滿懷邪惡的復仇欲和變形的男性權威，是他和這位「可愛」的女人一起把聖人丁梅斯代爾給毀了。

那邪惡的仇恨近乎於愛，這就是齊靈渥斯對這位年輕聖潔的牧師所懷的感情。而丁梅斯代爾亦報之以一種恨也似的愛。漸漸地，這聖人的生活被毒化了。但丁梅斯代爾卻選擇了自我折磨，他自己抽打著這具潔白、瘦弱的精神救世主的肉體。那邪惡的齊靈渥斯在門外傾聽著，笑了，並為丁梅斯代爾準備好了另一副藥劑，從而讓這場戲演得再久一些。聖人靈魂卻早已爛了，可是他仍保持著表面上的平靜。

這瘸子、霸道男人邪惡復仇的心靈和死人般的墮落聖人！男性的兩半相互毀滅著。

丁梅斯代爾最終來了一手「絕招兒」。他終於站在斷頭台上公開懺悔，然後遁入死亡之門，他擊敗了海絲特並讓羅傑戴上了更重的綠帽子。這報復乾淨利落。

像莉蓋婭的詩所說的那樣，大幕落下了。

可是珠兒會和她的意大利伯爵一起出現在另一場爭戰中，變成一條新的毒蛇。而海絲特就隱沒在附近。

這是一篇精彩的寓言。我認爲這是所有文學中最偉大的寓言之一。《紅字》——了不起的內涵！完美的雙重意義。藍眼睛的神童霍桑，賦予本書絕對的雙重意義。他是美國的神童，具備了魔幻般、寓言般的洞察力。

但是，即使是神童也會長大。

甚至罪惡也會變得乏味。

國家圖書館出版品預行編目資料

紅字／霍桑／著　胡允桓／譯
-- 二版 -- 新北市：新潮社，2019.08
面；　公分
譯自：The scarlet letter
ISBN　978-986-316-740-2（平裝）

874.57　　　　108008468

紅字

霍桑／著

胡允桓／譯

【策　劃】林郁
【企　劃】天蠍座文創
【出　版】新潮社文化事業有限公司
電話：(02) 8666-5711
傳真：(02) 8666-5833
E-mail：service@xcsbook.com.tw

【總經銷】創智文化有限公司
新北市土城區忠承路 89 號 6F（永寧科技園區）
電話：(02) 2268-3489
傳真：(02) 2269-6560

印前作業　菩薩蠻、東豪印刷事業有限公司

二　版　2019 年 08 月